ライルズ山荘の殺人

C・A・ラーマー

JN140269

ミステリをこよなく愛する〈マーダー・ミステリ・ブッククラブ〉に新たなメンバー四人が加わった。顔合わせを兼ねた読書会。課題書はクリスティの『そして誰もいなくなった』、亜熱帯雨林の山中に建つ過去にタイムスリップしたかのような山荘に泊まりこみで行なうのだ。ところが現地に到着してみると、散歩中に大きな石が落ちてきたり、翌日支配人が死体で発見されたり、さらに電話線が切断されて外部と連絡がとれず、山荘の周囲では山火事が起き……。読書会どころではない事態に、ブッククラブの面々はどう立ち向かう？　好評シリーズ第４弾。

登場人物

〈マーダー・ミステリ・ブッククラブのメンバー〉
アリシア・フィンリー……………ブッククラブの主宰者、編集者
リネット・フィンリー……………アリシアの妹、ウェイトレスでシェフの卵
クレア・ハーグリーヴス…………ヴィンテージ古着ショップのオーナー
ペリー・ゴードン…………………博物館学芸員
ミッシー・コーナー………………図書館員
フローレンス（フロー）・
　アンダーウッド…………………新メンバー
ヴェロニカ（ロニー）・ウェステラ……新メンバー、フローの友人
サイモン・クリート………………新メンバー
ブレイク・モロー…………………新メンバー

ヴェイル……………………………〈ライルズ山荘〉の支配人
ジョーン・フラナリー……………〈ライルズ山荘〉の料理人兼雑用係
スノーウィー………………………森に住む老人

ドナル・マーフィー（故人）……………〈ライルズ狩猟山荘〉の狩猟ツアーの案内人
リアム・ジャクソン……………………西シドニー署殺人課の警部補、アリシアの恋人

ライルズ山荘の殺人

マーダー・ミステリ・ブッククラブ

C・A・ラーマー

高橋恭美子訳

創元推理文庫

WHEN THERE WERE 9

by

C. A. Larmer

Copyright © 2021 Larmer Media
Second edition 2021, 2022
Previously published as
And Then There Were 9
The Agatha Christie Book Club 4
(© 2020 Larmer Media)
This book is published in Japan
by TOKYO SOGENSHA Co., Ltd.
Japanese translation rights arranged
with Larmer Media, Goonengerry, Australia
through Tuttle-Mori Agency, Inc., Tokyo

日本版翻訳権所有
東京創元社

ライルズ山荘の殺人

マーダー・ミステリ・ブッククラブ

いつもそばにいてくれる家族に
寛大な心で支えてくれるエレイン・リヴァーズに
そして、過酷な炎に立ち向かう勇敢な〝消防団員《フイリーズ》〟のみなさまに本書の中で、アガサ・クリスティの『そして誰もいなくなった』の内容、犯人について触れています。未読の方はご注意ください。

プロローグ

炎が見たこともないような凶暴さで亜熱帯雨林の木々のてっぺんをなめるなか、自分がどうすべきなのか彼にはわかっていた。まるで神からの贈り物のようだ――あるいは母なる自然からの。なんであれ、この機を逃すつもりはなかった。これは百年に一度あるかないかの業火であり、一秒たりとも無駄にはできない。

彼は一歩さがって、咳払いをした。「さあ、どうした、若造、さっさと行け。火は勝手に消えたりはしないぞ、そうだろう」

「ああ、そうだよな」若いほうの男は鼻で笑い、炎に目を向けたまま、話の落ちを待った。

「こっちは大まじめに言ってる」年上の男は言いつのった。「おまえは火遊びが好きなんだろう。こんなチャンスはまたとないぞ」

若い男は振り返って相手を凝視し、一瞬、疑念の色を浮かべるが、すぐに、その顔をなにかがよぎった。そのなにかは衝撃にはじまり、やがて羞恥心、そして最後には揺るぎない確信となった。

これがどういうことなのか、彼にはわかっていた。

自分がどこへ向かうのか、わかっていた。

自分がもうもどってこないことが、わかっていた。

それでも、彼はひるまなかった。一瞬たりとも。罪を償《つぐな》う覚悟はもうできていた。

彼は帽子を深くかぶり、装備を手に取ると、燃え盛る炎に向かって堂々と歩いていった……

1

半分ほど座席の埋まった列車の居心地のよい奥まった席で、〈マーダー・ミステリ・ブッククラブ〉の初期メンバーであるクレア・ハーグリーヴスは、再利用可能なコーヒーカップからコーヒーを飲みながら、アガサ・クリスティの『そして誰もいなくなった』の冒頭数ページをざっと読み返した。

非常によくできた〝フーダニット〟――しかも課題書として俎上《そじょう》にのせる最後のクリスティ作品――だというのに、いまはその本に集中することができず、クレアの意識はあちらこちらへとさまよっていた。田舎に行くことを思うとわくわくするが、それは膝にのせている本とはほとんど関係がない。ブッククラブが読書会の会場にしようと決めた山荘に向かって緑豊かな山を彼女がのぼっている本当の理由は別にあった。クレアにはひそかな思惑が――みんなが知ったら驚くような思惑があり、それをどの時点で明かせばいいのかがまだわからない。

先日受け取った手紙のことを思いだして、クレアの顔はほころんだ。あのぱりっとした素敵な便箋！　丁寧《ていねい》な文面によるあの誘い！　いささか衝撃的なあの誘いが、いくら振り払おうとしても頭から離れない。

それが亀裂《きれつ》を引き起こし、へたをすれば致命傷になりかねないのはわかっているが、これまで自分はあまりにも長いあいだ石橋を叩きながら生きてきた。デイム（ナイト爵に叙せられた女性の敬称で男性の"サー"に相当）・アガサの本を見習って、そろそろ思いきった挑戦をしてみてもいいのではないか。それほどに、あきらめるには惜しい夢のような誘いなのだ。いや、少なくともそうであってほしい……

もつれあう樹木の壁のあいだを列車が轟然《ごうぜん》と走るなか、窓の外に目を向けたクレアはにわかに後悔の念を覚えた。そして懸念を。さらには恐怖を。

自分はなにをしているんだろう。なぜ承諾してしまったの？

本当に〈マーダー・ミステリ・ブッククラブ〉を壊してしまってもいいの？

列車が突然カーブを描いて森林地帯へと向かい、長く暗いトンネルに吸いこまれると、照明が点滅して一瞬消え、クレアの微笑も同じように消えた。

通路をはさんだ反対側の奥の席では、サイモン・クリートが、猫を思わせる素敵な目をした、ひそかに顔をしかめているその女性を、あまり露骨に見ないよう懸命に自制していた。いよいよ不安げな表情を浮かべているが、じつに美しい女性で、装いのセンスも目を惹くものがある——一九四〇年代から抜けだしてきたといっても通用しそうだ。つややかな黒髪にふっくらした赤いベレー帽をきちっとかぶり、千鳥格子のワンピースにも赤いベルトを巻いている。サイモンの視線が下におりて爪先のあいたハイヒールをとらえ、また髪にもどった。ああ、なんともそそられる……

〝よせ、ばかなことを考えるな〟と視線を引きはがしながら自分を戒める。〝ここへは遊びに来たわけじゃない。これは大事な仕事なんだぞ〟

目的を常に忘れないようにしなくては。

もう一度こっそり目をやりながら、サイモンは読了したばかりの本に意識をもどした。『そして誰もいなくなった』。ミステリとして読めばおもしろいが、サイモンとしてはもう少しどろどろした北欧ノワールのような本のほうが好みだった。とはいえ、これもきわめて刺激的で驚くべき作品であることはたしかで、しかもこの本はサイモンに最高のアイデアを提供してくれた。名案としか言いようのないあるアイデアを。

あとは、それをいかにうまく軌道にのせて大団円につなげるか……

リネット・フィンリーは、〝まだ着かないの？〟と姉に訊きたくなるのを、下唇を嚙んでぐっとこらえた。この列車の旅はいったいいつ終わるんだか！　しかも乗客が年配者ばかりとあってますます気が滅入る。

リネットはみじめな気分で車両のなかを見まわした。

二十代の人間は高齢者に反感を持っているというわけでは決してないが、もしこれが第二期〈マーダー・ミステリ・ブッククラブ〉を暗示しているのなら、そろそろ足抜けしたほうがいいかもしれない。帽子をかぶったしわくちゃのおじいちゃんが数人、カーディガンをはおったおばあちゃんがたくさん、そして唯一のいい男――よく日に焼けた五十代くらい――はクレアに目が釘付けになっている。つまらない。

いつもなら男たちの目はリネットに吸い寄せられる――セクシーなブロンドの髪や日に焼けたすらりとした脚は磁石のような効果をもたらす――なのにこの男は、リネットには目もくれなかった。といってクレアをねたんでいるわけでもなく、それは本当だ。その理由はこのブッククラブの友人がしばらく男と縁がなかったからというだけではない。それにしても、クレアに興味のないふりを装っているこのギリシャ神話の神そっくりの落ち着きのない男には、少しばかり、そう、妙なところがある。

どことなく不自然なところが……

やけに緊張しているように見える、とリネットは結論づけた。やけにそわそわしている。まるでなにかを抑えこんでいて、それをぶちまけないよう必死にがんばっているような。きっと前の晩にスヴラーキ（ギリシャ風の肉の串焼き）でも食べたのだろう。そう思いながら、リネットは携帯電話に目をもどしてインスタグラムのページをスクロールしはじめた。

フローレンス・アンダーウッドは、編みかけの毛糸の帽子を膝に置いて背筋を伸ばしながら、向かいの席で携帯電話の画面に没頭している普段着姿の女性を見つめた。近ごろの若い子たちときたらいったいどうなっているの？　まるで炎に吸い寄せられるゾンビ蛾のよう。

〈マーダー・ミステリ・ブッククラブ〉への入会に同意したのには理由がある。なるべく本を読むこと、それこそ医者から強く勧められたことだった。

それと、なるべく平穏に暮らすこと。それも大事。
ブッククラブからバルメイン女性支援クラブ気付でロニーと自分宛てに送られてきた手紙のことを思いだす。じつを言えば、読みづらい手書き文字で、しばらく読む気になれず放置していたのだった。
《親愛なるロニーとフロー
わたしたちのことを覚えていてくださるといいのですが。先日、バルメインの野外上映会で悲劇が起きたときに出会い、おふたりにはブランケットの下で女性が亡くなった事件の謎を解くのに協力していただきました（警察の協力も少しはありましたけどね（笑）――）》
フローは編み物の手をとめた。（笑）？　これがいまどきの若者言葉なのだろうか。実際のところ彼女たちはどれくらい若いのだろう。相変わらず携帯電話に見入っている若い娘をまじまじと見て、それから編み物を再開すると、手紙の文面の続きがよみがえってくる……
《うちのブッククラブに少し空きができたので、おふたりにぜひ加わっていただけないかと思いました。見たところ謎《ミステリ》には目がないようなので――小説の世界でも現実の世界でも。もし興味がおありなら、どうか遠慮なくお知らせください。来週には新メンバー募集の広告を出す予定ですが、その前にあなたがたのご意向をうかがおうと思った次第です。じつはメンバー全員で人里離れた居心地のよい静かな場所でミステリな週末を過ごそうと考えています。そうすれば、わたしたちの課題書リストの最後の作品について議論しながら同時に親睦を深めることもできますから。できれば直接お電話か電子メールでご連絡を……云々》

最初はためらったフローだが、よくよく考えるうちに願ってもない話ではないかと思えてきた。自分ももう若くはない。これは人生最後の忘れがたい冒険になるだろう。

編み針をカチカチ鳴らしながら窓の外に目をやると、鬱蒼《うっそう》と茂る蔓《つる》植物が列車を引きずりこもうとするように手を伸ばしてきていた。フローは身を震わせ、カーディガンの前をかき合わせた。

あの場所は生きている、フローにはそれがわかった。

可能性に満ちて生きている……

隣の座席で猛然と編みあげていく友人のフローを見ているうちに、ヴェロニカ・ウェステラの頭のなかもこんがらがってきたが、考えていたのはこの週末のことではなかった。

考えていたのは昔のこと、はるか遠い昔のことで、それがいまになって断片的によみがえってくる——ひるがえるクレープ地のドレス、心地よいピアノの音色、泡立つ高級シャンパン。

そしてひとりの男性、ハンサムなハンター、好きになってはいけなかった人。

ロニーはあわてて小さく首を振って、日記とペンを取りだしたが、集中力が続かず、結局なにも書けなかった。代わりにフローの向こう側にある窓の外のそびえたつ南極ブナの森に目を向けたものの、状況は悪化するばかりだった。

ひどく気が滅入るのはなぜだろう。ガタゴト揺れる列車のせいもあるのだろうか。

そして〈ライルズ山荘〉と聞いただけで心がざわつくのはなぜ？

ミッシー・コーナーは、トレイルミックス（ナッツ・ドライフルーツ・シリアルなどをミックスした高エネルギーの携行用食品）のはいった保存容器を取りだし、通路をはさんだ向こう側にいるふたりの老婦人のほうへ差しだした。ひとりはものすごい勢いで編み針を動かし、もうひとりは物思いにふけっている。どちらも礼儀正しく微笑んで辞退したので、ミッシーも満面の笑みを返した。

　ああ、なんて楽しいんだろう！

　なにしろ夢が全部まとめてかなったような状況なのだ――週末を丸々田舎で過ごす、それも世界じゅうでいちばん好きな人たちと一緒に（まあ、もちろん家族は別、とは言ってもブッククラブの仲間はいまや家族も同然で、彼らのいない人生なんて考えられない）。そしてその仲間の輪がさらに広がりつつあるのだ。あらためて老婦人たちに目を向けたミッシーは、つい頬がゆるむのを抑えきれなかった。

　このふたりが〈マーダー・ミステリ・ブッククラブ〉のすばらしい新メンバーになることはわかっている。それと役に立つことも！　ブッククラブが手がけた前回の事件――例の野外上映会での事件――で彼女たちがどれほど役に立ってくれたかはっきり覚えているし、ふたりのユニークな洞察力に期待している。その豊かな経歴と経験に。

　たしかに、まさにその点が、ブッククラブ内のもうひとりの〝若者〟リネットがこの老婦人たちをあまり歓迎していない理由でもあった。高齢者はなんの貢献もできないと言わんばかりに。実際そんなのはばかげた考えで、ミッシーはそのことをだれよりもよく知っていた。勤務先の図書館で才気あふれるお年寄りに出会ったことも何度となくあった。

クレアや自分とちがって、リネットには彼女たちとちゃんと知り合う機会がなかったこともわかっている。出発時のあわただしさといったらなかった。列車が予定より早くセントラル駅に到着し、あやうく乗り遅れそうになった者も何人かいたので、きちんと自己紹介する時間がなく、全員がとにかく乗りこんで急いで各自の座席へと向かったのだ。もっとも、時間ならこれからいくらでもあるだろう。

ブッククラブの愉快な仲間たちと週末を丸々過ごすだけでも充分おいしい話なのに、そこへあの老婦人ふたりが加わるのだから、まちがいなくすごいごちそうになるはずだ。ふたりとも聡明で頭が切れる、ミッシーにはそれがわかっていた。特にロニーは……

いや、あれはフローのほう？

ミッシーは肩をすくめて、レーズンを口に詰めこんだ。


隣の席のプラチナブロンドが、これからはじまる週末への興奮を抑えきれずに身もだえしているとき——ミッシーの人生においてクラブの仲間はそれほどに重要な存在であり、彼女のそういうところが大好きだ——ペリー・ゴードンは輪郭のくっきりした山羊ひげをなでながら、はす向かいにいるふたりの老婦人のことを考えていた。いや、もっとはっきり言えば、背が高くて痩せたほうの老婦人のことだ。編み物をしていないほうの。

彼女の膝の上には革製の日記帳があり、表紙に《V・A・ウェステラ》と名前が彫りこまれている。その名字には覚えがあった。ただどこで見たのか思いだせない。野外上映会とも読書会とも関係のないどこか。

となると、おそらく職場のシドニー博物館だろうと結論づけた。高齢のご婦人がたは博物館の常連さんだ。そのミズ・ウェステラが片手をあげてくすんだブロンドの巻き毛をなでつけたとき、カーディガンの袖からダイヤモンドと思しきブレスレットがのぞいたのが目についた。

いかにも不釣り合いな感じがするのはなぜだろう。

見られていることに気づいた老婦人が、とまどったような笑みを向けてきた。ペリーもぎこちなく微笑み返して、外の景色に目を移した。


アリシア・フィンリーは、窓の外の景色を眺めながら顔をしかめた。いつもなら列車の旅は大歓迎だ――かの有名なオリエント急行の旅は死ぬまでにやりたいことリストのトップにある――が、今回は胃がむかむかして、それはたぶん急勾配と急カーブの連続のせいだろう。

いや、これから迎える週末のことを考えたせいかもしれない。

自分の判断がどうかまちがっていませんようにとアリシアは祈った。顔合わせを兼ねた読書会を人里離れた辺鄙《へんぴ》な場所で開くこと。肝心なのはもっぱらその点だったが、いまはこっちが気になってしかたがない――実際のところ自分たちは新しいメンバーのなにを知っている？週末を丸々一緒に引きこもる前に彼らのことをもっと詳しく調べるべきだったかも。ものすごくおしゃべりだったり、それならまだしも、ものすごく無口な人たちだったら？

下唇を嚙んで、車内に視線をめぐらせた。駅に着いたときはあまりにあわただしくて、きちんと自己紹介する暇もなかったから、どの乗客がまだ見ぬ新メンバーなのか見当をつけるしかない。野外上映会の晩に会ったフローとロニーの顔はおぼろげながら記憶にあったものの、あのときはもっと潑溂《はつらつ》としていたように思う。こうして見ると、ひとりはおとぎの国に迷いこんだような顔だし、もうひとりはリネットに眉をひそめている。

ではサイモン・クリートは？　いちばん奥の座席にいる黒っぽい髪の長身の男性がたぶんそうだ。しわだらけのリネンのシャツを着て、クレアに目が釘付けになっている。

勘弁して、とアリシアは思った。ブッククラブ内の恋愛なんて絶対ろくなことにならない。そのことは身をもって学んだはずよね？

ドクター・アンダース・ブライトのことはなるべく考えまいとした。セクシーな新メンバーからページを一枚めくったら反対論者に変貌していたアンダース。どんなブッククラブにも警告の声は必要で、それはわかっているが、彼の声は耳障りなブレーキになっていた。そしてこの新入りメンバーも、彼が本当にそうだとして、いささか慎重派のように見える。あるいは少し緊張しているのかも。手紙から受ける印象とはずいぶんちがう。そう、あの手紙は本当にすばらしかった！　明るくてさわやか、それでいて情熱にあふれていた。新聞のメンバー募集広告にいち早く応募してきたサイモンは、あらゆるジャンルのミステリ作家について並はずれた独自の見解を書き連ね、わけてもアガサ・クリスティに関しては、その経歴にまつわる知識に加えて、〝読みはじめたらとまらない上質な読み物〟への自身の熱い思いが綴られていた。ところが、アリシアの目に映る彼は、閉じた本のようにどこか読めない感じがする。

もうひとりの男性、ブレイク・モローなるビジネスマンはどうだろう。どんな人物なのか知るよしもない。ブレイクとは電話でやりとりをして、結局は向こうの熱意に根負けした恰好だった。読書会の定員は八名と決めたはずだったのに、何度も電話をもらって、仲間に入れてほしいと懇願されたのだ。あげくにアガサ・クリスティ《AC》という切り札を持ちだされ、ACこそ最愛の作家であり、彼女の作品が〝生きるよすが〟《レゾン・デートル》とまで訴えられた。最後はリネットがメンバーの女性比率が高すぎると文句を言ったことで決着がつき、それでアリシアも入会を認めたのに、そのブレイクが土壇場《どたんば》になってメールをよこし、自分の車で現地に向かうという。これではいやでも不安になる。彼はチームのよき一員になれるのだろうか、はたまた自分たちはひねくれ者を相手に週末を過ごすはめになるのだろうか、人里離れた山荘で。

〈ライルズ山荘〉……そこでようやくアリシアの顔に笑みがもどった。

バッグから山荘のパンフレットを引っぱりだしてぱらぱらとめくる。どこからどう見ても理想的な場所だし、支配人の提示してくれた条件もすばらしかった——宿泊に食事込みの週末まるごと格安プラン。

あとはもう祈るしかない。第二期〈マーダー・ミステリ・ブッククラブ〉の仲間が聖歌隊のように息の合ったチームとなりますように……

2

「まるで貫禄《かんろく》たっぷりの老貴婦人のようね！」〈ライルズ山荘〉の質感あふれる内装を眺めていたクレアが目をみはりながら言った。「神々しいと思わない？」

「ええ、本当に」と相づちを打ちながら、ロニーは背筋に悪寒を覚えた。これを既視感と言わずしてなんと言おう。

クレアが前回の読書会でこの山荘のことを説明してくれたので、旧メンバーはだれひとり、自分たちのいる柔らかな照明のロビーにさしたる驚きはなかった。そこにあるのは、クリスティ風に言うなら〝きしむ床と、暗い影と、重厚な羽目板の壁〟だ。

まるで過去にタイムスリップしたかのようだった。豪華なビロードのように優雅な内装、古い冬のコートを思わせる匂い、つややかなマホガニーのフロントデスクにバロック様式の赤いステンドグラスのティファニー・ランプ。羽目板の壁には動物の剝製《はくせい》がいくつか掛かっていて――フクロギツネに大きなネコドリ、絶滅危惧種のオオフクロネコらしき動物――そのあいだに額に入れたライル一族の写真が飾られ、それぞれの下に名前と日付を記したプレートが添えられている。ミッシーはかわいそうな死んだ動物たちをなるべく見ないようにしながら、いちばん古そうな写真のほうへと足を進めた。犬を脇に従えた男性が馬の横に立っている白黒写真。

全員がもう死んでいるはずだが、少なくとも彼らは詰め物をされて壁に掛けられるという屈辱《くつじょく》を受けてはいない。

「ここを貸し切りで使えるって本当なの？」フローが編み物バッグを抱えながら訊いた。

「もちろん！」クレアがきっぱりと答える。「食事の準備とお部屋の掃除をしてくれる最小限《スケルトン》のスタッフを除けば、完全にわたしたちだけよ」

「ここには骸骨《スケルトン》もいるよね、まちがいなく」ペリーがぼそりと言った。古生物学者とはいえ、仕事以外ではむしろ生き生きとした素敵なものが好きなのだ。

「この山荘は改修される予定なの」クレアの提案に賛同してみずから予約を入れたアリシアが説明した。「収容人数を大幅に増やすつもりらしいわ。だから工事がはじまる前に格安で泊めてもらえることになったというわけ」

「残念だわね」とクレア。「わたしはこのままが好きなのに」

「そう？」最後の荷物を持ってはいってきたサイモンがあたりを見まわしながら訊いた。

「まあ、あの死んだ動物たちは別よ、もちろん」

サイモンが剥製をじっと見ながらうなずいた。


列車の旅は結局二時間ほどかかり、一行はシドニー中心部から、山の中腹の、文化遺産に登録されている古風な趣《おもむき》のあるライルトンの町に到着した。降り立ってみると、そこはかわいらしい町で、気温がまったくちがうことがわかった。冬とは思えないほど暖かく、ホットフラッシュのような熱気に襲われて一同が重ね着した服を一枚ずつ脱ぎはじめたとき、つばの大きな帽子をかぶって有能そうな笑みを浮かべた女性があわてて駆け寄ってきた。

「服は全部着ておいたほうがよろしいですよ、山荘にいらっしゃるのなら」と声を張りあげた。「山の上はもっと気温が低いし、ヴァンのなかはもっと寒いですから」そこで一同の顔を見まわしてこう言った。「わたしはミセス・フラナリー、料理人兼雑用係です。〈ライルズ山荘〉のお客さまはどなた？」

ここでようやく正式に自己紹介が行なわれた。ブッククラブのメンバーがひとりずつ前に出てフラナリー夫人にあいさつしながら荷物を車に積みこむと同時に、メンバー同士もあいさつを交わし、アリシアは自分の予想が半分しか当たっていなかったことを知った。サイモン・クリートはたしかにクレアのことをじろじろ見ていたあの見知らぬハンサムな男性だったが、思ったほど堅苦しい人でもないとわかり、一行はにぎやかにおしゃべりしながらライルトンの町をあとにして、さらに北へと向かったのだった。

傾斜がきつくなるにつれて道幅がどんどん狭くなり、アクセルペダルを踏むフラナリー夫人の足にも力がはいった。夕食に遅れると言わんばかりの勢いで車はヘアピンカーブをいくつも曲がり、窓のスモークガラス越しに見てさえ、片側が切り立った崖になっているのがわかった。こんもりと茂る低木林があるとはいえ、よりどころにはなりそうもない。はらはらどきどきの一時間が過ぎて、山荘に到着するころには、雑談もすっかりやんで、みなあきれたように顔を見合わせていた。

車が山荘の長い私道にはいり、砂利を鳴らしながら年老いた〝貴婦人〟の前で急停車すると、一同は心から安堵した。

「さあ、着きましたよ、みなさん！　各自荷物をお忘れにならないようにね」と声をかけながら、夫人が助手席側のドアを勢いよく開けると、高地だというのに大気は依然として驚くほど暖かく感じられた。少なくともアリシアはそれをありがたく思いながら、足をとめて景色を存分に吸収したが、あいにく髪のほうは湿気を吸収して、きっちりセットしたピクシーカットはみるみる縮れ毛のボールと化した。

〈ライルズ山荘〉は海抜八百メートルに位置し、この山で唯一の平坦地にあった——亜熱帯雨林の山は三方で急激に下へ傾斜し、西方向は上のほうへと延びている。一九三〇年代に建てられ、主に重厚なタローウッド材の厚板や光沢のある地元の粘板岩《ねんばんがん》、繊維質の樹皮のこけら板などが使われていた。事前に入念な下調べをしてきたアリシアの知識によれば、ここは四十名以上が泊まれる施設で、本館とは長い廊下でつながっている客室は山小屋風の内装で、どの部屋にも専用の浴室と、山を下った東側の景色が望めるバルコニーが備わっている。もっともこの週末は、クラブのメンバー九名とスタッフ二名——フラナリー夫人と、全員で館内を見学しているときも姿を見せなかった支配人——だけの予定だ。

「どうして人はいつも歴史をいじくらずにいられないのかしらね」クレアが赤いベレー帽を頭からはずしながら話を続けた。「建物の骨格はすごく頑丈よ。この豪華な建具を取り払ってモダンに改修するようなことにならなければいいのだけど」

「あたしはそうなったほうがいいと思うな」リネットが熱のこもらない目をして言った。「だって見てよ、クレア！　ほこりっぽくて虫食いだらけじゃない」

サイモンが虫をさがすみたいに目をこらして周囲を見まわし、アリシアもあたりに目を走らせて苦笑した。たしかにこの場所には歴史が――暗く忌《い》まわしい歴史が――あったが、さしあたりそれは黙っておくことにした。みんなを動揺させる必要もないだろう。

「みなさま、ようこそ〈ライルズ山荘〉へ！」朗々《ろうろう》たる声が上から降ってきて、はっとしたその瞬間、アリシアは、今回の課題書であるクリスティ作品のなかにはいりこんだような錯覚を覚えた。その声が、ここにいるひとりひとりの罪状を読みあげはじめたとしても驚きはしなかったかもしれない。

しかし当然ながら、それは頭のいかれた男の録音された戯言などではなく、この山荘の支配人が実際に発した声だった。むしろ思《し》慮《りょ》深そうな年配の紳士で、ヴェイルと名乗った。フラナリー夫人同様、ファーストネームもあるはずなのに教えてはくれず、それでも一同に軽く微笑みかけながら階段を下りてきた。

「当山荘の支配人でヴェイルと申します。大変失礼をいたしました。これほど早くお着きになるとは思っていなかったもので」

「列車が早く着いたんです」とアリシアは説明した。

「そのあとフラナリーさんが最高時速の記録を破れるかどうか試したんだ」ペリーが言い添えた。「ここまで来るのはちょっとした登山だね！」

ヴェイルの視線がペリーのほうへと移り、彼のきれいに刈りこまれた山羊ひげと片耳の黒いスタッドピアスに一瞬だけとどまった。「これでも当初に比べれば格段に進歩しておりますよ、それは断言します」と言って、ヴェイルはミッシーがまじまじと見ていた額入りの写真のほうを手で示した。「四〇年代から五〇年代にかけては、お客さまをお迎えにいくために、創業者のアーサー・ヘンリー・ライルは馬車でこの山の急斜面を下るしかなかったのです。帰りは四日がかりでしたよ」

「自動車に感謝しなくちゃね」ペリーがわざとらしくピアスをもてあそびながらつぶやくと、ヴェイルはアリシアに視線を向けた。

「ではフィンリーさん、どうぞこちらへ。チェックインの手続きをしていただいて、そのあとみなさまをそれぞれのお部屋にご案内いたします」

ヴェイルはロビーを横切ってフロントデスクのほうへ行き、パソコンのキーを叩いて画面を復活させた。「みなさまの個人情報はうかがっておりますが、念のためクレジットカードのコピーをとらせていただきます」

全員が了承したが、サイモンだけはヴェイルに向かってぶっきらぼうにこう言った。「わたしは現金払いで。いつも現金で払うことにしているんだ」それから、念のため論点をはっきりさせようとして付け加えた。「なんなら帰る前に部屋の冷蔵庫の酒をくすねていないか確認してくれてかまわない、それを心配しているのならね！」

ヴェイルはお辞儀をし、困ったそぶりなど微塵《みじん》も見せずに応じた。「仰せのままに、お客さま」それからフロントデスクの下に手を伸ばし、革表紙のゲストブックを取りだした。それを開くと、ページを指でゆっくりとなぞっていき、新しい記入欄をとんとんと叩いた。「当山荘にはちょっとした伝統がありまして。お客さまには全員お部屋にはいる前と出発なさる前にそれぞれ署名をお願いしております。もしよろしければ」

厳密に言えばそれはお願いではなく、ペンを差しだすヴェイルの目はしっかりとサイモンをとらえていた。サイモンが一瞬ためらったあとひったくるようにペンを取ったとき、ロニーが自分のおでこをぴしゃりと叩いた。

「思いだしたわ！」と室内を見まわしながら声を張りあげた。「わたし、前にもここへ来たことがあった！　ええ、もうずいぶん昔のことよ！」

「本当に？」何人かが言い、そこにはヴェイルも含まれていて、ほとんど怯えたような表情になっていた。そう簡単に忘れられるとは信じがたいと言わんばかりに。山荘にとってはおよそありがたくない言葉だったが、そのあと彼女はこう釈明した。

「歳をとると物忘れが激しくなるし、ここへ来たのは一度きりで、それも大昔のことだもの。あれは〝大火〟のちょっと前だったわ、たしか」

「〝大火〟って？」ミッシーが反応して即座に訊き返すと、何人かがちょうどゲストブックに署名をしていたアリシアをちらっと見た。

「それに、あのころはちがう名前だったものね」とロニーが続けた。「たしかそうよ……」

「以前は〈ライルズ狩猟山荘〉と呼ばれておりましたので」と言ったヴェイルの声は砂漠のよ

うに乾いていた。

ロニーが両手を打ち鳴らす。「そうそう！　狩猟山荘、わたしたちそう呼んでいたわ！」

「だったら剝製が飾ってあるのもしょうがないね」ペリーが不快感を隠そうともせずに言った。

「あら、わたしは狩りをしにここへ来たわけじゃないのよ、ええ、わたしが来たのは素敵なダンスパーティーのため。二、三カ月に一度くらい、パーティーが開かれていたのよ、若きハンターたちが夜のあいだも楽しく過ごせるようにね。そういう社交の場はなくてはならないものだったの！　ねえ、フロー、ひょっとしたらあなたも――？」

「いいえ、ロニー」友人の突然のおしゃべりに気圧されたような顔でフローは答えた。「わたしは貧しい農家の娘だったのよ、忘れた？　そういう世界とは無縁だったの」

「残念だわ！　あんなに楽しいことはなかった！　わたしは女友だちに強引に誘われて来たのよ、当時シドニーではそれはそれはすばらしいダンスパーティーがいくらでもあったけれどね。それでもすごく楽しい時間を過ごしたわ。ここの主の奥さまがいつも主催してらして……」指をぱちんと鳴らす。「お名前はなんといったかしらね」

「リディア?」ミッシーが訊いた。ちょうど別の額入り写真のなかで楽団の指揮者と笑顔で並んでいる女性をじっくり観察していたところだ。

「そうそう！」ロニーがまた指をぱちんと鳴らす。「リディア・ライル！　なんて素敵な響きの名前かしら、ご本人も素敵な人だったのよ！　おまけにすごい美人でね、でも、そう、とても若かった、よく覚えているわ！　こういう施設を運営するにはあまりに若すぎたのよ」

ヴェイルが咳払いをした。「当時この施設を運営していたのはジャック・ライルです、マダム、このわたくしと大勢のスタッフも協力していました」

「あなた、あの当時からここにいらっしゃるの？」ロニーがぎょっとした顔になる。

「この八月で勤めて五十五年になります、マダム。最初はベルボーイでした。フラナリーさんがここへ来たのは一九八二年です。さて、よろしければ……」ヴェイルがゲストブックのほうを手で示すと、ロニーは前に進み出て署名した。

「これでお客さまは八名ですね」ヴェイルがアリシアに視線をもどした。「おひとかたいらっしゃらないようですが？」

「そうなんです」アリシアは大きなガラス張りの正面玄関の向こうにちらりと目を向けた。

ブッククラブの九人目のメンバーはいまごろどこにいるの？


ブレイク・モローは、ツーリングカーのドライバーになった気分で、山道をのぼる旅をめいっぱい楽しんでいた。ヴィンテージの白いメルセデス・ベンツ、きしみをあげるタイヤ、周囲に漂うゴムの焦げるにおい。細い曲がりくねった道路、恐ろしいほどのヘアピンカーブ、唐突に現われる《前方に優先道路あり》の標識、そのひとつひとつがドライバーをテストするために設計されている。コーナーを曲がったとたんに猛スピードで向かってくる対向車に出くわさないともかぎらない。これぞまさに障害物コース。ある地点ではシーツを満載した大型トラックとあわや接触かという場面もあった。相手のドライバーの表情はちょっとした見物だった。

とはいえ、四十分もすると、そうした興奮も揺らぎはじめた。《前方に優先道路あり》のいまいましい標識があとひとつでも出てきたら、そこに向かってまっすぐ突っこんでいくだろう。エアコンの調子が悪く、窓を開けて顔に風を浴びているというのに、熱気はむっとするほどだった。標高が高くなって亜熱帯雨林の密度が濃くなるにつれ、ますます息苦しくなり、ようやく〈ライルズ山荘〉の看板が登場して、そこへ向かう脇道が見えたときには心底ほっとした。

よし、深呼吸だ、と自分に言いきかせる。気合いを入れていけよ。

ここへ来たのはドライブをするためではなく、それを言うなら読書会のためでもなかった。むしろ自分ははるか昔この山荘にいたハンターたちのようなもの、ただし別の意味でのハンターで、これから大変な仕事が待ち受けている。だがうまくやり遂げれば、やっただけの価値はあるはずだ。この道の終点には巨大な虹がかかっている。助手席のフォルダーと、その隣にあるノートパソコンをちらりと見た。何年も前から後部座席に放置してある毛布を引き寄せてそこにかぶせた。計画がばれては困るのだ。

あるいは獲物に逃げられては。

さらに続く曲がりくねった道をなにも考えず十分ほど走ると、ようやく私道の終点に山荘が見えてきたので、ハンドルを切って、白いヴァンの後ろの駐車区画にとめた。ハンドブレーキをかけ、小型の旅行かばんをつかんで、急いで車から降りた。

ロビーには種々雑多な人間がいて、みんながこちらを見ており、なかには眉をひそめている者もいる。ブレイクは、早くも興味津々の顔で自分を見ているブロンド美人に目をとめ、次に年配の女性ふたりのほうを向いて、持ち前の百万ドルの笑みを送った。

「いやはやもう」ふさふさの金髪を揺らしながらホワイトニングしたての歯をあらわにして言った。「すごいドライブだったよ、ねえ、ご婦人がた。心臓がばくばくするね！」

ふたりはそろって微笑み返し、ひとりはけらけら笑いだしそうなほどで、これなら鳩のなかに猫がはいりこんだとはだれも思うまい、とブレイクは考えた。

「ブレイク？」と声をかけてきたのは別の女性で、歳は三十代前半、若いころのメグ・ライアンに似ている。「わたしはアリシア・フィンリー、ここにいるのは――」

「〈マーダー・ミステリ・ブッククラブ〉だね！」と途中で割りこんだ。「すみません、本当に、遅刻してしまって申しわけない。早くみんなに会いたいのはやまやまだったけど、あの道路は安全第一で走りたかったので」

「それが正解よ」リネットは言った。あなたに怪我なんかしてほしくないもの。

こっちのほうがずっといい、とフィンリー姉妹の妹は確信した。ブレイクはアリシアから聞いていたよりも年配で、生き生きとした青い目のまわりの細かいしわから察するに四十代前半あたりだが、その点を除けば完璧だった。それは見た目が素敵だからということではない。たしかに目を惹くような容姿ではあるが。この人にはある種のエネルギーがある。ほかの人が剝製に見えてしまうような生命力が。

全員の紹介が終わるのを待って、リネットは話しかけた。「あなたはいかにもミステリ・ファンっていう感じには見えないけど、ブレイク」

「おっと、言葉に気をつけて！」ブレイクはウインクした。「ミステリはなんでも好きだよ、特にあの偉大なるＡＣ。うちのおばあちゃんがよく寝る前に読んでくれてね。おかげで悪夢を見たよ、当然だろうね、怖くてしょうがなかったけど、そのころからクリスティの大ファンなんだ」

その話にアリシアが思わず顔をしかめたとき、背後でガシャンと大きな音がして、みんながいっせいに振り返ると、ロビーの端にフラナリー夫人が立っていて、空になったトレーが片手にぶらさがっていた。

「ああ、わたしとしたことが、大変失礼いたしました！」夫人は声を張りあげた。「飲み物をお出ししようとして……たぶん……たぶん絨毯《じゅうたん》につまずいてしまったんでしょう……」

メンバーの何人かが割れた破片を拾うのを手伝おうとしてしゃがみこむと、ヴェイルがほうきとちりとりを持ってきて、こわばった笑みを浮かべながら夫人に手渡し、すぐに全員を追い払った。

「お手数ですが、みなさま、ご自分の荷物をお持ちになって、どうぞこちらへ」と言いながら、ヴェイルは割れたカップを迂回し、ロビーから山荘の奥にある部屋と客室に通じる、ぎしぎし鳴る長い廊下のほうへ向かった。

一同はぞろぞろとヴェイルのあとについていき、今度は廊下の壁に描かれた数々の精巧な壁画にふたたび息をのんだ。古びてすっかり色褪せ、一部が欠けているそれらの壁画には、山荘内の豪華な室内がさまざまに描かれており——きらびやかな舞踏室、贅沢《ぜいたく》な図書室、きらめく屋内プール――どれもこれも、南半球の亜熱帯地域にある山荘ではなく英国の大邸宅にあるほうがふさわしく思われた。廊下の途中にさまざまな部屋へ通じるドアが並んでいて、通りしなにヴェイルが説明していく。

「右手にある両開きのガラスドアの向こうが図書室になっております。そこには一日じゅう飲み物をご用意してあり、各種の書籍や新聞、ボードゲーム、ビリヤード台もございます。どうぞいつでもご自由にお使いください。みなさまのすぐ左手にバーがありますが、そこでお飲みになったものは自己申告制になっておりまして、その隣がダイニングルームと屋外テラスです。朝食はダイニングルームで午前八時から、夕食は午後七時からです。きっかり」

　最後の単語をまるで擬音語のように口にしたあと、鋭くブレイクを一瞥《いちべつ》した。遅刻してきたブレイクは鼻で笑いたいのをこらえ、リネットと視線を交わしてくるりと目をまわした。

「よかったわ」編み物バッグを骨ばった肩に掛けたフローが言った。「それなら散歩する時間もあるわね」

　ヴェイルの目が細くなった。「お望みのままに、マダム。私道の先、ちょうどみなさまがいらした方向に、遊歩道の入口が見えます。主要な遊歩道は三本あり、そのすべてにきちんと標識が立っておりますので、いかなるときもその道からはずれないようお願いいたします。ここは国立公園ですから、言うなれば〝道をはずれない〟ことがきわめて重要なのです」

　リネットはまたしてもブレイクと無言の忍び笑いを交わした。みんなでぞろぞろと廊下を歩きながら、なんだか楽しくなりそう、と思ってリネットの足取りは軽くなった。

宿泊客をそれぞれの部屋まで案内したあと、すみやかにフロントデスクへ引き返したヴェイルは、心臓がとまりそうだった。頭のなかが混乱し、じわじわと不安が募ってくる。客のひとりに度肝を抜かれたのだ。まさかこんなことがあろうとは。

猛然とパソコンを叩き、電子メールをスクロールして、さらにグーグルに単語を打ちこんだ。何百件もの検索結果が表示されるのに時間はかからなかった。客室のあるほうへちらりと視線を向けてからパソコンに顔をもどし、クリックして、あるページを開くと素早く目を通し、しかめ面になった。ゲストブックに目を落とし、そこに走り書きされた名前を見ると、もともとしわのある額にますます深いしわがくっきりと刻まれた。

わたしをばかにしているのか？　そういうことか！

それとも、なにかもっとおぞましいことが起きているのか？

3

荷物を解いて週末用の素敵な衣装を狭いクローゼットにおさめると、クレアはすぐに携帯電話を確認した。なんてこと！　電波が届いていない。大事なメッセージを送らなくてはならないのに。最初の印象が肝心なのに。

小さなバルコニーに通じるドアを開け放つと、涼しい室内に熱気がどっと押し寄せてきたので、外に出てすみやかにドアを閉め、携帯電話を高く掲げた。

「もう少し左に寄ったら運に恵まれるかもしれない！」下から声がしたので見おろすと、麦わら帽子をかぶったサイモンが私道に立っていた。

彼が帽子を取って、こちらに手を振った。「失礼、敷地内を探検していたら、きみがバルコニーでジュリエットになってるのが見えたもので」

「ロミオ、ロミオ、なぜにあなたはワイファイなの？」とクレアは笑いながら叫び返した。そしてつややかな黒い巻き毛を揺らした。「ワイファイなしで生きていけると思う？」

「この時代にそんな人はいないだろうね」

クレアは手すりに両肘をついて身を乗りだした。「あら、フローとロニーならなくてもだいじょうぶだと思うわ」

「だいじょうぶなもんですか！」左からしわがれた声が聞こえ、クレアは思わず顔をゆがめた。ロニーも自分の部屋のバルコニーに出て、最新型のアイフォーンを振りまわしていた。「あのね、年寄りがみんな機械オンチとはかぎらないのよ！　うちのかわいい甥っこたちがいろいろ教えてくれたの、でもあの子たちと連絡がとれないみたいで……」

「ごめんなさい、ロニー！」クレアは叫び返した。「いまのは褒《ほ》め言葉のつもりだったの！」

　クレアは気まずい思いでサイモンと顔を見合わせ、彼は小さな笑いをこらえながらそのまま私道を歩いていった。


　ロニーのもう一方の隣のバルコニーでフローもくすくす笑っていたが、それはひとり笑いに近かった。電波状態が悪いのはもっけの幸い。人里離れた辺鄙《へんぴ》な場所に来たかったのだ。連絡のとれない場所に。ここの暑さも気に入った。この湿度には慣れていないけれど。

　それでも、この場所はフローに農場のことを思いださせた。古き良き時代を。人生がいまよりはるかに単純だったころを……

　ため息をつきながら、フローはベッドの向こう端にある小ぶりのスーツケースに手を伸ばした。花柄の化粧ポーチを取りだすと中身ががちゃがちゃ音をたてた。それを脇に置いてから、制服姿のハンサムな男性の写真を手に取り、フレームのほこりを払った。写真をベッドサイドに立ててから、バルコニーの向こうに広がる途方もない緑の眺望に目をやった。

「もうすぐよ、待ってて」とささやく。もうすぐだから。

騒々しいノックの音がして、アリシアがドアを開けると、足にウォーキングブーツ、目に邪《よこしま》な光をたたえたリネットが立っていた。

「彼、すっごくゴージャスだよね！」と言いながらブロンド娘はずかずか部屋にはいってきた。

「ヴェイルのことを言ってるんじゃなさそうね」アリシアが答えると、リネットは室内を見まわした。

「そう、正解。ねえ、あたしの部屋よりこっちのほうが広い！」ベッドに倒れこんで顔をしかめた。「おまけにベッドがクイーンサイズだ。あたしの部屋のはたしかダブルだった」

それが悪いことのようにアリシアはうめき声をあげた。恋人のリアム・ジャクソンを同伴しなかったことで充分に罪の意識を感じているのだ。彼がどんなに来たがっていたか、それを思いとどまらせるのがどんなに大変だったかを思いだす。でも、これは自分のブッククラブであって、彼のではないし、そこに一線を画しておくのは大事なことだ。

過去から学んだことがあるとしたら、これがそうだった。

「心配ないって、週末を離れて過ごしたくらいで死にはしないから」たびたびあることだが、リネットが姉の心を見透かして言った。

姉妹はもう長年一緒に住んでおり、四歳も離れているのに一卵性の双子みたいにふるまうことがしょっちゅうある——相手の台詞《せりふ》を途中から引き継いで締めくくったり、お決まりの台詞で茶化し合ったり、困ったときは助け合ったり。

「ふたりの仲がまだ続いててよかった」リネットが言い、アリシアはむっとしてみせた。

「続かないと思ってたわけ?」

「自分では続くと思ってた?」

アリシアは笑った。いや、もちろん思っていなかった。服を吊るす作業にもどりながら、アリシアはジャクソンのことや、ふたりのこれまでのことをあれこれ思い返した。いま考えているのは、ふたりが出会ったクルーズ船の殺人事件のことではない。好調にはじまったふたりの関係がすぐに破綻したことだ――少なくともアリシアの気持ちのなかで。この警部補は自分を失望させるはずだと思いこんで、勝手に突拍子もない悲惨な妄想を繰り広げたのだ。たとえば、くそまじめなのに腹が立つほど魅力的な同僚のインディラ・シンとの浮気とか。

それでもこうして数カ月を経て(ついでに数件の殺人事件も経て)、いまはかつてないほどうまくいっている。

荷ほどきをする姉を見ながら、なんでわざわざ手間をかけるんだろうとリネットはふしぎに思う。ここに滞在するのはほんの数日なんだし、自分だったら爆発したようなスーツケースのまま暮らすことになんの問題もない。知り合いのシェフの大多数とちがって、リネットは細かいことなどいっさい気にしなかった。

「で、ご感想は?　ご新規さんたちには満足してる?」

リネットが言っているのはブッククラブの新メンバーたちのことだとアリシアにはわかっていた。

「まだ会ったばかりだけど、たぶんそうね。バランスはよくなったと思う。年配の女性、フローとロニーがいるし。なかなか楽しそうな人たちだわ」

リネットは黙っていた。その点については確信がなかった。ロニーは少々あてにならない気がする――この山荘のことを忘れるなんてありえない。そしてフローは？　むしろ介護施設のほうがふさわしいようにも見える。

「それから新入りの男性がふたりいるでしょ」アリシアは言った。「少し年配で頑固なほうと、やや若くて……」

「セクシーなほう？」リネットが両眉をゆっくりと動かしながら言った。

「社交的なほうって言おうとしたの。あと、深入りは禁物よ、言っておくけど」

リネットの眉がさがった。「なんでよ」

「アンダースとわたしからなにも学ばなかったの？　ブッククラブのメンバー同士でつきあってもうまくいきっこない」

「ちょっと待って！」リネットは身を起こした。「姉さんたちが角を突き合わせたからって、その傷をあたしたちみんなが負わなきゃいけないわけじゃない。それに休暇中にちょっとくらい楽しんだって害はないでしょ」

「大ありよ、そのあとも隔週に読書会で顔を合わせなきゃならないとしたら。悪いことは言わない、リネット、そこまでする価値はないわ。ブッククラブはたちまち気まずい雰囲気になる。そうなったら、また新メンバー募集の広告を出すはめになって、振りだしにもどってしまう」

リネットはうめいた。姉は正しい。いつだって正しい。でもあのゴージャスな新入りをあきらめる気にはまだなれないし、今回は長続きしそうな予感があった。

「彼なら目の前に謎《ミステリ》が降ってきたらすぐ飛びつきそうな気がする」リネットは言った。「しかも偉大なるACの大ファンだよ?」そこで笑った。「単なるコージー・ミステリのファンじゃなくて」

「そう、そこなんだけどね」アリシアは言った。「クリスティを読んでもらって悪夢を見るなんておかしいと思わなかった? そんなにびくつくなんて」

「だから?」

「だからね、ああいう本はだてにコージー・ミステリって呼ばれてるわけじゃない。怖いことなんかちっともないわ。こんなに影響されやすいわたしの脳みそだってびくともしないのに」

「彼が言ったのは子供のときの話だよ? そもそもあんなのただの世間話だし。ねえ、それよりあれに行こうよ、退屈であたしの頭がどうにかならないうちに!」

アリシアは笑った。「ここに来てまだ五分しかたってないのに! それに、いまなら〝散歩〟って単語を使ってもだいじょうぶ。マックスには聞こえないから」

マックスというのは姉妹の愛犬の黒いラブラドール・レトリバーで、アガサ・クリスティの忠実なる二番目の夫マックス・マローワンにちなんで名づけられ、日課の散歩をなにより楽しみにしている。その単語をうっかり口にしようものなら、マックスはぐるぐる走りまわって、全速力でいちばん近くにあるリードか、ウォーキングシューズか、ソックスの片方を取りにいく。

リネットは飛びはねるようにして立ちあがった。「そうと決まれば、帽子と日焼けどめを用意して、五分後に遊歩道の入口のところで落ち合おう。だれか一緒に行かないか訊いてみてもいいかもね」

「そのだれかって、例のセクシーな新入りさんてことでしょ?」

リネットはむすっとした顔で出ていき、まっすぐブレイクの部屋へ向かった。

十分後、ブッククラブのメンバー四人は、山荘の正面玄関から延びている道路の先にある遊歩道の入口に立っていた。集まったのはアリシアとリネットとブレイクとフローで、折り畳み式のアルミニウムのトレッキングポールを手にしたフローは、傾きかけた太陽を心配そうに見ていた。暑さは依然猛威を振るっていたが、強烈な日差しも長くは続かないだろうし、日の光もしかりだ。

「途中で身動きがとれなくなるのだけは避けたいわ」とフロー。

「二十分も歩いたら、いつでも引き返していいから」とリネットは言ったが、ブレイクがその必要はないと請け合った。

「この遊歩道は途中からいくつかのコースに分かれるから、分岐点まで行ったら短いコースを選べばいい。それなら一時間とかからずにもどってこられるよ」

「よかったわ、あなたずいぶん詳しいのねえ」フローが興味津々の顔をブレイクに向けた。

「じゃあ、出発しよう」リネットがキャップを引きさげながら言ったが、そのときアリシアは別の方向に、私道をのぼっていった先に目をこらしていた。その道は山荘の横を通り過ぎて、尾根の頂上にしがみつくように生えている南極ブナの古木の森へと続いている。

目の錯覚でないとしたら、だれかがその道を歩いていくのがたしかに見えたので、木の道標を振り返った。

「遊歩道の入口はここだけよね?」

ブレイクがうなずいた。「出発地点は全部ここで、二百メートルほど先で分岐してるはずだ」

アリシアは両眉を吊りあげた。「じゃあ、だれかお行儀の悪い子がいて、はずれた道を歩いてるってことね。ヴェイルに叱られそう」

それからみんなでくすくす笑いながら森に向かった。

サイモンは自分が行ってはならない方向に進んでいることを自覚していたが、そこが重要な点だった。なにがあろうと任務をおろそかにはできない。大事な期限があり、すべてはそこにかかっているのだ。分厚い葉叢《はむら》をかき分け、大気中にレモンマートルの香りが濃く漂うなかを進んでいくと、いつのまにか岩だらけの崖の縁に立っていて、朽ちかけた手すりがなければ簡単に転落してしまいそうだった。山側の斜面に張りつくようにしてじりじりと歩を進め、それから下をのぞきこむと、急斜面と、そこにしがみついているくすんだ色の蔓《つる》植物や椰子《やし》の木、そして眼下には公式の遊歩道と思しきものが見えた。

ここがその地点にちがいない。

携帯電話を取りだして写真を何枚か撮り、ちらりと下を見て、また顔をあげて待った。一分ほどすると、忍耐力がすり減ってくるのがわかった。自分の勘ちがいか？　もう少し先まで行ってみようか……

ちょっと待て、あれはなんだ？

目をこらすと、崖の反対側の先端あたりに納屋のようなものがあるのがかろうじて見て取れた。いや、納屋じゃない、小屋、よく見ると木造の山小屋で、小さな煙突と脇に屋外トイレもついている。

なんと奇妙な……

観察していると、小屋のなかから人が出てきたので、サイモンはあわてて後ろにさがり、靴の下で石がざくざく音をたてた。顔をしかめてさらに何分か観察を続けるうちに、血が騒いできた。

そうか、彼が隠していたのはこのことだったんだな？　こいつはなんとも厄介なことだ……とはいえ、これで状況がだんだん見えてきた。いまは自分のやるべきことがはっきりわかっていた。

最後にもう一度、携帯電話を確認してからポケットに滑りこませ、来た道を慎重に引き返した。

危険の最初の兆候《ちょうこう》はあまりにも微妙で、フローは気づかなかった。若い人たちがいかにこらえ性がないかを考えるのに大忙しだったのだ。

少しは待ってくれたって罰はあたらないでしょうに。リネットとブレイクがどんどん遊歩道の先へと歩いていくのを見送りながらフローは思った。その遊歩道は豊かな亜熱帯雨林の名残の暗い天蓋《てんがい》の下を蛇行してきて、いまは太陽の照りつける尾根沿いにくねくねと続いており、片側は羊歯《しだ》に覆われた岩肌、反対側は切り立った急斜面で、あたりにはユーカリの匂いがたちこめ、どこか近くで水がちょろちょろ流れる音がしていた。

少なくともアリシアは待っていてくれて、どこもかしこもひどく乾燥しているという会話を少し交わしたあとはふたりで心地よい沈黙に包まれ、それがフローにはありがたかった。つまらないおしゃべりなんて必要ない。そう、沈黙はもっと評価されてしかるべきだ。

アリシアはと言えば、頭のなかは沈黙どころではなかった。脳の一部は、リネットが姉の助言を聞き入れてあのハンサムなブレイクとは距離をおいてくれるだろうかと気をもみ（ふたりしていそいそと先に行ってしまったことにはもちろん気づいている）、別の部分は、行く手に待ち受ける幾多の危険を見きわめようとしていた。

それは幼いころから身についている習性で、心配性と、ミステリの長年の愛読から生まれたものだ。どちらが先かは定かでないが。

アリシアの目下の懸念は蛇で、山荘の敷地内に抗毒血清の類はあるだろうか、それとも万一だれかが咬まれたら大急ぎで山を下りるはめになるのだろうか、と考えていた。身の毛もよだつようなドライブを想像していたそのとき、実際にアリシアの身の毛をよだたせることが起こった。最初に砂利を踏むような大きな音がして、次に砂ぼこりが降りかかってきた。

いまのはいったいなに？

見あげると、斜面の上から小石がいくつかころがってきて、そのあとにかなり大きな石が落ちてくるのが見えた。とっさにアリシアはフローに向かって突進し、いきなり突き飛ばされたフローは驚きのあまり反応する間もなかった。女性ふたりは前方へ飛びだし、石がそのすぐ脇をかすめた。次の瞬間、大きな石はふたりがいま歩いてきたばかりの地面に激突し、そのまま砂ぼこりと木の葉を舞いあげながら急斜面を飛びはねて落下していった。

ふたりは息をあえがせながらそれを見送った。

「ああ驚いた！」フローがポールをしっかりつかんだままようやく声を出し、アリシアは落ち着こうと何度か深呼吸をした。「いまのはなんだったの？」

「崖崩れ、でしょうね」アリシアは服を払いながら答え、フローが立ちあがるのに手を貸していると、リネットとブレイクが走ってこちらに向かってきた。

「ふたりともだいじょうぶ？」リネットが叫んだ。

「だいじょうぶよ！」フローは叫び返し、骨折しなかったことで母親の優良な遺伝子に感謝した。転倒を示すものは数カ所のすり傷だけだ。

ふたりでしばらく呼吸を整えているあいだに、ブレイクとリネットが上を見あげ、次に斜面を見おろすと、さっきの大きな石は張りだした木々のあいだに落ち着いていた。

「ありがとう、アリシア」フローが言った。「あなたが突き飛ばしてくれなかったら、石に直撃されるところだったわ！」

「落石はまだ続くかもしれない。遊歩道から離れたほうがよさそうだ」とブレイク。「危険だと思う」

「ほんと危なかった！」リネットも同調した。「死んでたかもしれないんだから！」

たしかに、そう考えるとアリシアの頭のなかが沸騰《ふっとう》しはじめた。あれはただの偶発事故だったのか、それともだれかが故意に石を落とした？

一行が向きを変えて日の当たる遊歩道から薄暗い天蓋のなかにもどると、毒蛇は忘れ去られた。フローが気分が悪いと言いだしたので、近くに切り株を見つけ、そこで足をとめてひと休みさせた。

待っているあいだに、アリシアは木々のあいだから尾根のほうを、さっき石が落ちてきたあたりをじっと見つめた。背筋に悪寒が走った。あそこにだれか立っている。まちがいない。目をこらすと人影がかろうじて見分けられ、帽子をかぶって腰に両手をあてているのがわかった。

「ねえ、ふたりとも！」声をひそめて言った。「見て！」

リネットとブレイクが見あげたときには、人影はすでに消えていた。アリシアはたったいま目にしたものを必死に説明したが、ふたりとも幻覚でも見たんだろうと言いたげな顔だった。

「木の形から頭が勝手に妄想したんだね」とリネット。「いまにはじまったことじゃない」

アリシアはその言葉を聞き流してブレイクに顔を向けた。「あの上にはなにがあるの？」

遊歩道のことを事前に調査していたはずのブレイクがいまは困惑し、やや狼狽《ろうばい》しているようにさえ見える。「知るわけないだろ」不機嫌ともとれるような言い方だった。「とにかく、もう帰ろう」そう言ってフローに手を貸そうとしたが、あっさり断られた。

「わたしはひとりでちゃんと歩けますよ、お兄さん！」

フローもすっかり気分が暗くなってしまったようだが、それも当然だろう。あのときアリシアが上を見なかったら、この楽しい散歩はまったくちがったものになっていたかもしれない。

散歩していた一行を尾根からじっと見ながら顔をしかめている者がいた。あんなことがあってはならなかった、断じて。なにひとつ予定どおりにいかない。

疲れたようなため息と、人生が一巡したような感覚。未来はすでに書かれていて、結末はあとページを一枚めくるだけ。

あるいは石をごろごろ転がせばいいだけか。

4

ロビーに足を踏み入れると、そこはまるで廃墟のようで、アリシアは濡れた髪をかきあげながらあたりを見まわした。フロントの壁に大きな時計が掛かっているのに気づき、まもなく夕食の時間だったので、みんないまごろ支度をしているのだろうと納得した。手早くシャワーを浴びて着替えてきたアリシアは、落石の件を早く知らせたくてたまらなかったが、ここにはだれもいない。デスクの上に小さな金色のベルがあるのが見えたので、そこへ行ってベルを鳴らそうとしたとき、フロントの奥の事務室と思われるあたりから話し声が聞こえてきた。

「……どうしてだと思う?」と女性の声が言い、すぐに男性の声が続いた。

「よくわからないが……じゃないだろうか」

一言一句聞こえたわけではないが、ヴェイルの横柄な物言いはすぐにそれとわかった。女性の声はそこまではっきりしなかったが、互いにいらだっているのはまちがいないので、アリシアはパンフレットを一枚手に取り、ふたりの会話をじゃましないよう後ろにさがった。そのとき「偽者」と「詐欺師《さぎし》」と言うのが聞こえ、さらに「われわれを完全にばかにしている!」のあとにふんっと大きく鼻を鳴らす音が続いた。

少しおいて、女性が「それで、どうするつもりなの?」と訊いた。

また少し間があり、ヴェイルがはっきりとこう言った。「対決する、当然だ！　そして警告しなければ――」

唐突に黙りこんだかと思うと、ヴェイルがいきなり現われて、アリシアは不意打ちを食らった。気配を察知されたにちがいないが、幸いアリシアはまだパンフレットを読んでいて、というか少なくとも読んでいるふりをしていたので、無邪気に顔をあげ、すかさずさわやかな笑みを張りつけた。

「おじゃましてすみません」と声をかけた。

「いいえ、ちっとも、マダム」ヴェイルはよどみなく答えた。「ダイニングルームをおさがしでいらっしゃいますね？」

「いいえ、ちがうんです、遊歩道でのちょっとした出来事をお知らせしておきたくて。でも、なんなら出直して――」

「その必要はありませんよ」一瞬振り返ってごく小さく首を振ってから、ヴェイルはこちらに出てきてアリシアのほうへやってきた。「なにか問題でも？」

「よくわからないんですが」

アリシアがさっきの出来事を詳しく話すと、支配人は真剣に耳を傾け、話が進むうちに目つきがだんだん暗くなっていった。

「それこそがみなさまにお願いした理由なのです。下のほうの、道標のある遊歩道以外は歩かないようにと」

「ということは、上にも遊歩道がある?」

「かなり古いものが、たしかにございます。〈悔恨の小道〉。ですが、もう何年も使われておりません。危険きわまりないので」

「でも、きょうの午後に使われていたのはたしかです。だれかが上の道にいるのをまちがいなく見ました。その人がたまたま落石を引き起こしたんでしょうか、それとも……?」

最後まで言う必要はなかった――ヴェイルの顔にはすでに恐怖の色が浮かんでいる。「これは断言できます、マダム、もしだれかがあの遊歩道に迷いこんだのだとしても、落石はほぼまちがいなく偶然の出来事だったのでしょう。だれかがあなたやそのお仲間に危害を加えるような理由があるとはとうてい思えませんから」

アリシアは微笑んだ。ヴェイルは正しい。もちろん彼の言うとおりだ。自分の想像力がまたしても暴走してしまったらしい。「それでも一応お知らせすべきだと思いまして」

「知らせてくださってよかった。正しい遊歩道からはずれないことがいかに大事か、お仲間のみなさまにもあらためて念押ししましょう」

そう言いつつ、いまヴェイルの頭にあるのは飛んでくる石のことではなかった。考えていたのは、過去ががらがらと音をたてて自分の上に崩れ落ちてくる脅威だった。

フラナリー夫人がみんなの前に最初の一品――真ん中にサワークリームを浮かべたボリュームたっぷりの南瓜《かぼちゃ》スープに温めた堅焼きパンを一枚添えたもの――を置くと、ヴェイルが約束どおり、横長のダイニングテーブルの前方に歩みでて、ワイングラスをナイフで静かに叩いた。

「少しよろしいでしょうか、みなさま」全員が落ち着くと、ヴェイルは例のこわばったような笑みを浮かべた。「事務的なお知らせがいくつかございますので、それが終わったらフラナリーさんの繊細《せんさい》な料理をゆっくりお楽しみいただくとしましょう」

「おいしそうな匂い！」ミッシーの言葉に、リネットは片眉をちょっとあげた。

おいしそうな匂い、それはたしかだけれど、自分なら〝繊細〟という言葉は使わないだろう。どちらかと言えば郷土色あふれる――早い話が田舎料理だ。

「まずは」とヴェイルが話をはじめた。「みなさまにこの環境を楽しんでいただきたいのはやまやまですが、どうかお願いいたします――あらためて――森を散歩なさる方はかならず道標のある遊歩道を歩いていただきますよう。どの遊歩道も入口は私道を下っていった先にあり、わかりやすい標識が立っていますので。どうか、どなたもそれ以外のコースは通らないようお願いいたします。私道の北の端からのぼっていく曲がりくねった古い遊歩道もありますが、そちらはもう何年も整備されていないので、ご自身やほかの方に危険をおよぼす可能性があります」

そこでヴェイルがちらりとこちらを見たので、アリシアは感謝のしるしにうなずいた。ヴェイルはアリシアに視線を向けたまま話を続けた。「みなさまがたのクラブの活動は明朝からはじめられるのですね？」

アリシアはもう一度うなずき、一同に告げた。「読書会は十時半ごろの開始にしようかと思いますが、いかがでしょう？　そうすれば、朝寝坊もできるし、散歩したい人はその時間もとれるので」

「でも正しい道をはずれないように！」フローがいささかむっとしたような口調で言い添える。

ヴェイルが話を続けた。「図書室がいちばん落ち着けると思いますので、そこに準備をしておきましょう。フラナリーさんがモーニングティーとアフタヌーンティーを用意し、図書室の奥にある冷蔵庫に軽い昼食も入れておきますので、必要に応じてご自由にお召しあがりください。もしほかに必要なものがあれば、どうぞ遠慮なくフロントのベルを鳴らすなり内線電話をかけるなりしてくださってかまいません、なんなりとお手伝いいたしますので」

「ワイファイはないの？」だれかが声をあげた。目を大きく見開いたロニーだった。

「もちろんフロントのパソコンはインターネットに接続できますが、マダム、お客さまには、ここにいらっしゃるあいだ電子機器から離れることをお勧めしております。そのほうがゆったりとお過ごしいただけるはずです」

「そうかしら」とロニー。そんな非常識な話は聞いたことがないと言いたげな顔だ。

ブレイクもやはり顔をしかめており、一方サイモンはクレアに視線を送って、バルコニーでの出会いを思いだしたふたりは笑みを交わした。

いったん立ち去りかけたヴェイルが、ふと思いだしたようにもどってきた。「もうひとつお知らせがありました。今季はかなり乾燥しています。記録的な乾燥です、実際は。前回これほど乾燥したのはたしか……」そこで口ごもりつつ、心配そうな顔で一同を見渡した。「ご心配にはおよびません、まったく。とはいえ、水をご使用になるときは常にそのことを意識していただければ非常にありがたく存じます。蛇口は確実に閉めて、タオルはできるだけ再利用していただけますように」そこでうなずいてこう言った。「ではお待たせいたしました。どうぞお召しあがりください」

ヴェイルが厨房《ちゅうぼう》にさがると、リネットが周囲の人に訊いた。「ヴェイルはなんであんなにびってるの？」

「ここではタンクの水を使ってるのよ、リニー」ミッシーがスプーンに手を伸ばしながら答えた。「だから水は節約しないといけないの。でもね、実際のところ、みなさん、あたしたちはみんな、常に節水を心がけるべきだわ、だれだろうと、どこに住んでいようと関係なく。大事なのは資源を守るってことで――」

「というよりね、お嬢さん」ロニーが口をはさむ。「ヴェイルが心配しているのは、もっと目先のことと森林火災だと思うわ。もし火災が発生しても、わたしたちが充分な水を確保できるようにね」

リネットがあわててアリシアに目をやると、姉はクレアと話していた。よかった、とリネットは思った。全員でひとつのテーブルを囲んでいるとはいえ、かなり大きなテーブルなので、ほとんどの人は少人数で会話の輪を作っていた。アリシアとクレアはテーブルの一方の端で話しこみ、ペリーとサイモンは反対側の端でフローの話に耳を傾けていて、中央にすわったブレイクは料理評論家よろしく皿をじっとにらんでいる。

「それって、さっき言ってた〝大火〟のこと？」今度はリネットが訊いた。「なにがあったの？」

「えーとね」ロニーはスープをひと口飲んでから、これは国家機密よと言わんばかりに身を寄せてきて、くすんだブロンドの巻き毛がひと束目にかかった。「あれは、少なくとも四十五年前のことよ、わたしの記憶力がたしかならね、だいぶガタがきてるのはみんなも知ってのとおりだけど」

「五十年だよ、じつは」とブレイク。もうスープ皿を見てはいない。それから急いで付け加えた。「というか、そう聞いてる。図書室でもっと詳しく調べられるかと思ったら、あそこには時代遅れの百科事典とほこりの山しかなかった」視線が鋭くダイニングルームを一巡し、口角がさがった。「この建物はどう見ても建て替えたほうがいいな、時代遅れもはなはだしい。おれが新しいオーナーなら全部取り壊して一から建て直すね」

「新しいオーナーがいるの？」リネットが訊いた。

「そりゃそうさ、そうじゃなきゃ改築なんてすると思うかい？　ライル家は九十年ほど前にここを建ててからほとんど手を入れてこなかった。硬直した古い時代に閉じこめられてしまったんだ、彼らも。動物の剝製だの堅苦しい家族肖像写真だのと一緒にね。あの火事で半分でも焼ければまだよかったのに。まあ少なくとも、これで息を吹き返すことにはなるだろうな」

「とにかく」ロニーが不快感もあらわなしかめ面を一瞬ブレイクに向けて言った。「あの火事はわたしがここを訪れたすぐあとに起こったのよ、たしか、その〝硬直した古い時代〟にね」

また一瞬顔をしかめる。「あれは本当に素敵なダンスパーティーだったわ。かわいそうなリディア・ライル、あんなことになってどれほど打ちのめされたことか。だってほら、ダンスパーティーはそもそも彼女の発案だったし……」

「なにがあったの？」リネットが話を軌道にもどそうとして尋ねた。ブッククラブのこのメンバーにかぎっては大いにその必要がありそうだと感じていた。

「火事よ、お嬢さん！」ロニーが鈍いわねと言いたげな顔で見返す。「もちろんヴェイルの言うとおりよ。あの年もそりゃあひどく乾燥していて、たぶんいつもの年ほど雨が降らなかったんでしょうね、しかもその前の年はもっとひどかったの。ちょうど、いまみたいな感じで」そこでロニーも口角をさげた。「下草は焚きつけみたいなものだったわ。だから下の峡谷で火が出たあと、そう、その火がみるみる山をのぼってきて……」

「山火事に？」ブレイクがあとを続けると、ばかにされているのかどうかわからず、ロニーは目を細くして彼を見た。

「だからなにがあったの？」リネットは再度訊いた。「山荘と宿泊客たちに」

「ええ、彼らは運がよかったわ、お嬢さん。ここには被害がなかったとはいえ、火の手はすぐそこまで迫っていたそうなの！　あの火事で命を落とした人も幾人かいたらしいけれど、はっきりとは……」

「ひとりだけだ」とブレイク。もうにやついてはいなかった。「二十代前半の男性、狩猟ツアーの案内人として雇われていたスタッフだよ。火を消しとめに行って、それきりもどらなかった」そこでみんなの眉が吊りあがったのを見て付け加えた。「ちょっとばかりニュース中毒なもんで。ここへ来る前に調べたんだ」

ロニーはいまや疑わしげに眉をひそめている。「ハンター、ということ？　ふーん……」

「そう、でも彼の写真は一枚も見つからないだろうね、あの〝楽しい記念写真〟のどこをさがしても」指で引用符を作りながらブレイクは言った。「それに、図書室で山荘の年表を調べても、この建物を守ろうとして命を落とした哀れな男のことはもちろん、火災そのものについてもいっさい書かれていないはずだ。まるで端《はな》から火事なんか起こらなかったみたいに」

「別に祝うようなことじゃありませんから」背後で硬い声がして、驚いたブレイクが振り返ると、フラナリー夫人が片手に赤ワイン、もう一方の手に白ワインを持って立っていた。「この山荘の評判にもかかわりますしね」そこで口元に作り笑いを浮かべる。「さて、モローさん、飲み物はいかがなさいます？」


テーブルの端では、クレアが別の自然災害、もっと直近のもっと小規模な災害について、アリシアを質問攻めにしていた。

「崖崩れのこと聞いたわ。だいじょうぶだった？」

「あら、わたしならだいじょうぶ」アリシアは軽い調子で答えた。「ちょっと砂ぼこりをかぶったくらい、それだけのことよ」

クレアは首を大きく傾げた。「わたしをだれだと思ってるの、アリシア。あなたの気持ちはどうだった？　相当怖い思いをしたんじゃない？」

アリシアは苦笑した。「あなたにはもうごまかしはいっさいきかないわね」大きく息を吐きだしたので前髪がふわりと持ちあがった。「ほんと言うとね、ちょっとぞっとした。なんの前ぶれもなくいきなりだったから」

「無理もないわ。へたをすればもっと大惨事になってたかもしれないもの。ねえ、どうしてそんなことが起こったんだと思う？」

「ヴェイルの話では、わたしたちが歩いてた道の上のほうに、いまは使われていない遊歩道がもう一本あるんですって。不気味なことに〈悔恨の小道〉とか呼ばれてるらしい」

「いやだ、ほんとに不気味ね」

「そうなの！　前にもそこで落石があって、だから閉鎖されたのよ」

「じゃあ、ヴェイルが食事の前に口うるさく注意したのはそのせいだったのね？」

アリシアはうなずいた。「わたしたちは決められた遊歩道からはずれてはならない！」目を細くした。「ところが、その道をはずれた人がいるの」周囲を見まわして、目をもどす。「だれかが上の道にいるのを見たのよ」

「だれ？」

「あの距離からだとわからないし、ほかの人たちに見てもらう前に姿を消してしまったの。でもだれかが上の道にいた、それはたしかよ。散歩をはじめる直前にわたしが見かけたのと同じ人かもしれない、私道の上のほうからそっちの方向に歩いていったから」

クレアは驚いて顔に不審の色を浮かべた。「本当に？　で、その人物に見覚えはなかったのね？」

「見えたのはほんの一瞬だったの。帽子をかぶってた、でも男性だと思う。ちらっと姿が見えたと思ったらすぐ森のなかへ消えてしまったの。きょうの午後、だれかが出かけるのに気づいたりしなかった？」

クレアは渋い顔になった。そう、たしかに気づいたが、口にするのはどうにも気が進まなかった。「サイモンが外を歩きまわっているのを見たわ」

アリシアはサイモンのほうを一瞥《いちべつ》して、目をもどした。「正確には何時ごろ？」

「みんなが荷物を解いてたころ。わたしは携帯電話の電波を受信しようとして自分の部屋のバルコニーに立っていたの。そこへサイモンが通りかかって、ちょっとだけ話をしたわ」

「どっちに向かって歩いてた？　私道を下っていたか、それとものぼってた？」

クレアはためらった。「のぼっていたわ、最後に見たときは。でも、悪気はなかったと思うの、アリシア、あなただってわかってるはずよ。ただの事故だったんだわ」

「もちろんよ、クレア。たぶんサイモンは遊歩道の場所を勘ちがいしたんでしょ。そんなふうに考えたら、なんだかほっとした。少なくとも自分がまた幻覚を見てるんじゃないってわかったしね！」アリシアは笑った。「とにかく全員が下の道を、公式の遊歩道を歩いてるかぎりは安全なはず。あしたはぜひどこかでゆっくり時間をかけて散歩してみたいと思ってるの」

「わたしも」と言いながら、クレアはフラナリー夫人がテーブルに置こうとしている鶏《コック・オ・》の赤ワイン煮《ヴァン》のはいった湯気の立つ深鍋から目をそらした。夫人の後ろにいるヴェイルは、パルメザンチーズらしきものを振りかけたなめらかなマッシュポテトとサヤインゲンのボウルを手にしている。「これじゃ身体を動かさないとだめね！」

スタッフふたりが声の届かないところまで離れるのを待って、アリシアは尋ねた。「そのサイモンなる人物について、実際わたしたちはなにを知ってる？」

クレアは肩をすくめた。「よくは知らない、でもだからこそわたしたちはここへ来たわけでしょう？　お互いをよく知り合うために」問題の男性のほうを一瞥して、目をもどす。「彼がきょうの午後うっかりあなたを殺しちゃったかもしれないという事実を除けば、とても素敵な人のようにわたしには思えるけど、実際ね。どうしてそんなことを訊くの？　なにか心配なことでもあるの？」

アリシアもクレアの視線を追い、肩をすくめた。「ううん、なんでもない。ただちょっと小耳にはさんだことがあって……」

女性ふたりが身を寄せ合ってひそひそ話しているあいだ、当のサイモンはフローの話に意識を集中させようとがんばっていた。鶏の羽をむしる完璧な方法について――まずは逆さにして脚の部分からはじめ、下に向かって作業を進めていくといいとか。それでも視線はついクレアとアリシアのほうへさまよってしまう。自分の名前が口にされるのがたしかに聞こえたし、ふたりとも会話の途中でこちらにちらっと目を向けた。それはまちがいない。

サイモンは顔をしかめたくなるのをこらえた。

もしやあのふたりに見抜かれてしまったのか？

もしそうならいたたまれない。やるべきことはまだ残っている、知るべきことも……


二時間ほどして、鍋の料理を食べ尽くし、そのあとブランデーのかかったプディングも平らげると、一同は残ったワインを飲み干して、ぱらぱらと席を立ちはじめた——ひとりは図書室へ、ひとりかふたりは夜のそぞろ歩きへ、ほかの者はそれぞれの自室へ。

すべてが落ち着いて最後に静寂が訪れるまでには、まだ何時間もかかるだろうが、いずれはそうなる。

ついにそのときがきたのだ。

深夜のちょうど二時半、一枚のドアがゆっくりと開いた。二秒後、顔がのぞき、目が左を、次いで右を見て、また左を見る。

さらに数秒後、静かな一歩が廊下に踏みだされ、下に垂らした手には尖った光るものが握られている。

慎重な歩みでさらに数歩、廊下をロビーのほうへと向かう。またためらい、音に耳をすまし、動きを探り、ふたたび歩きだす。今度はもっと揺るぎない足取りで。願うのはただ、正義を行なうこと。

いまこそ贖《あがな》いのときだ。

5

翌朝、アリシアはぐったりと疲れ切った気分で目を覚ました。よく眠れなかったのだ。耳慣れない凶暴な騒音にたびたびまどろみをじゃまされた――キーキー、バサバサといった音、そして表でオオコウモリが鳴きわめいているとしか思えないような音に。だれだか知らないが、田舎は静かだなんて言った人は耳栓をつけていたにちがいない。

さらにまずいことに落石の場面が繰り返し頭によみがえった。大きな石が自分たちに向かって転がり落ちてきたこと、見知らぬ人が上から無言で見ていたこと。気さくに手を振るでもなく、大声で謝罪するでもなく。

アリシアの夢のなかでは、上の道に立っていたのはサイモンではなかった。まったく別のだれかだった。浅黒い顔につばのある白い帽子をかぶった幻のような人影。目覚まし時計がようやく起きる許可を与えてくれたとき安堵感に包まれたのも無理はなかった。

眠気覚ましの冷たいシャワーを浴びたあと、カジュアルな服を着て部屋の鍵をつかみ、ダイニングルームに行くと、すでにメンバーの多くが集まっていて、三人ずつに分かれてテーブルについていた。ブレイクとリネットのふたりだけが見当たらず、ペリーの隣に腰をおろしたアリシアの意識はまたしてもさまよいだして、今度はアダルト向けの領域へとはいりこんだ。

あのふたり、まさかそんな仲になってないでしょうね。

昨夜は、夕食の三品のコース料理が終わったときにはみなくたくたで、全員が早めに休もうと決めていた。

というか、ほんとにそうしたの？

アリシアは記憶をたどってみた。部屋にもどる前に図書室にちょっと立ち寄ったが、リネットは一緒に来なかった。まっすぐ自分の部屋へ行った？　それとも、ワインをもう一杯飲もうとテーブルに残り、そこにハンサムな新入りもいた？

「やだ、姉さんたら、あんまり寝てないって顔してる！」ペリーがブッフェの料理を取っているあいだに、リネットが隣の椅子にどすんと腰をおろした。

妹の後ろにブレイクがついてこなかったので、アリシアはそれを良い兆候と受け取った。

「そっちはどうなの？」

「赤ちゃんみたいにすやすや。それで思いだしたけど、あたし犬がいないとさみしくてだめ！　マックスだって絶対ここが気に入ったと思うな。連れてこられないなんてほんと残念」

「あのね、ここは国立公園なんだよ、リネット」ペリーがスクランブルエッグとベーコンの皿を目の前に置きながら言った。「行ってきたら、お嬢さんたち、どれもすごくおいしそうだよ！」

リネットはペリーの皿を仔細《しさい》に観察し、目にしたものが気に入ったのか、すかさず立ちあがって調理された朝食を取りにいった。

まだ胃の具合が落ち着かないアリシアはペストリーだけで充分で、空になったカップに手を伸ばしたとき、フラナリー夫人がいれたてのコーヒーのポットを手に厨房《ちゅうぼう》のスイングドアから出てきた。ところがアリシアのテーブルまで来るあいだにポットが空になってしまい、夫人はおまえが悪いと言わんばかりにポットをにらみつけると、足早に厨房へともどっていった。ふたたび現われたときには果物の大皿を手にしていたが、コーヒーはなく、アリシアは失望感を隠してペリーに顔を向けた。

「ゆうべは眠れた?」

「ぼくはいつだって眠れるよ、ハニー」ペリーは答えたが、今度ばかりは嘘だった。

昨夜ペリーを眠れなくさせたのは、騒音ではなく、頭のなかをぐるぐる駆けめぐる〝ヴェステラ〟という名前だ。ロニーの名字にこれほどなじみがあるのはなぜなのか……

ようやくうとうとしかけたとき、はっと思いあたった。やっぱりそうだ! バルメインとも野外上映会とも関係なかった。ロニーが昔の〈ライルズ狩猟山荘〉の話をしていたこと、服と不釣り合いなブレスレットのこと。それでようやく合点がいった――ロニーは博物館の最大の後援者のひとりだ! というか少なくとも彼女の一家が。まちがいない。

それからの一時間、ペリーは輾転反側《てんてんはんそく》しながら、ロニーの夫の名前と、一家がどうやって財をなしたのか思いだそうとした。医薬品だっけ? いや、鉱山がらみだっけ? いずれにしても、ロニーの家は大富豪だ、だれもがあきれるほどの。去年も百万ドル近い額の小切手を寄付してくれたばかりだった。

別のテーブルについているロニーを見やり、シンプルな綿のブラウスにベージュのタック入りパンツ、少々くたびれたサンダルを認めて、ペリーはつい頬をゆるめた。普通のおばあちゃんみたいななりをしているかもしれないが、彼女はこの部屋のなかで断トツの大金持ちなのだ。あえて素性を隠しているのだろうか。そんなこと気にしなくていいのでは？

「みんな、おはよう！」玄関のほうから大きな声がして、いっせいに振り向くと、ブレイクが立っていた。ウォーキングシューズをはいて首からカメラをさげている。「往復四キロのトレッキングをしてきたよ。きみたちもどう？」

「もう、そうやってかっこつけるのはおやめなさい、ぼうや！」フローが声をかけると、ブレイクは小声で笑いながら部屋にはいってきてブッフェの料理を検分した。

身をかがめて、またもどす。「悪くないな」とだれにともなく言った。それからフラナリー夫人を見つけて声をかけた。「コーヒーが一杯ほしいな、よろしく、フラナリーさん。大至急頼むよ」

夫人があいまいにうなずいてコーヒーポットを取りに厨房へもどると、ペリーが姉妹に顔をもどして言った。「あれじゃブレイクがこの山荘のオーナーかと思っちゃうね。高級車をぶんぶん飛ばして颯爽《さっそう》と現われたり、スタッフにあれこれ命令したり」

「スタッフねえ」アリシアは言った。「ここにはほとんどいないけど。けさはフラナリーさんがひとりで切りまわしてるようだし」

「やっかんでるだけでしょ、ペリー」というのがリネットの意見だった。「自信たっぷりの体育会系の人、あたしは好きだな」

「きみがふだんつきあってる優柔不断な男たちとはずいぶんちがうけどね」ペリーが切り返し、ふたりはナプキンでぴしゃぴしゃ叩き合いをはじめたが、アリシアの低いうなり声でやめた。いつものことだ。

「そうそう、ヴェイルはたぶん美容のためにたっぷり朝寝坊してるんじゃないかな」とリネット。「ゆうべはかなり夜更かししてたし」

「なんで知ってるの?」アリシアは訊いた。

「えっと、そんな気がしただけ……」言いながらリネットは目をそらした。


厨房へ引き返したフラナリー夫人は小声で悪態をついていたが、それは偉そうな客に対してではなかった。

ヴェイルはいったいどこなの?

いつものヴェイルはもっとはるかに役に立つ。たしかに料理は自分の領域だが、必要なときはいつでも手を貸してくれた。必要以上に踏みこむことは決してない。夫人は顔をしかめながら、抽出中のコーヒーを確認した。あの不審な客のせいでヴェイルは調子を狂わされてしまったにちがいなく、そのことで彼を責めるわけにはいかない。ふたりともこのところ気分が落ちこんでいた。この山荘が売りに出されてからずっと。そのせいでだれもが動揺している。

夫人は嘆息した。いまそれを心配してもはじまらない。おそらくヴェイルには充分な睡眠が必要なのだろう。休息が必要なのは自分だって同じだ。近ごろはよくへまをするし、いろいろなことがなおざりになってきている。きのうはあろうことか郵便物を受け取るのをすっかり忘れてしまった！　列車が早く到着したせいだ。あれで予定が完全に狂ってしまい、おかげで凪のなかを運転して町までもどるはめになってしまった。重要な手紙が少なくとも一通は届くことになっていたのだ。ヴェイルはこの沈みゆく船と運命を共にするつもりかもしれないが、こちらには計画がある。大きな計画で、それにはライルも彼のいまいましい山荘も必要ない。もはやこれ以上は。

すべてが終わるのは早ければ早いほどいい。

エプロンをきちんと整えると、フラナリー夫人はコーヒーメーカーからポットを引き抜き、唇を引き結んで微笑に見えなくもない形にしてからダイニングルームにもどった。

サイモンは席を立ち、同じテーブルの仲間、フローとロニーにお先にとうなずきかけた。自分と同様、彼女たちも早起きをして、まず朝食をとりにきた——もっともフローはあまり食べず、飲み物を一杯とバターを塗ったトースト一枚だけだった。ふたりは知るよしもないことだが、サイモンはその何時間も前に起きだして、敷地内を歩きまわりながら着々と仕事を進めていた。

ただし今回はだれにも見られなかった。その点は気をつけていた。サイモンは伸びをして、ダイニングルームのなかを、あまりじろじろ見ないようにしながらざっと見渡した。

あせるなよ、と自分に言いきかせた。果報は寝て待て、だ。

ミッシーが自分の素敵な新しいアパートメントと、安っぽい悪趣味なソファとしか思えないものを〝破格の値〟で手に入れた経緯をぺらぺらと話しているあいだ、ブレイクはリネットのほうをちらちら見て視線をとらえようとした。リネットのテーブルには空席がなかったが、昨夜はふたりで食後酒を楽しんだのだった。

夕食が終わり、ほかのメンバーたちが午前零時前のシンデレラよろしくそそくさと引きあげていくのを待って、ブレイクが小さなバーに足を向けると、うれしいことにリネットもまもなくやってきて仲間に加わった。そこは狭苦しい部屋で、廊下に通じるドアとダイニングルームに通じるドアがあり、行きつけのバーに比べると薄暗くて薄汚れていたが、ワインの趣味はなかなかよく、ブレイクが大ぶりのグラスふたつにカベルネ・ソーヴィニヨンを注いでいるあいだに、リネットが備え付けの小さなメモ用紙にふたりの名前を記入しはじめた。

「最後にまとめて請求するんでしょうね」リネットの言葉に、ブレイクはチッチッと舌を鳴らした。

ブレイクは名前を書くつもりなどなかったが――〝どうせばれないさ！〟――リネットは意外にまじめで、ふたりが飲んだボトルを彼らはちゃんと把握しているはずだと言い張った。もう一杯飲もうと提案したとき、廊下で床板のきしむ音がして、ヴェイルがロビーのほうへ歩いていくのが見えた。両手でバッグを持ち、険しい顔をしていた。

数分後、ふたりは正面玄関のドアが開閉する音を聞いた。

支配人がこんな遅い時間にどこへ行こうとしているのか、リネットは考えこんでいたが、ブレイクはすでに名案を思いついていた。ある計画の大事な要点を。

あくびをするふりをしながら「やっぱりそろそろ引きあげたほうがよさそうだ」と言ったとき、ブロンド美人の目に一瞬がっかりした表情が見えたのはまちがいなかった。

ブレイクは忍び笑いをもらした。ビジネスが優先、お楽しみはそのあとだ。

「その火事で亡くなった人のことをもっと教えて！」ミッシーの甲高い声がブレイクの夢想を打ち破った。「ゆうべ話してた人、例のハンターのこと！」

ブレイクが顔をあげたそのとき、ブッフェのテーブルのあたりでカップが受け皿にぶつかる大きな音がした。はっとしてそちらに目を向けたが、今回視線の先にいたのはリネットではなく、まったく別の人だった。その人物はこぼれたコーヒーをふきとっていた。しかめた顔を紅潮させて、懸命に平静を装いながら。

しかしその赤面が平静ではないことを物語っていた。

ブレイクの目がいちだんと細くなり、脳が動きだして計算をはじめた……

6

アガサ・クリスティの『そして誰もいなくなった』の真新しい本が八冊、部屋の中央にある磨きこまれたスギ材のコーヒーテーブルに置かれていた。フォルダーを小脇にはさみ、もう一方の手に読み古した本を持って図書室に足を踏み入れたアリシアは、温かいものが全身に広がるのを感じた。山荘側が無償で本を用意してくれているとは知らなかった。なんという粋《いき》な計らい！　とはいえ、数が一冊足りなかったので自分の本を持ってきてよかった。

ビリヤード台の上の壁の掛け時計を見て、アリシアはてきぱきと動きはじめた。まだ十時だが、きょうの読書会では進行役を務めるので、開始時刻までに部屋の準備を整えておきたかった。図書館長になったような気分で、すべてが所定の位置に置かれ、すべてが正しい状態にあるようにした。

リネットとクレアが本格的なウォーキングに出かけたことと、フローが――いや、あれはロニーだった？――廊下のみごとな壁画の写真を撮っていることはすでにわかっている。サイモンとブレイクがどこへ行ったのかは知らないが、ペリーはいま開いたガラスのドアから図書室にはいってくるのが見えた。

「じゃまをするつもりはないから、約束する」とペリー。「ちょっとここの歴史について学んでおこうと思っただけ」

壁に飾られているライル家の記念の品々を指さしている。

「ご自由にどうぞ」アリシアは答え、フォルダーから論点をリストにした紙を取りだして、本の山の横にきちんと重ねた。「メモをとりたい人のために紙とペンも余分に持ってきた。もちろんいつものヒントもちゃんとタイプしてきたわ、議論が行き詰まったときに備えて。この本に関しては論点を考えるのがすごく楽しかった。テーマはいくらでもあるものね！　自警団的正義、贖罪《しょくざい》と報復、後悔と復讐……」

ペリーは聞いていなかった。冷蔵庫の横に掛かっている額入りの白黒写真のなかの青年にすっかり見とれていたのだ。

「やあ、どうも、ハンサムくん！」アリシアがそばに行くとペリーは言った。「創業者のアーサー・ヘンリー・ライルだって」写真に添えられた説明文を読みあげたあと、ヴェイルの歯切れのよい口調を真似した。「わたくしどもの創業者アーサー・ヘンリー・ライルは百年ものあいだ旧式の馬車に乗るしかなかったのです！」

アリシアはペリーの肩を軽くぴしゃりとやった。「ふざけないで。当時はさぞ大変だったでしょうね。想像もつかないわ、そもそもここを建てるのに必要な資材を全部どうやって運びあげたのか」

「おそらく大部分は現地調達だろうね」とペリー。「まずはここの原生林を利用したんだろう。森は貴重な〝緑の金《グリーンゴールド》〟と呼ばれていたんだ、それもむべなるかな」

「〝大火〟で焼け落ちなかったのは幸いね。ここにはその資料がほとんど残ってないようだけど」

ブレイクが先にしたように、アリシアもゆうべ図書室に立ち寄って、額入りの多くの記事のなかに一九七〇年の〝大火〟に関するものがまったくないことを確認した。それでも自分なりに調査をした結果、火の手がぞっとするほど近くまで迫っていたことを知った。〝数人の善良な男たちの粘り強さ〟がなければ、この建物はかがり火のように炎上していたはずだ。

「火がもう少し近かったら、わたしたちがこの古めかしい素敵な図書室に立つこともなかったでしょうね」アリシアの言葉に、ペリーがいぶかしげな視線を返す。「ええ、そうなの、ここへ来る前にグーグルで調べてみた。わたしの性分は知ってるでしょ、自分がなにに直面するのか知っておきたくて」

アリシアの性分を知っている、というより知り尽くしているペリーが、首を傾げて言った。

「もう大昔の話だよ、アリシア。心配することなんてなんにもない」

「わかってる」アリシアは答えて、小さく笑いながら背を向けた。

それでも心は休まらなかった。アリシアは実際に歩いてもみた。下草がどれほど乾燥しているか自分の目で確認してきたし、ヴェイルもゆうべそう言ってなかった？

燃え盛る火のことは考えないようにして、アリシアは館長の仕事にもどった。

三十分後には、残りのメンバーも三々五々図書室にやってきて、フラナリー夫人がサイドボードに用意しておいてくれた軽食――紅茶、コーヒー、パウンドケーキ、ブラウンシュガーとカルダモンのビスケットなど――を取りにいく者もいれば、コーヒーテーブルを囲むように配置された三脚のゆったりした革張りの長椅子に腰を落ち着ける者もいた。ミッシーがひとつの長椅子の真ん中にどすんと腰をおろすと、ペリーとリネットがすかさずその両側に陣取り、一方クレアは別の長椅子にフローやロニーと並んですわった。この友人同士をブッククラブに勧誘したのは自分なので、助言が必要になったときに備えてそばにいたかったのだ。

アリシアは壁ぎわに一脚だけあるサイドチェアを引いてきて全員の前に置き、サイモンとブレイクが残った長椅子の両端にそれぞれぎこちなく腰をおろすのを見守った。

このふたりはまるで陰と陽だ、とアリシアは思った。両極端と言っていい。ブレイクは胸に《皮肉っぽいTシャツなんか嫌いだ》と書かれたぴったりしたTシャツにブルーのショートパンツというでたち。サイモンのほうは、ぱりっとアイロンのきいたシャンブレー織りのシャツに褐色の長ズボン。前者はこのままビーチへ、後者は役員会議室へ行こうかという恰好だ。

「で、どういうふうに進めるのかな?」サイモンが尋ね、アリシアは片手をあげた。

全員が静まるのを待ってから口火を切った。「こんにちは、みなさん、そして第二期〈マーダー・ミステリ・ブッククラブ〉へようこそ!」

グループから大きな歓声が沸き起こると、フローが声を張りあげた。

「ねえ、初期のブッククラブでなにがあったの?」

ペリーが身震いしてみせ、てのひらを胸に押しあてた。「悪いことは言わない、知らないほうがいいから！」

「初期メンバーのひとりがとんでもない大嘘つきでね」ミッシーが光沢のある黒いフレームの眼鏡を所定の位置に押しあげながら言った。「それからセクシーなドクター・アンダースもいたの。みんな彼のことは大好きだったんだけどね、ときどきちょっと、なんて言うか……」

「とにかく！」とアリシアは引きつった笑みを浮かべながら割りこんだ。「いまとなってはどうでもいいことよ、ありがと、ミッシー。きょうからまったく新しいメンバーで進めていきましょう。五人だったのが九人になって、個人的にはものすごくわくわくしています！」

「〝そして九人になった《アンド・ゼン・ゼア・ワー・ナイン》〟」ミッシーが高らかに宣言する。朝からずっとこの台詞《せりふ》を練習していて、ここぞという瞬間が来るのを待っていたみたいに。

ペリーがうめき声をあげ、リネットが天を仰ぎ、ミッシーはこらえきれずにくすくす笑いだした。

「とにかく」とアリシアはもう一度言い、今度はミッシーに笑顔を向けた。「みんなも知ってのとおり、わたしたちがここへ来た目的は、ただクリスティのミステリ作品について議論するのみならず――ちなみにクリスティを課題書にするのはこれが最後で、次からはまったく別の作家に移る予定よ――メンバー同士の親睦を図るためでもあるので、ぜひそういう機会になればいいなと思っています。では、はじめる前に、ヴェイルさんみたいな言い方になってしまうけど、わたしからもささやかな注意事項があります」

ペリーがまたうめき声をあげて自分を突き刺す真似をし、今度はアリシアが天を仰いだ。

「落ち着いて、なにもそんな大げさなことじゃないの。クラブ内のちょっとしたルールのことを新しいメンバーに知ってほしいだけ。みんながリラックスして気持ちよく参加できるようにしたいの、だから話すのも自由だし黙っているのも自由、それから飲食はいつでも好きなときに遠慮なくどうぞ」

「アリシアは別のブッククラブで悲惨な経験をしたのよ」クレアが横にいるふたりの女性に小声で告げた。「そこはものすごく堅苦しくて規則が厳しかったの」

「わたしは多少厳しくてもかまわないが」サイモンの言葉に、クレアは微笑み返した。自分も別にかまわない、本音を言えば。

「大事なのは、ありのままの自分でいられることと、会話をスムーズに進めること」アリシアは説明した。「いくつか論点を書きだしてみたけど、それはあくまでも指針だから、もし話が別の方向にそれてしまっても、それはそれで一向にかまいません」

　みんなが論点の紙に手を伸ばしていざ議論にはいろうとしたときはわかっていなかったが、のちにアリシアは自分のこの言葉にしっぺ返しを食らわされることとなる。

　ふたを開けてみれば、『そして誰もいなくなった』は物議をかもす課題書だったことがわかった。

　当初の人種差別的なタイトル（発表時の原題は *Ten Little Niggers*、翌年のアメリカ版では *Ten Little Indians* となり、最終的に *And Then There Were None* と改題された）はのちに改められたものの、ペリーとしてはこれを許す気にはなれなかった。「すばらしい作家だったかもしれないけど、デイム・アガサってちょっと偏狭な人だったんじゃない？」クレアはあんぐり口を開けた。たしかにこの作品はふだん好んで読むものより暗めではあるが、クリスティが叩かれるのは聞き捨てならない。

「そういう時代だったのよ、ペリー。当時は大っぴらな偏見なんてざらにあったわ」

「ええ、残念ながらそうだったわね」とロニー。

「ああ、そう、ならいいけどね」ペリーは皮肉たっぷりの口調で言うと、ふんと鼻を鳴らした。

「いや、よくはない」とサイモン。「ひどい話だが、たしかにクレアの言うとおりだった。ここは時代背景も考慮に入れるべきだね。この本が書かれたのはたしか四〇年代だったかな」

「実際は一九三九年よ」とミッシーが言ったが、その声はロビーで鳴りだした電話の音にほとんどかき消された。

アリシアはあわてて立ちあがると、電話の音を遮断しようと図書室のドアを閉めにいき、そのあいだにフローが言った。

「たしかにねえ、いまとは時代が全然ちがっていたから。ロニーとわたしがいくらでも話してあげられるわよ！　あなたたち若い人は自分たちがどんなに恵まれているかちっともわかってない。わたしたちの時代はねえ……」

そうしてフローの話がはじまり、オーストラリアの田舎で育った苦労話が語られた。酒びたりの父親、虐げられた母親、五人のきょうだいたち、食うや食わずの貧乏暮らし。

アリシアはその話に大いに興味を覚えたが、それはいまここで議論すべき話題ではなかった。

にっこり笑ってさりげなく腕時計を確認しながら、ゆるゆるのルールをもう少し、そう、ゆるくなくしたほうがいいかもしれないと考えた。ドアを閉めても鳴り響く電話の音はあまり変わらず、アリシアは頭痛がはじまりそうな予感を覚えた。

「これよりもっとひどい話なんていくらでもできるわよ」フローが言ったので、アリシアは片手をあげた。

「あの、よければ、フロー、そろそろ課題書の話にもどりましょうか」本の表紙をこつこつ叩く。「じゃないと、最後まで終わらないから。これがクリスティのベストセラー本だというのはみなさんご存じだった？」

「知ってた！」とミッシー。「それどころか世界でもっとも売れてるミステリのひとつなのよ。いまだに！　信じられる？　こんなに長い年月がたってるのに。それに知ってたかしら、仔猫ちゃんたち、デイム・アガサは、書きはじめるのにいちばん苦労したのがこの本だったと言ってるの」

　リネットがにんまり笑って新メンバーたちのほうを向いた。「ミステリの女王に関してミッシーが知らないことなんてたぶんひとつもないんじゃないかと思う」そこで眉根を寄せた。「だけど、これがベストセラーなのは意外だな。たしかに、すごくそそられる話ではあるよね——十人の男女が孤島に閉じこめられて、ある狂人が彼らを消していく、ひとり、またひとりと——こんな話を愛さずにいられる？　ただ、あたしはお節介なミス・マープルや気むずかしいエルキュール・ポワロがちょっと恋しかった」

「彼らは出てこないのか？」ブレイクが膝の上の本にちらっと目を落として言った。「じゃあ、だれがこの殺人を捜査するんだい？」この金髪のビジネスマンはここまでずっと沈黙していて、アリシアにはその理由がうすうすわかった。

「連続殺人ってことね、複数だから」アリシアは訂正した。この人は最後まで読んでいないのだろうか。「それに、捜査する人も出てこない。少なくともエピローグまではね。しかも出てくるのはスコットランドヤードの聞いたこともない副警視総監と警部」

「著者としてはパロー氏とジェーン・マープルを登場させるわけにはいかないわ、そうでしょ？」フローもあきれ顔でブレイクを見ながら言い、ブレイクのほうは彼女の〝ポワロ〟の発音にくすくす笑いたいのをこらえている。「お忘れのようだけど、本の結末では全員がいなくなるのよ」鋭い視線を向けた。「アガサはこのふたりを消すわけにいかないわ。そんなことしたら読者が決して許さないでしょう。わたしだって許しませんよ」

ブレイクが目を見開き、本をひっくり返して裏の宣伝文句に目を通した。

アリシアはフローと顔をしかめ合い、次の論点――報復と、全員の身に降りかかったことは当然の報いか否か――を切りだしたものの、ブレイクがどういうつもりなのか気になってしかたがなかった。彼はあきらかにこの本を読んでいない！　ブッククラブへの入会をあれほど懇願しておきながら宿題もしてこないとはどういうわけか。

「差別主義かどうかはともかく」とリネット。「クリスティはまちがってもフェミニストじゃなかったね、それはわかる。みんな気がついた？　中盤あたりで、料理人と執事が消されたあと、すぐに女性客ふたりが厨房《ちゅうぼう》の仕事を引き継いで、男たちは島内を捜索したりしてぶらぶらしてたよね」

「後片付けは手伝ってたけどね！」とミッシー。

「それも、やっぱりそういう時代だったのよ」とフローが言い添えた。「現にあの時代は女が料理をしていたの。否も応もなく、それがあたりまえだった。わたしはちっとも苦じゃなかったわ。言わせてもらえば、わたし料理はすごく得意なのよ」

「あたしだって」とリネットが即座に言い返す。「プロですから。でも問題はそこじゃない」

「じつはわたしもキッチンではかなり使えるほうでね」サイモンがクレアに微笑みかけながら言った。「うちの業界では、なんでもひととおりこなせないといけないから」

「で、それってなんの業界なのかな？」ブレイクがサイモンに向かって目を細めながら訊いた。

「まあ、あれやこれや」サイモンは答え、もう笑みは消えていた。

「そろそろ本の話にもどらない？」アリシアは重ねて言った。いらだちが声に表われないよう気をつけながら。まもなく昼食の時間で、論点は三つ目までしか進んでいない。加えてさっきから電話が鳴りっぱなしで、アリシアの頭はずきずきしてきた。

「わたしが本の話にもどすわね」とクレア。「女性に対する暴力もあったのにみんな気づいた？」

「もう、勘弁してちょうだいな」とフロー。

「そうそう、あった！」とペリー。「若いヴェラが度重なる殺人に動揺してると——だれだってそうなるよね、はっきり言って——ドクター・アームストロングがそばに行って彼女の顔を殴るんだ！」

そう言って、フローが弁護するのを待ちかまえるようにそちらに目を向けたが、今度はミッシーがその役を務めた。

「というより軽くぴしゃりって感じだったわ」と言った。「それだって、かわいそうに彼女がパニックを起こしてたからでしょ」

「だとしても、あれがいちばん適切な行為とは言いがたいよね？」ペリーの言葉にミッシーは椅子のなかで身を縮めた。

アリシアの手がふたたびあがったが、今回その手は見えない白旗を振っていた。「そろそろお昼休みにしましょうか」

満腹状態がみんなを正しい軌道にもどしてくれることをアリシアは祈った。


メンバーが散り散りになると——何人かは自室にもどって休憩し、ほかの者は奥の冷蔵庫のなかに用意されているサンドイッチやキッシュやミネラルウォーターを取りにいった——アリシアはロビーに出て、今度はまっすぐフロントのベルに向かった。また立ち聞きしているところを見つかるのはごめんだが、頭痛を緩和するものがどうしても必要だった。

金色のベルを鳴らしたとき、ありがたいことに電話は鳴っていなかった。数分待って、もう一度ベルを鳴らした。だれも出てこない。フロントデスクに身を乗りだし、その奥の事務室に向かって呼びかけてみた。「すみません！　だれかいますか？」

静寂があるのみ。

意外に思ったアリシアはきびすを返し、きのうヴェイルが現われた内階段に向かうと、そこには《従業員専用》の小さな表示があった。二階にも別の事務室があるのだろうか、ヴェイルは多忙で電話に気づかなかったのだろうかと考えた。いまその電話がふたたび鳴りだしていて、だんだん癇癪《かんしゃく》を起こした幼児の声みたいに聞こえてきた。

電話機をにらみながら、いっそ応答しようかと考え、それから首を振った。電話に出るのは自分の仕事じゃない。フラナリー夫人ならなんとかしてくれるかも。

廊下を引き返し、図書室とバーを通過してダイニングルームに向かい、なかにはいると、けさの朝食は片付けられていたが、テーブルはまだ離されたままで、夕食用の配置にはなっていなかった。

「すみません！」もう一度、呼びかけながら奥の厨房に行き、スイングドアを大きく押し開けた。

なにかがおかしい、と最初に漠然と思ったのはこのときだ。

厨房はまるで爆弾が落ちたようなありさまだった。朝食の汚れた皿が流しにうずたかく積みあげられ、ブッフェの残った料理は調理台の上に散らばったままで、蠅《はえ》がたかりはじめている。走り書きした買い物リストらしきものがコンロのそばに落ちているのが目につき、その横にほとんど空になった赤ワインのボトルがあった。

「フラナリーさん？」と呼びかけてみても無駄だった。

いま一度あたりを見まわしてから、アリシアは向きを変えた。胃のなかの奇妙なざわつきがいまや激しい頭痛を凌駕《りょうが》していた。

図書室に帰ると、ほとんどのメンバーはもどってきていて、ブッフェ・テーブルのまわりで雑談を交わしていた。

図書室の入口から彼らを見ながら、アリシアは気持ちが揺れるのを感じた。みんな楽しそうだ。みんなくつろいでいる。くつろいでとみずから指示しておきながら、どうして自分にはそれができないのだろう。どうしてそれはいつもむずかしいことになってしまうのだろう。

ヴェイルがどこにもいなかったので、アリシアはいったん自室にもどって鎮痛薬がないかさがした。結局バッグの底に古いパックがひとつあるのを見つけて急いで二錠のみ、リップグロスを塗り直して図書室にもどってきたのだった。

ミッシーと同じく、アリシアもこの週末をそれは楽しみにしていたはずなのに、血管のなかに忍び寄る不安をどうしても振り払えない。

もしかしたら、きのうの落石と尾根にいた男の亡霊のようなイメージのせいかもしれない。もしかしたら、だれも思いつかなかった疑問の答えを知っているみたいに午前中ずっと執拗に鳴っていた電話のせいかもしれない。もしかしたら、自分の想像力がまたぞろいたずらを仕掛けているのかも……

物心ついたときから、アリシアの頭のなかはめまぐるしいパニック映画さながらだった。ほかの人たちの目には車が普通に道路を走っている場面で、アリシアの目には狂人が歩道に乗りあげて歩行者たちを轢《ひ》き殺す場面が見える。上空の飛行機は戦闘機に、打ち寄せる波は破壊的な津波となる。

といって別に恐怖におののきながら暮らしているわけでもなく、言うなれば脳みそが勝手に独自の人生を生きているのであり、そもそもアガサ・クリスティを読みはじめた理由はそこにあったのかもしれない。コージー・ミステリが想像力を満足させてくれるおかげで暗すぎる場所へ行かずにすんでいるのだ。

とはいえ、それは邪悪な考えが降りてくるのを常に防いでくれるわけでもなく……

アリシアは急いで首を振り、唇に微笑を張りつけて、進行を再開すべく図書室のなかに足を踏み入れた。

読書会の後半はもう少し実りあるものとなり、メンバーはそれぞれ気に入った手がかりや目くらまし《ド・ヘリング》《レッ》についで熱弁を振るった。ミッシーがことのほか感心したのが、U・N・オーウェンから連想した〝アンノウン〟氏――名なし氏――なる登場人物で、ここが最高におもしろい！と彼女は思っていた。ところが、いまや気が散っているのはアリシアのほうだった。どうしても集中できないのだ。

電話はようやく鳴りやみ、それはせめてもの救いだったが、だれかが廊下を歩きまわる足音はいっさい聞こえず、私道に面した窓の外を車が通り過ぎるのも一度も見かけなかった。フラナリー夫人やヴェイルのいる気配すらなく、それがどうにも不自然な気がした。ふたりが日中に山荘を留守にするのはいつものことなのだろうか。それとも自分が想定していなかった緊急事態でも起こっているのか？

「悪いけど、みなさん」自分の脳をなんとか落ち着かせたくて、アリシアは唐突に声をあげた。「わたしちょっとヴェイルをさがさなくてはならないの。このまま続けてね、すぐにもどるから」

もう一度ロビーまで行くと、やはり無人だったので、ふたたびダイニングルームへ、さらに厨房へ行ってみた。どちらも変化なし。テーブルは朝食用の配置のままだし、厨房は散らかったままだ。

だんだんむかむかしてきて――いくら格安パックだからといって、サービスを提供しなくていいということにはならないはず！――すみやかにフロントデスクへ引き返し、呼びだしのベルを力任せに何度か叩いた。

「ヴェイルは無断欠勤かな」サイモンの声がして、アリシアはぎくりとした。「すまない、驚かすつもりはなかった」

「いえ、だいじょうぶ」どくどく鳴る胸を軽く叩いた。「フラナリーさんも見つからないの。厨房はもう確認した。どこにもいないのよ」

「まあ、遠くに行ってるはずはないな」

サイモンが玄関の扉を開け、ふたりで外に出てあたりを見まわした。庭師ひとり見当たらない。

「きのうはここに山荘のヴァンがとまってなかった？」サイモンがブレイクの白いベンツの前の空っぽの駐車区画を指さした。

アリシアはうなずいた。そう、たしかにとまっていた。

「なにかあったの？」背後からクレアの声がして、隣にいるペリーも眉を吊りあげていた。

アリシアが状況を説明すると、ペリーがあっさり手をひと振りした。

「ああ、フラナリーさんなら町に行ったよ。けさ彼女のヴァンが出ていくのを見たんだ、読書会がはじまる前に」

「やっぱり！」とサイモン。「夕食の買いだしにでも行ったんだろう」

「じゃあ、ヴェイルはどこ？」

みんな返事に窮した。

「だれか朝食のときに彼を見かけた？」全員を屋内へ誘導しながらサイモンが問いかけた。みんなが肩をすくめると、こう言った。「敷地のどこかでメンテナンス作業でもしていて手が離せないのかもしれないな。わたしなら別に心配しないけど」

でも、そう考えるにはもう手遅れだった。アリシアの不安はいまやつむじ風となり、窮地に陥ったヴェイルのイメージが頭のなかを吹き荒れていた。従業員専用の階段のほうを見あげて、耳をそばだてる。

「お年寄りってようたた寝するからね」リネットもやってきて、姉の視線を追いながら言った。

「そうだね、だけどあんなに電話が鳴ってるのに寝ていられるかなあ」ペリーはまだ眉を吊りあげている。

それもそうだ、とアリシアは思った。

「ヴェイルになにか用があるのかい？」サイモンに訊かれて、アリシアは肩をすくめた。

「ちょっと気になるだけ。なんだかわたしたち見捨てられてるような気がするというか……」そこでまた階段の上にちらっと目を向けた。「なにかあったんだとしたら？ ファイル棚が倒れて彼が下敷きになってるとかして、わたしたちがなにも気づかずにのほほんとしてるんだったら？」

クレアがサイモンのほうを向いて言った。「アリシアは想像力がすごくたくましいの」

「つまり妄想ってこと」とペリー。

「たしかめる方法がひとつある」とサイモン。「二階に行って確認してみたらどうだろう。きみの心を落ち着かせるために、アリシア」アリシアがうなずくと、サイモンは階段のほうを手で示した。「レディファーストで」

これじゃ総崩れだわね、とメンバーの大半が図書室からこそこそ出ていくのを見送りながらフローは思った。クレアとミッシーがこのまま円滑に進行させると約束していたのに、この一団ときたらあきらかに気もそぞろで、結局、差別や偏見云々というくだらないこと以外ほとんどろくな議論もしなかった。

「わたし部屋にもどるわね」フローは、やはり心ここにあらずのロニーに告げた。

ぼんやりとうなずいてフローを見送ったロニーは、そこでクリスマスツリーみたいに顔をぱっと輝かせた。ちょうどいい、これでこの場所に残っているのは自分ひとりになった！　ロニーはすっくと立ちあがり、この機会を利用して独自のちょっとした調査にとりかかった。先ほどガラスの戸棚のなかに昔のゲストブックらしきものがびっしり並んでいて背表紙にさまざまな西暦が書かれているのに気づいたのだ。ロニーはうれしくなり、あのなかに自分の書いた名前もあるだろうかと考えた。あのとき署名したかどうかはっきりとは覚えていないけれど、きっとしているはず、でしょ？　ヴェイルはそれが伝統になっていると言っていなかった？

ガラスの扉越しに目を走らせたロニーは、《一九六九年》と書かれたゲストブックを見つけて、顔をほころばせた。たしかここへ来たのはその年だったはず。それとも一九六八年だったかしら。問題は、そのいまいましい戸棚が施錠されていることだった。扉をがたがた揺すったあと、鍵がないかと戸棚の上に手を伸ばした。

「なにをしてるのかな？」ブレイクの声がして、ロニーは飛びあがった。彼はすぐ背後に立っていて、その目が邪悪な光を放った。

「ああびっくりした！　あなたのせいで心臓発作を起こすところだったわ、そんなふうにこっそり人に近づいてくるなんて」

「そっちこそ、こっそりなにかしてたようだけど」ブレイクが鍵のかかった扉にあからさまな視線を向けた。

「してません！　わたしはただ……えーと、この古いゲストブックのどこかに自分の名前もあるかしらって、そう思っただけ。ちょっと思い出をたどってみたくなったのよ」

鍵のかかった扉をブレイクはがたがた揺すった。「ガラスを割ればいい」

その提案にロニーがぞっとした顔になり、リネットもそれは感心しないという顔になった。

みんなが二階へあがっていくのを尻目に、リネットは図書室にもどってきていたのだ。ヴェイルの〝よからぬ現場〟を見つけたいとは思わなかったので、そっちはみんなに任せたのだった。

「彼の言うことに耳を貸しちゃだめ！」と声をかけながら、リネットはアイフォーンを手に取った。「ちゃんと頼めば、ヴェイルは鍵を貸してくれるはずだから」そのついでにワイファイのパスワードも教えてくれるかもしれない。

「ああ、でもそのヴェイルがどこにもいない、そうだろう？」ブレイクが言い返す。

「どうしてそれを――？」リネットの言葉は血も凍るような悲鳴にさえぎられ、それはどこか上のほうから聞こえた気がした。

ブッククラブのメンバー三人はそろって顔を仰向かせ、リネットが目をむいて言った。「あの声はたぶんアリシアだ！」

7

鼻につんとくる刺激臭がなければ、ホテルの支配人は、リネットが言ったとおり、こっそり昼寝をしているだけだとアリシアは断言していただろう。《支配人室》と書かれたそのドアをろくにノックもせず、開けもせず、それどころか、そのまま引き返しそうになったのは、自分たちが侵入しようとしているのがヴェイルの事務室でもなければ居間ですらないとわかったからだった。そこはヴェイルの寝室で、しかも当人はまだ布団をかぶって寝ていたのだ。

気恥ずかしい思いでサイモンを押しもどそうとしたとき、そのにおいがアリシアの潜在意識を直撃したのだった。振り返ってあらためて見ると、ヴェイルの顔のそばに胸が悪くなるようなものがたまっているのに気づいた。食中毒で寝込んでいるのだろうか。

ゆっくりと部屋のなかへ足を踏み入れながら声をかけた。「ヴェイル？　だいじょうぶ？」

ベッドに近づいて手を伸ばした時点ではまだ、こんなふうに起こされたら彼はさぞ気まずい思いをするだろうと考えていた。でも、どう見てもだいじょうぶとは思えず、自分でもなにをしているのかわからないうちに、アリシアは後ろに飛びのいて絶叫していた。思い返せば、アリシアをぎょっとさせたのは、においでもなければ、死人のような顔つきですらなかった。それはヴェイルの身体だった――氷のように冷たく硬い。

サイモンがすかさずアリシアを引き離し、手を伸ばしてヴェイルの脈を調べた。数秒後には振り返って首を振った。

「死んでる」淡々とした声で言い、その目には不審の色があった。

「どうしたの？」ドアのところにいたペリーがはいってきて、そのあとにクレアも続いた。

そこで全員がサイモンに目を向けると、彼はヴェイルの顔にシーツをかぶせていた。きっぱりと首を振り、寝室のドアに向かってあとずさりする。「こんなことは言いたくないが、この山荘の支配人が亡くなった」

クレアがはっとして口に手をあてる。「嘘でしょ！　ああ、なんてこと！」

「アリシア！」リネットが階段を駆けあがってきて叫んだ。「いったいなんの騒ぎ？　だいじょうぶ？」

アリシアはうなずいた。「でも、ヴェイルはだいじょうぶじゃない」そこでみんなが集まってきたのに気づいて言った。「少し距離をおいたほうがいいと思うわ、みんな」

疑念を抱く確たる理由があるわけではなかったが、ここ数年でけっこうな数の遺体を見てきたので、手を触れないようにしなければならないことはわかっていた。

「それがいい」恐ろしいことに同じく犯罪現場に慣れているペリーが言った。「証拠があるなら保全しないとね」

「証拠？　どういうことだい？」リネットのすぐ後ろにいたブレイクが声をあげた。視線がみんなを通り越した先にいるベッドの上の人物に注がれた。「まさか、あの下にいるのはヴェイルなのか?」

　サイモンはそれを聞き流した。「結論に飛びつくのはよそう、ペリー。おそらく就寝中に亡くなった可能性が高い」

「死因は?」後ろに来ていたロニーが問い詰めるように訊き、その隣にはフローの姿もあった。

「ゆうべはぴんぴんしているように見えたわ」

「老衰とか?」ブレイクが思いつきを口にして、年配の女性からにらまれた。

「蛇に咬まれたのかもしれないわ」というフローの言葉に、アリシアはいまうなずいていた。

それはなかなかいい思いつき!　枕の上の嘔吐物《おうと》は、なんらかの異常があったことを示唆《しさ》している。アンダースがブッククラブを抜けて以来はじめて、彼がいてくれたらと思った。あの颯爽《さっそう》とした医者はときに厄介な〝警告の声〟ではあったが、同時に非常に役に立つ存在でもあった、とりわけこうした状況では。

　結局ロニーも役に立つことが判明した。

「ちょっとどいて」きびきびした口調で言いながら迷わず前に出てきた。「わたし戦時中は看護婦をしていたのよ。咬まれた痕がないか身体を調べてみましょう」

「わたしはフラナリーさんをさがしてくるわね」フローが言った。

「その必要はないよ」とペリー。「彼女は町に行ってる」

「それじゃ、わたしは警察に連絡しよう」サイモンが言い、アリシアは力強くうなずいた。

　それって最高の思いつき!　専門家を呼んでこの件は丸投げしてしまおう。

ロニーがヴェイルの身体を調べはじめると、ほかのメンバーは階下にもどり、何人かは図書室へ行ってやかんに湯を沸かした。ショックが冷めやらず、ひとまずお茶でも飲もうとなったのだが、フローはもっと強いものが必要だと言い張り、〝ちょっとした宝さがし〟をしにバーへ行った。

ロビーでは、サイモンが親機の受話器を取って、ゼロを三つ押しはじめた。そのあいだにアリシアとペリーは玄関の扉を開けて押さえたまま、急勾配の私道に目を走らせ、フラナリー夫人の気配はないかと必死にさがした。

どうしてまだもどってこないのだろう。

もう午後もなかばで、料理人ならそろそろ夕食の支度にかからねばならない時間ではないか？　もっとも今夜はだれも空腹を感じないだろうけど。

「電話が通じない」サイモンが受話器をふたりのほうに差しだしながら大声で言った。

アリシアは振り返った。「そんなはずないわ。午前中ずっとあんなに鳴ってたのに」

「たぶん空いてる回線をさがせばいいだけよ」ブランデーのボトルを手にしたフローが言った。「ロニーが娘時代に看護婦だったなら、わたしは結婚前に受付係をしていたの。わたしに任せて」

ボトルをフロントデスクに置いてサイモンから受話器を受け取ると、ボタンを押したりフックをカチャカチャやったりしはじめた。そしてやはり顔をしかめて受話器を差しだした。「残念ながら彼の言うとおりね。固定電話の回線が切れてるわ」

「どうしてそんなことになるの？」アリシアは訊いた。「頭ががんがんするくらいしつこく鳴ってたのに！」

「ああ、でもそのあとはいっさい鳴らなかった、そうだろう？」とサイモン。

アリシアは目をぱちくりさせて見返した。たしかに。ようやく電話が静かになったときは心からほっとしたけれど、こんなこととは……フローから受話器を受け取り、発信音の消えたそれをにらみつけた。

「だれかが切断したんじゃない？」アリシアが訊くと、今度はフローがにらみつけた。

「そんな大げさに考えないの、お嬢さん。電話回線が切れるのは田舎じゃよくあることよ。ガラーガンボーンにいたころなんて二週間にいっぺんは切れていたわね。どうかすると電気まで」

それを聞いて全員が天井の照明を見あげていると、リネットとブレイクがお茶のカップを手に図書室からふらりとやってきた。

「今度はなに？」リネットもつられて天井に目をやった。

「電話回線が切れてるの」アリシアは言った。「外部に連絡できない」

「それって最悪。インターネットはどう？　スカイプかなにかで連絡できない？」

リネットがフロントデスクのなかにはいり、クリックしてパソコンを復活させると、カップを手にしたままキーボードを叩きはじめた。そしてやはり唖然とした顔で仲間を見返した。

「ネットもつながらない。こっちも回線が切れてるのかな」

「たぶんADSLで、電話回線を使ってつないでるんだろう」とブレイク。「まともな衛星ブロードバンドがないのが残念だよ」

サイモンがふしぎそうに年下の男を凝視した。「きみはどうしてこの山荘のことにそんなに詳しいんだ？」

ブレイクは肩をすくめた。「インターネット接続の仕組みくらい知ってるよ。別にむずかしい理屈じゃないさ、おじさん」と言って鼻で笑った。

「それはそれとして」アリシアは口をはさんだ。「お気の毒なヴェイルさんはどうするの？」

「どうもしないわ」階段の上からロニーが言った。「だれもなにも触れないように」

「どういうこと？」アリシアは訊いた。

「咬み痕は見つかった？」フローが尋ねた。

ロニーは首を振った。「痕はひとつあったけど、咬み痕じゃないと思うの。アリシア、ちょっと上に来て見てくれない？」

アリシアはうなずいて階段を駆けあがり、残りの者たちは不安そうな視線を交わした。


二階の寝室で、アリシアは息を大きく吸いこまないようにしながら、ヴェイルの左腕の、パジャマの半袖のすぐ下の部分をじっくり観察した。ロニーの言ったとおりだ。青みがかった赤い点がひとつあるのがわかり、点の周囲が腫れていて、皮膚が炎症を起こしている。

「蛇に咬まれたのなら、牙《きば》の痕が二カ所あるはずよ、一カ所じゃなくて。これは注射の痕だと思うわ」ロニーが説明した。「打ってからそれほど時間はたってない」

「まちがいない？」

「現役時代に注射はいやというほど打ってきたのよ、お嬢さん。注射の痕は見ればちゃんとわかるの」

「つまり彼は薬物を常用していた……あるいは糖尿病だったとか？」

ロニーは首を傾げた。「薬物の常用を示す痕跡は特に見当たらないわ。たぶんこれは一回かぎりの注射じゃないかと思うの」

「自殺？」祈るような気持ちでアリシアが訊くと、気持ちはわかるわ、という顔でロニーは見返した。

「あなたには自殺するような人に見えた？　第一、注射器はどこにあるの？　必要な道具もなにひとつ見当たらない。となると、わたしとしては自分で打ったんじゃないと考えざるをえないわね」

アリシアは付近を確認した。炎症を起こした腕と嘔吐物を除けば、不審なものはなにもなかった。ベッド脇のテーブルにも、シーツの下にも、ベッドの下の床にも。寝室に付属する狭い浴室があるのに気づいてそこへ行き、洗面台の周辺とその下のプラスティックのごみ箱のなかも確認した。

「そこの戸棚はもう調べてみたわ」ロニーが声をかけてきた。「数種類のマルチビタミンと咳止めシロップがあるけど、それ以外に洗面道具のなかにほんのわずかでも疑わしいものはひとつもないし、持病を示すようなものもなにもなかった。怪しげな小瓶もね」

「じゃあ、ここまでの情報をちょっと整理させて」寝室にもどりながらアリシアは言った。

「ヴェイルの腕には注射痕があって、でもどうやって打たれたのかを示すあきらかな証拠はひとつもない。ひょっとしたら……わからないけど、フラナリーさんが下の厨房《ちゅうぼう》で彼になにかを注射して——もしかしたら定期的に——そして彼はここへあがってきて、そのあと有害反応が出たとか」

ロニーがアリシアの仮説に感心したそぶりはなかった。

「じゃあ、こういうのはどう——ひょっとしたらまったく無関係なのかも。目くらまし《レッド・ヘリング》ね、いわゆる。考えてみたら、ヴェイルは心臓病とか癌とか脳卒中とかで睡眠中に亡くなった可能性だってある——その注射とはまったく関係なく」

「それにしては、さっき言ったように、心臓病の薬とかその類のものがなにもないわ、お嬢さん。急死に至るかもしれない慢性的な疾患を示すものはいっさいないの。歳はまだ七十くらいでしょうし、睡眠中に急死するには少々早いと思うのよ」

アリシアはうなずき、今度は手で鼻と口を覆ってその男性をあらためて観察した。

「彼は便を失禁してるわね」ロニーがさらりと言い、アリシアは思わずあとずさりした。

自分は絶対に看護師にはなれないだろう、検死官は言うにおよばず。彼らには心から敬服する。「じゃあ……この状況はなにを意味するの、ロニー。あなたの直感はなんて言ってる？」

老婦人は眉間にしわを寄せてヴェイルをじっと見おろした。「断言はできないわよ、もちろん、検死の必要もあるし……」アリシアに顔をもどす。「こう言ったらあなたはきっと動揺するでしょうけどね、お嬢さん、ほかに説明のしようがないのよ」

「なんなの？」

「わたしの見立てでは、この山荘の支配人は毒殺された」

8

「フラナリーさんはいったいどこにいるんだ？」

そんな共通の思いを抱きながら、ペリーとサイモンは私道の途中まで行って夫人の車をさがした。この際だれの車でもいい、とにかく外部と連絡をつけたかった。ふたりは敷地の周辺をひとまわりして、生き物の気配がないかさがしたが、餌をあさっているヤブツカツクリ（オーストラリア北東部の森林に生息する全長七十センチほどの黒い鳥）が数羽と、あわてて逃げていったウォータードラゴン（オーストラリアに生息する半水生の大トカゲ）が二匹いただけで、ほかにはだれも見つからなかった。

ふたりの知るかぎり、〈マーダー・ミステリ・ブッククラブ〉は山のてっぺんで完全に孤立していた。

ようやく男たちがロビーにもどると、リネットとクレアがちょうど館内の捜索を終えたところだった。清掃係ひとり潜んでいなかった、とふたりは報告した。ここにいるのは自分たち九人だけ、遺体を数に入れなければ。

「なにかわかった？」アリシアがロニーと一緒に降りてきて、仲間に合流しながら訊いた。フロントデスクの周辺に集まったメンバーの顔には困惑や不安、あるいはその両方が見えた。

「ここはまるでゴーストタウンだね」ペリーの言葉にアリシアは思わず身震いした。

「で、見立ては?」サイモンが両手をこすり合わせながらロニーに問いかけた。

「この段階ではなんとも」ロニーはすらすらと答え、横目でアリシアを見た。

さしあたりロニーの仮説は伏せておくことでふたりの意見は一致していた。というのも、まさしくそのとおりだから。ただの仮説。実在する証拠はなにもないし、みんなを無駄に驚かせたくはなかった。ふたりでヴェイルの顔にシーツをかけ直し、寝室のドアをしっかりと閉めると、当のロニーでさえ、どう考えてもありえないことだと思わず口にしていた。長年この山荘の支配人を務めてきた人を毒殺しようなんていったいだれが考える?

「少なくとも死亡時間くらいはわからないだろうか」サイモンがなおも訊いた。

「朝食の場にはいなかったわ、それは覚えてる」とフロー。「フラナリーさんは相当あわてているようだったわね。てんてこ舞いだったから、実際」

「あのときはもうヴェイルのことを知ってたのかも」とミッシー。「あたしたちを怖がらせたくなかったんじゃない? だから出かけていったのよ、お医者さんを呼びに」

「それなら厨房《ちゅうぼう》がひどいことになってるのも無理ないね」自分の目で汚れた食器を見てきたリネットが言った。「優秀な料理人はかならず料理の後片付けをするものだから」

「いやいや、おふたりさん!」とペリー。「フラナリーさんはお客を死人と一緒に残して出かけたりしないって! 少なくともぼくらのだれかに状況を話してくれるはずだよ。それに、彼女が出かけるところをぼくが見たのは、けさの十時前で、そのとき電話はまだ通じてた。もし彼女がヴェイルを発見したのなら、電話で救急車を呼んでたはずだよね」

アリシアはうなずいた。話の筋は通っている。となると、フラナリー夫人は〝優秀な〟料理人ではなく、いまごろ急いで町から引き返しているところだろう。役に立つものはせいぜい食料品の袋くらいしか持たずに。

「彼がいつ亡くなったのか、見当はつく?」サイモンがなんとしても詳細を訊きだそうと、ふたたびロニーのほうを向いた。

「わたしはただの看護婦なのよ、サイモン、それだって仕事を辞めてからもう何十年もたってるの。そこまでわかるなんて期待しないでちょうだい」

「たしかにそうだ、ロニー。すみません」

サイモンはクレアと一瞬笑みを交わした。ロニーといると、女性の校長にしょっちゅう手の甲をぴしゃりと叩かれている行儀の悪い男子生徒になったような気がする。

「ブレイクとあたしはきのうの真夜中近くにヴェイルが元気に歩きまわってるのを見た」リネットが言って、急いで付け加えた。「騒がないでね、アリシア、あたしたちバーで静かに飲んでただけで、そのときヴェイルが廊下を通り過ぎたの」

証言してもらおうとブレイクをさがしたが、彼はいなくなっていた。

「とにかく」とリネットは続けた。「ヴェイルはなにか用事があるみたいな感じだった。外に出ていく音を聞いたのはたしかよ」

「そして夜中の一時ごろにもどってくるのを見かけたときは、ぴんぴんしていたわよ」フローが淡々とした口調で言った。

「もどってきた？」アリシアは訊いた。「どこから？」

「夜中の一時に起きてなにしてたの？」と訊いたのはペリーだった。

「なかなか寝付けなくてね。これも年寄りが陥る落とし穴ってことかしら。あなたもじきにわかるわ」ペリーの全身をじろじろ見た。「部屋のバルコニーにすわって月明かりを楽しんでいたら、彼が遊歩道を、わたしたちには絶対に行くなと厳しく言ったあの遊歩道を引き返してくるのが見えたの」

「〈悔恨の小道〉のこと？」アリシアは訊いた。「私道をあがっていって森のなかへ通じるあの小道？」

　フローはうなずいた。「なんだか釈然《しゃくぜん》としなかったけれど、まあそんなわけなの。彼はバッグを持っていたわ。ほら、よくあるでしょ？　食料品店に行くときにしかたなく持っていくあの不恰好なバッグ。まったく、不便でしょうがないわ。四六時中バッグを持ち歩けって言われても困るわよ」

「グリーンバッグ（使い捨てレジ袋を減らすためにオーストラリア政府が推奨しているエコバッグ）のこと？」ミッシーが誘導した。

「それよ！　でも、あれは見るからに空っぽだったわね、くにゃっとしてたから。それに魔法瓶も持ってたわ、ほら、熱いお茶を入れる。長い散歩かピクニックにでも行ってたような感じだったわね」

「ピクニック？　真夜中に？」アリシアは言い、それから「ああ、それで蛇に咬まれたのかもしれないと思ったのね？」と訊いた。

「散歩してるときにうっかり咬まれたんじゃないかと思って。妹のジャンがね、子供のころ鶏を小屋に入れているときにタイガースネークに咬まれたことがあったの。まあ、悪いのは本人なんだけど。ママに言われたとおり日が暮れる前に鶏を入れなかったから。暗くなると蛇は見えづらいのよ」

「妹さん、亡くなったの?」ミッシーが興味津々の顔で尋ねるので、リネットはため息をついた。

「いいえ、お嬢さん、でも本人はいっそ死んだほうがましと何度か思ったかもしれないわ。そりゃあひどいことになるのよ、蛇に咬まれたあとの身体は。まず汗がどっと出て、呼吸が苦しくなって、それから全身の機能がだんだん衰えて――」

「いずれにしても」とリネットがきっぱり言って軌道修正を図った。「ヴェイルがあんな夜中にあの遊歩道を歩いてるなんてやっぱりどう考えてもおかしいよね」

「きのう落石の起こった現場を調べにいったのかも」アリシアは思いきって言ってみた。

「暗いなかで? ピクニック用品を持って?」

「彼がなにを運んでたのかわからないけど、きょうの活動がはじまる前にその作業を片付けておきたかったとか? ここには最小限のスタッフしかいないし」

「それってそんなに大事なことかしら」ロニーがしびれを切らして口をはさんだ。「ヴェイルは散歩からちゃんともどってきたのよ、生きて――フローが幽霊を見たのじゃないかぎり。まあ、あなたならありえなくはないと思うけれど、フロー。どんなにばかげたおかしなことでも信じてしまうんだから！　でも、そう、ヴェイルはまちがいなくベッドにもどって、そこで亡くなったの」

「〝そしてひとりになった〟」ミッシーがおどろおどろしい口調で言う。「残ったスタッフがってこと！」

口を押さえてくすくす笑ったので、ペリーが目をくるりとまわして、新入りメンバーに向かって言った。

「ミッシーのことは気にしないで。興奮するとちょっとふざける癖があるんだ」

以前はミッシーの〝おふざけ〟にいらいらしていたペリーだが、いまはそれが彼女の強みでもあるとわかっている。ミス・マープルと同じように、ミッシーも部外者から重要視されることはめったになく、本人はしばしばそれをうまく利用している。ミッシーを甘く見て一生悔やむはめになった過去の容疑者がどれほどいることか！

安心させるようにミッシーの背中をぽんと叩いてから、ペリーはロニーに目を向けた。「あのねえ、これは全部すごく大事なことだよ。だって、おかげで死亡時刻の範囲がある程度わかったんだから。つまりフローが彼を見かけた深夜の一時から……」腕時計を確認する。「午後三時のあいだ、おおよそね。あとはいまの話を全部伝える医者が必要なだけ」

「そっちは任せてくれ！」ブレイクが宣言して、格子縞《こうしじま》のハンチング帽をかぶり、ノートパソコンのバッグを肩に掛け、手のなかで車のキーをじゃらじゃら鳴らしながら前に出てきた。

「ひとっ走り山を下りて、救援を要請してこよう。ついでにボスと連絡をとって、まともなエスプレッソも飲めるかも」

ブレイクが老婦人たちににやりと笑いかけると、アリシアは彼を引っぱたいてやりたくなった。人がひとり死んだばかりで、電話も通じないというのに、仕事とコーヒーの心配をしてるなんて！

「車を持ってる人がいてよかった」サイモンがブレイクのために玄関の扉を開けながら言った。「大至急、救援を要請して、ついでにフラナリーさんもつかまえられないかやってみてくれ。彼女にはもどってきてきちんとここを管理してもらわないと。それはブッククラブがやるべきことじゃない」

サイモンはブレイクとは対照的だった。この日の一連の出来事に腹を立てているようにさえ見える。ヴェイルの死で楽しい週末の休暇が台無しになったとばかりに。

ペリーもブレイクがいてくれてよかったとは思っていた。山荘に付属する建物はすべて確認済みで、ゴルフカート数台とトラクター・トレーラー一台、大型の乗用芝刈り機一台があるだけで、山を下りるという過酷なドライブに耐えられる乗り物はブレイクのベンツしかなかったからだ。

「あたしも一緒に行っていい？」とリネットが訊き、アリシアは硬直した。

まだ状況がわからないとはいえ、妹にはろくに知りもしない男と一緒にどこかへひとっ走りなどしてほしくなかった。幸いブレイクは首を振っていた。

「きみはブッククラブの仲間とここで待機するのがいちばんだと思う」とブレイク。「頭のいかれた男が外にいるとしたら特に——いや頭のいかれた女かも、性差別はよくないよね！」女性陣に鋭い視線を向けて、また含み笑いをした。「ちょっときみたちをからかってるだけだよ！　鎮静剤をのんで、みんなで〈クルード〉（殺人事件について犯人・犯行現場・凶器を当てる推理ボードゲーム）でもするといい。おれが車を飛ばして、あっというまに機動隊を連れてもどるから」

「スピードを出しすぎないようにね」フローがブレイクの背中に声をかけた。「ああいう道には危険が潜んでるから！」

「〈クルード〉だってさ！」ペリーがすたすたと図書室にはいり、食べそびれていたアフタヌーンティーの準備をしながら言った。「あのデビッド・ベッカム帽子で彼の頭をぱしっと叩いてやりたい気分の人はほかにいない？」

「ずいぶんお気楽よね」アリシアもあとに続きながら同調したが、リネットは鼻で笑っていた。

「みんながみんな、おふたりさんみたいに最悪の結論に飛びつくわけじゃないの。ヴェイルはどう見ても寝てるあいだに亡くなったんだし、電話回線が切れるのはよくあること。車を持ってて救援を呼びに行ける人がひとりいてくれて、あたしはほっとしてる」

「彼がちゃんともどってくれればね」ペリーの言葉に、リネットがあきれかえった顔になる。

「もどってくるに決まってるでしょ！　ほんとにもう、ペリーったら、なんでそんなに意地悪なのかわかんない。彼が自分より若くてかっこいいから、それとも自分にまったく興味を示してくれないから？」

「さっきはきみにもあんまり興味ないって感じだったよね、お嬢さん」

リネットは片方の肩をすくめてみせ、ブレイクに断られたことで傷ついてなんかいないふりをした。でも傷ついていた。

山を下りる長いドライブに連れがほしくないなんてどういうこと？　ゆうべふたりのあいだでなにかがきらめいたのはたしか。まちがいなく絆ができたと思ったのに……

突然、図書室の反対側でガシャンと音がして、一同がそちらを振り向くと、ペンチを手にしたロニーが後ろめたそうな顔をしていた。ガラスの戸棚の施錠された扉を叩き壊して、そのなかにある一冊のゲストブックに手を伸ばそうとしている。

「ほかにどうやって時間つぶしをしろっていうの？」と肩をすくめた。

「この本の読書会を続けたらどうかしら」ミッシーがクリスティの本を掲げながら言ったが、アリシアは首を振った。

「いい考えだけど、ミッシー、時間の無駄になると思う。さっきだってみんなあれだけ気が散ってたのよ。いまさら無理でしょ」

まるでタイムスリップしたような感じだった。

目当てのゲストブックをさがしあてると——一九六九年、あれはたしか一九六九年だ——ロニーは否応なく別の時代へ引きもどされた。陽気な弦楽団の演奏や、ふんわりしたロングドレスや、彼女の気を惹こうと張り合うハンサムな若きハンターたちであふれていたあの時代へと。

そのなかのひとりと束の間の恋に落ちたこと――なんて破廉恥な、なんてはしたない！――異国の蘭の花がふんだんに飾られたテーブルや、ゼラチンで固めたサラダや、ドン・ペリニヨンのアイスバケットがあったのを覚えている。

棚からそのゲストブックを抜き取ったロニーは、どこで読もうかと思案した。図書室は充分に広いけれど、それらしい雰囲気に模様替えをしたいところだ。手はじめに、基本の配置を崩して、フラシ天の肘掛け椅子を何脚かあちこちに散らした。図書室は静かに本を読む場所であって、グループでわいわいおしゃべりする場所じゃない！　それにこのゲストブックは、穿鑿《せんさく》好きな視線を気にすることなくひとりでじっくり調べたかった。中央のコーヒーテーブルを除けば、ほかに使えそうなのはビリヤード台だけなので、そこへ行って台の上にゲストブックをそっと置き、笑みを浮かべながら表紙をめくった。

さて、自分のかわいらしい手書きの文字はどこにあるかしら？

ページに目を通しながら、美文調のメッセージや、ふざけたいたずら書きや、いま見るとひどく古風に思える美しい名前などに顔をほころばせた。知っている名前に気づいたのはそのときで、しかしそれは自分の名前ではなかった。ロニーは手をとめ、仲間内でおしゃべりしているブッククラブの面々をちらっと振り返り、唇を片側に寄せた。

よくある名前よ。偶然に決まってる、ぼんやりとそう思いながら、ロニーはページをめくり続けた……

私道の北の端に立ったクレアが、携帯電話を持った腕を伸ばしてうめき声をあげるのを、サイモンは離れた場所から見守っていた。

「まだ電波はなし?」と訊きながらそばへ行った。

「全然だめ」クレアは答えた。「こんな辺鄙《へんぴ》な場所で連絡手段もなしにどうやって生きていけばいいの?」

彼女はきのうも同じような愚痴《ぐち》をこぼしていて、サイモンの顔に一瞬暗い影がよぎった。

「忘れないで、通常なら電話回線が使えるし、インターネットも接続しているし、携帯電話も通じる、〈悔恨の小道〉をのぼっていけば」そこで咳払いをした。「いや、そう聞いてるけど……本当かどうかは……」

クレアの顔が明るくなった。「試してみましょうよ」

「だめだ!」つい声を荒らげて、サイモンは顔を赤らめた。感情的にならないようにしなくては。この女性にはつい心をかき乱されてしまう!「すまない、クレア、ただあの道は危険だとヴェイルも言っていた。きみに怪我でもされたら困る。きょうはもうこれ以上騒ぎを起こしたくないんだ」

「下の遊歩道に人がいないかぎり問題はないはずよ、そうでしょう?」

それでもサイモンは首を横に振った。話すべきだろうか。まだ確信はないが……

「どうかしたの?」クレアが目を細めて訊いた。

「じつは……あの、きみにまだ話してないことがある」両手をポケットに突っこんだ。「きのう言わなかったのは、ほかの人たちの身に起こったことを知っていたからで、でもじつは、通行禁止の遊歩道を歩いていたのはわたしなんだ」

そこで間をおいてクレアの反応をうかがったが、憤慨もせず怒りもせず、驚いてさえいないようなので、サイモンは話を進めた。「落石を引き起こしたのは絶対にわたしじゃないと思う。地面が崩れるのも感じなかったし、そんな音もまったく聞こえなかった。万一わたしだったとしても、そんなつもりはまったくなかった。面目ない、うっかりフローレンスに怪我でもさせていたら……」

クレアが手を伸ばしてきてこちらの腕に触れると、電気が走ったような気がした。彼女も同じように感じたにちがいない、あわてて手を引っこめ、いまは同じく顔を赤らめている。

「いずれにしても」サイモンは咳払いをして話を続けた。「あまり遠くまでは行かなかったんだ、男を見かけたから」

「男？」

「老人で、あの山奥の森のなかで暮らしているようだ」クレアの目が大きくなった。「もちろんそばには行かなかったが、見たところ、なんと言うか、粗野な感じだった。あのあたりに小屋を持っている。彼の家かもしれないし、無断で住みついているのかもしれない。いずれにしろ、だれも近づかないようにしたほうがいいだろう。万一彼が……その、つまり……危険人物だといけないから」

クレアは同意した。「だからヴェイルはわたしたちをあの遊歩道に行かせないようにしたのかしら」

「かもしれない」彼女が落石の一件をきれいに忘れてくれることを祈りながらサイモンは言った。

「わかったわ、それで、そこにいたとき携帯電話はつながったの？　なんなら一緒に行って――」

「いや！　問題はそこなんだ、つまり。わたしは電話を持って歩いていたが、電波の届く場所はなかった。まったく。ただの噂だ。完全に時間の無駄だった」

「そう、残念ね」

サイモンはまた顔を赤らめ、これはたったいま彼女に嘘をついたからだった。

ふたりで山荘へ引き返そうとして最後にすばらしい景色を一瞥《いちべつ》したクレアが、ふと足をとめて今度はしっかりと見た。

「サイモン！」片手を額にかざして呼びかけ、もう一方の手をあげて指さした。「あそこ。わたしの気のせいかしら、それとも……？」

サイモンは指さされた方向に目を向け、顔をしかめた。「ああ、まいったな。踏んだり蹴ったりの一日になりそうだ」


アリシアは肩越しに背後をうかがってから、ペリーとリネットに小声で告げた。「ロニーはヴェイルの死に不審な点があると思ってる」

「ほんとに?」とペリー。

「まじで?」とリネット。疑わしげな口ぶりだ。

「ロニーは元看護婦よ、リニー。たぶんなにか注射されたんだろうって、なにかの毒を。左腕にそれらしい痕があるの」

ドクター・アンダースがブッククラブを抜けたのがつくづく残念、とアリシアが思ったのはこの日二度目だった。医者というだけでなく、毒物の専門家でもあるアンダースなら、なにを相手にしているのか正確にわかるだろう。

「毒なんてちょっとレトロじゃない?」とリネットが言ったので、アリシアはあわてて指を一本口にあてて黙らせた。「だれがそんなことする? なんのために?」

アリシアは顔を寄せた。「聞いて、じつはきのうの夕方、ヴェイルがだれかと話してるのを小耳にはさんだの、そのときは別に深く考えなかったんだけど。たぶん相手はフラナリーさんね。ふたりはフロントの奥の部屋にいた」そこでさらに顔を寄せる。「ヴェイルの声は不機嫌そうだった」

「ヴェイルのことはほとんど知らないけどさ、〝不機嫌〟は彼の通常モードって気がするね」ペリーがピアスをいじりながら言った。

「そう、でも通常以上に不機嫌な感じだったの。偽者がどうとか、たしか詐欺師《さぎし》という言葉も聞こえた。わたしたちのなかのだれかのことを言ってるんじゃないかって気がした」

「あたしたちの? ブッククラブのメンバーってこと?」とリネット。

アリシアはうなずいた。「ヴェイルは、自分たちをばかにしてるとか、だれかと対決して、警告するとかなんとか、そんな感じのことを言ってた。でも聞けたのはそこまでで、盗み聞きしてるのをヴェイルに気づかれちゃって」

ペリーもリネットもアリシアの顔を凝視しながら、いまの話を消化していた。

それからペリーが言った。「偽者ねえ。ヴェイルが話してた相手はフラナリーさんにまずまちがいない。ほかにいる？　スタッフはあのふたりだけだよね。ぼくら以外ここにはあのふたりしかいない」

リネットはうなずきながら髪を手早く頭頂でまとめ、片眉を吊りあげた。「これはここだけの話ね」

アリシアも同意した。「わたしは聞いたことを話してるだけで、これがヴェイルの死と関係するのかどうかはわからない」

「ほんとはわかってるくせに」ペリーが即座に言い返す。「いまの話で今回のことに疑わしい要素がひとつ増えたのはたしかだよ。ヴェイルはだれかと対決しようとしてて、そして遺体で見つかった」

「毒殺された、ロニーの言葉を信じるなら」その点をリネットはまだ確信していなかった。

「じゃあ、その偽者ってだれのことだろう。だって、考えられるのはサイモンかブレイクかフローかロニーしかいないよね？」

ペリーが今度は冷ややかに笑った。「フローとロニーがこの件にかかわってるなんてありえないよ」

「それも女性と高齢者に対する差別なんじゃない?」リネットが言い返す。「あたしはフローのあの上品なおばあさんの顔の裏にはなにか秘密があるような気がする」

「ほんとに?」とアリシア。「たとえばどんな?」

リネットは肩をすくめた。「なんとなくそんな気がするだけ……とは言ってもフローがやってるとこは想像もつかないけどね。サイモンはどう? チェックインしたとき、彼だけクレジットカードを出そうとしなかった、覚えてる? あれはちょっと変だった」

「たしかに!」アリシアは言った。そんなことはすっかり忘れていた。

「別に変じゃないよ、リネット」とペリー。「きみたちミレニアル世代は個人情報をいとも簡単に差しだすけど、だからってだれもかれもが喜んでそうするとはかぎらないんだよ。ぼくの知るかぎり、現金での支払いもまだちゃんと受け付けられてる。ちがうね、悪いけど、ぼくはブレイクが怪しいと思う」

リネットは顔をしかめたが、アリシアは同意せざるをえなかった。

「たしかに、チャンスと見るやさっさといなくなったわね」

「それは彼だけが車を持ってたから! 救援を呼びにいっただけ!」リネットがむきになって言い返すので、アリシアは続けた。

「考えてもみて、リニー。メンバーのなかで彼だけなんとなく浮いてる。場ちがいな感じがする。つまりね、そもそもどうしてこのクラブにはいったの? どうしてわざわざ電話してきて入れてくれってしつこく頼んだの？　ほんとにアガサ・クリスティのファンだと思う？　課題書を読んでもこなかったのはたしかよ」

「あのね、別に驚くようなことじゃない、宿題をやってこない人だっているでしょ」とリネット。「本人はこう言ってた。ここへ来たのは自分を証明するため、ただ見栄えがするだけの男じゃなくて、頭脳もちゃんとあるんだって。彼は殺人犯なんかじゃない」

「しーっ」アリシアはたしなめた。「声が大きい。ヴェイルは殺されたと決まったわけじゃないし、新入りさんたちを動揺させたくないの」

「ただし、その新入りさんのだれかがヴェイルを殺した可能性もあるけどね！」とペリー。

「たとえば、そう、ブレイクとか！」

「彼がここに足を踏み入れた瞬間からあなたは反感を持ってたもんね」とリネット。

「きみはあの素敵な外見に目がくらんで判断力が鈍ってるんだ」ペリーがすかさずやり返す。

リネットは天を仰いだ。「はいはい。わかった、じゃあ話を聞きましょ。彼のどこが問題だと思うわけ？」

「チャンスと見るや、ひとりだけさっさとずらかったこと以外に？　しかも、だれにも同行を許さなかったよね。それだけでも充分疑わしいけど、ほかにもあるんだ」身を寄せて、いちだんと声をひそめた。「覚えてるかな、最初にここに着いて、ぼくらがまだロビーにいたとき、フラナリーさんが飲み物を運んできたよね」

アリシアは少し考えた。「そうそう、わたしたちを見てその飲み物を落としたのよ」

「というより、ブレイク《オ・コントレール》を見て落としたんだ。ちょうど彼が華々しく登場した直後だったよね？　粋なベンツで颯爽《さっそう》と乗りつけてさ――じつはあれってそんなに粋でもないんだよ、みんな。あの手の車はだてに〝三十ベンツ〟って呼ばれてるわけじゃない。実際にはある程度の歳になったら手放すものだからね」

「いいから本題にはいって」リネットがむすっとして言う。

「はいはい、彼はまるでこの山荘のオーナーみたいに堂々とはいってきて、そのあとやってきたフラナリーさんが、彼を見たとたん飲み物を落としたんだよ、幽霊でも見たような顔でね！」

「絨毯《じゅうたん》につまずいたんでしょ」とリネット。「その少し前に、ロニーが以前ここへ来たことがあるのを思いだした。だとしたら、フラナリーさんはその話に動揺していたとも考えられるよね。それを言うなら……」

リネットがまた肩越しに振り返ると、図書室の反対側ではロニーがまだ熱心にゲストブックを見ていた。「ロニーこそ、ここには思い出があるのに、最初ははじめて来たような顔をしてた。しかもこそこそしながら戸棚のガラスまで割ったりして。あそこにいるロニーを見て。あんな古いゲストブックを調べて、ほんとはなにを見つけようとしてるわけ？　むしろフラナリーさんはロニーの顔を急に思いだしたのかも、そっちのほうが可能性ありそう。詐欺師ってロニーのことじゃない？」

「まあ詐欺師の件はともかく、彼女が隠し事をしてるのはたしかだね」そこでペリーはさらに声をひそめた。「われらが愛しのロニーの家はお金持ちなんだ。それも半端じゃない大金持ち。

女王が貧民に見えるくらいの。じつは彼女、うちの博物館の最大の後援者のひとりなんだよ。大富豪と結婚したんだろうね、たぶん。ご亭主は海運業者だったかな。それともショッピングセンターだっけ?」

「そんなこと知るわけないでしょ」アリシアは言った。

「あたしは驚かないけどね」とリネット。やはりロニーの高級な装飾品に気づいていたのだ。

「で、なにが言いたいの、ペリー? 富をひけらかさないから、彼女は詐欺師にちがいないって? 今度は彼女が殺人犯だとか思ってるわけ?」

その発想にペリーは憤慨したようだ。「ばかばかしい。ちょっと思っただけだよ、いまは情報を共有してるんだから、これも言っとくべきだって。だいたい、蛇みたいにこそこそ森のなかへ消えたのは彼女じゃないからね」

「はいはい、いいから落ち着いて、ふたりとも」アリシアはなだめた。「フラナリーさんがじきにもどってくるだろうし、そしたらヴェイルがだれと話してたのか直接訊けばいいわ。彼が二階で亡くなってた理由もちゃんと説明がつくかもしれないし。心臓が悪かったとわかって、それで一件落着になることを祈りましょ」

「それまではどうする?」とリネット。

「そりゃあ〈クルード〉でしょ」ペリーがにやにや笑ってリネットをやりこめた。

フロントデスクにもどったアリシアは、奇跡を願って固定電話の受話器を取ったが、あるのは沈黙のみ。なんで電話が通じないのだろう。

「火事かもしれないわ、アリシア」片手にガーデニング用グローブをはめたフローが廊下からふらりとやってきた。

「はい？　なんの話？」

「外よ、気づかなかった？」

アリシアがあんぐり口を開けると、フローは言った。「あらやだ、怖がらせるつもりはなかったのに！　そんなに気にしなくてもだいじょうぶ、山の中腹あたりだから。電話線が切れたのはそのせいかもしれないわね」

アリシアが様子を見に外へ飛びだすと、クレアとサイモンにばったり出会い、ふたりは火事を知らせになかへもどってくるところだった。

「ねえ、あわてないで」クレアが言いかけたが、アリシアはすでにその横をすり抜け、自分の目でたしかめようと急勾配の私道の端まで行った。

「やだ、嘘でしょ！」遠くのほうで渦巻く煙に目をこらしながら叫んだ。「あれ、いったいいつから燃えてると思う？」

だれひとり見当もつかなかったが、現時点であきらかな炎は見えず、それが多少は安心感を与えてくれた。

「何キロも離れていると思う」サイモンがあまり確信のなさそうな口ぶりで言った。

「こっちより町のほうに近そうよね」クレアもやはり自信はなさそうだ。

「それよりわたしたちが知りたいのはこれよ」アリシアは言った。「せめて火がどっちに向かってるか、それくらいわからない？」

みんなが煙のほうを向いて立っているなか、サイモンはクレアのつややかな黒髪が顔から後ろになびいているのに気づいた。このまま風向きが変わらなければ、それはよくない知らせと言える。風がこちらに向かって吹いているなら、火もまたこちらに向かってくるはずだ。

そのぞっとするような考えは自分の胸にしまっておくことにした。

9

〈マーダー・ミステリ・ブッククラブ〉の面々は私道をのぼりきった場所で一列に並び、眼下の森に暗い影を落としながら立ちのぼる不気味な煙さえなければ絶景であろう景色に見入っていた。煙はすでにゆるやかな風に乗ってここまで届いており、山荘の支配人の件はさしあたり忘れられ、みんなの意識はフラナリー夫人に向けられていた。

「とりあえず彼女がもどってこない理由はこれでわかった」とサイモン。「おそらくあの煙の向こう側で足止めを食っているんだろう」

リネットは不意にブレイクのことを思いだして息をのんだ。ミッシーもはっと息をのんだが、彼女が考えたのはブレイクのことではなかった。

「だから午前中しつこく電話が鳴ってたんじゃない？」とミッシー。「フラナリーさんはもどれなくなって、あたしたちに火事のことを知らせようと電話をかけてたのかもしれない、なのにだれも電話に出なかったんだわ」

「電話に応対するのはわれわれの仕事じゃない」とサイモン。「そんなことは知りようがなかったんだ」

「ああ、あの電話に出ていたらねえ！　いまやあたしたちは人里離れた場所で身動きもできず、火の手がすごい勢いでこっちに向かってくるなかで完全に孤立しちゃってるのよ!」

「孤立なんかしてないわよ、ミッシー」とクレア。「仲間が九人いるし、火の手がすごい勢いで迫ってるわけでもない。そうよね?」

「八人でしょ!」リネットが訂正したが、クレアは答えを求めてサイモンのほうを向いていた。

サイモンが安心させるような笑みを返す。「火災の現場がここからかなり遠いのはまちがいない」

「それにフィリーズがなんとかしてくれるはずよ」とフロー。

「なにリーズですって?」アリシアは訊いた。

「地方消防局よ、お嬢さん。ボランティア消防団のこと。わたしの故郷ではフィリーズと呼んでいるの。どこの田舎町にもあるのよ——地元で消火活動にあたるために登録してる男女の寄せ集め。彼らがすぐに駆けつけてなんとかするわ。火の手が広がる前に消しとめるはずだから、心配しなくてもだいじょうぶ」

「もしも消しとめられなかったら?」とミッシー。

「そのときはわたしたちの防災プランを実行に移すまでよ、決まってるでしょ」

「その防災プランてどういうもの?」ペリーが訊いた。

「火災が発生したらどうするかということ」フローが説明する。「田舎で生まれ育ったわたしたちにはそれが必要だった。どっちかに決めなくてはならないの、家にとどまって火を消しとめるのか——」

「ああ、なるほどね！」小ばかにしたような響きで相手の提言を中断させないよう気をつけながらペリーは言った。

「それとも」と眉をひそめてペリーを牽制しながらフローは続けた。「荷物をまとめて避難するのか。その場合、なにを持っていくのか、避難するまでにどれくらい時間の余裕があるのか。つまりね、ある時点を過ぎると手遅れになって逃げられなくなるから。あとは乗り物に乗ったまま路上で身動きがとれなくなるのは絶対に避けたいところね。たぶんそれが最悪の事態」

リネットがまた息をのんだ。だれもブレイクのことを思いださないの？

ペリーが言った。「乗り物って？　ゴルフカートじゃたいして遠くまで行けないと思うけど」

「トラクターなら運転できるわ」とフロー。「父の古いのをよく運転していたから」

雀みたいに華奢《きやしや》な女性だが、どういうわけかだれも意外には思わなかった。

サイモンが片手をあげている。「水を差すようで悪いが、みんな」と言った。「われわれがここを離れるという選択肢はありえないと思う。フラナリーさんが足止めを食っているとしたら、それはつまり火災で主要な道路が封鎖されているということだろう。ここから見て断定するのはむずかしいが……」

「ええ、そうね、あなたの言うとおりかもしれない」ロニーが視線を下のほうに向けながら言った。「覚えてるかぎり、ここへ来るにもここから出ていくにも、道は一本しかないわ。きのうわたしたちが通ってきた道、そして火の手はまさしくその道からやってくる。だれか別のルートを知ってる人がいればいいのだけど」

みなてんでに肩をすくめた。

「ここにとどまって状況が落ち着くのを待てば、みんな無事でいられるはずだ」サイモンが言ったが、リネットはもう我慢できなかった。

前に出てみんなと向き合い、怒りと失望に目を細めながら両手を腰にあてた。「あなたたち、ほんとに信じられない！」と声をあげた。「みんな、ブレイクのことなんてすっかり忘れちゃったわけ？　ほとんどの人が彼を快く思ってなかったのは知ってるけど」——鋭い視線がペリーとアリシアに向けられた——「彼は助けを呼びにいこうとしてもう出発しちゃったの。この状況を考えたら、いまごろあれに巻きこまれてるかもしれないのに！」

アリシアは身をすくめた。リネットの言うとおりだ。その可能性は考えもしなかった。腕時計に目をやる。まもなく午後五時。たしかブレイクが出発したのは三時過ぎで、山を降りるにはたっぷり一時間はかかる。火災が発生する前に無事に町までたどりつけただろうか。もくもくとあがる煙を見ると不安を覚えずにいられなかった。

もしもブレイクが炎に巻きこまれてしまっていたら？

「いいかい、われわれはたったいま火を見つけたばかりで、ブレイクが出発したのはもうだいぶ前だ」サイモンがなだめるように言う。「きっと無事に切り抜けて、みんなが困っていることを知らせてくれているはずだ」

「無事に切り抜けてなかったら？」とリネット。

「だとしたら、彼の車がもどってくるのがそろそろ見えるはずだ」

パントマイムのように全員がぴたりと動きをとめ、車の轟音《ごうおん》が近づいてこないかと耳をすましたが、聞こえるのは風の音と、コトドリたちが遠くで鳴き交わす声だけ。

それから一羽のワライカワセミが人間たちをからかうように陽気な声で鳴きだした。


またたくまに夜のとばりが降りはじめ、ブッククラブのメンバーたちは、ブレイクの身を案じていても埒があかないし、そろそろ態勢を整えようということになった。長く大変な夜になりそうなことは探偵でなくともわかる。

リネットとペリーが〝夕食をどうにかする〟ために厨房《ちゅうぼう》へ行き、フローとロニーは一緒に防災プランを練るために図書室へもどり、サイモンは火災報知器を確認しておくとかなんとか不穏なことを言った。真夜中に突然鳴りだして叩き起こされるかもしれないからと。

残ったのはミッシーとクレアとアリシアで、まだ茫然と煙を見ていた。根っこが生えたみたいにその場から動くことができずにいた。そうして火をにらみつけていれば、向こうもあえて忍び寄ってはこないかのように。

「だんだん近づいてきてるような気がしない?」ミッシーがついに疑問を口にした。「それにあそこ、下のほうの尾根に見えるのは別の火じゃない? それとも全部まとめてひとつの大火災なの?」

「わざわざありがと、ミッシー」アリシアは身震いしながら言った。「比較できるようにさっき写真を撮っておけばよかった」ポケットに手を入れたが空っぽだった。「だれか携帯電話を持ってきてない？」

　ふたりとも首を振った。「意味ないもの」とミッシー。「どうせここじゃ使えない。あたしたちやっぱり完全に孤立してる！」その言葉はクレアに向けられた。「これからどうするの？　下のほうで火が燃えてるっていうのにのんきに寝てなんかいられる？」

　ほかのふたりは肩をすくめた。だれも山火事など経験したことがないのだ。

「フローは山火事のことをよく知ってて、彼女は全然心配してないわ」とクレア。「それにサイモンも」

「そうね、でもこう言っちゃなんだけど、彼らになにがわかるの、実際のところ」アリシアは言った。「フローは田舎育ちで、実家はガラーガンボーンのほこりっぽい平らな農場。サイモンはシドニー出身よね？　わたしの記憶がたしかなら、住所はたしか街の中心部だったはず。ふたりともこの山のこの森のことを特に知ってるわけじゃない。あの火が勢いよくこっちに向かってきてもふしぎはないわ、なのにわたしたちはこうしてぼんやり突っ立ってる、まるで焚きつけみたいに！」

　アリシアの脳裏には、足元まで炎に迫られながら焼けつくような森のなかを必死に逃げまどう自分たちの姿がもう浮かんでいた。逃げるときに持っていくものもすでに考えてある――妹と、ブッククラブの仲間と、読み古しの『そして誰もいなくなった』。もともとは母の本で、それは自分の遺体の焼け焦げた手をこじ開けて取りだされることになるだろう。

「じつは、もっと情報を持っていそうな人を知ってるの」クレアが言い、さらにこう続けた。

「わたしたち、思ってるほど孤立してるわけじゃないわ。サイモンがさっき言ってたの、森のなかに住んでる老人を見かけたって。見た目は少し粗野な感じで、でも、そうよ、もしその人が本物の地元民だったら、どれくらい時間の余裕があるのか、あるいは別の逃げ道があるかどうかも、知ってるかもしれないわ」

ミッシーが両手を打ち鳴らした。「よかった、これでひと安心ね！　よくぞ思いだしてくれたわ、クレア。その人を見つけるのよ、大至急！　どこにいるか、サイモンから聞いた？」

クレアははっと息をのんでアリシアを見た。「ええ、でもあなたは気に入らないでしょうね」

リネットはその涼しい部屋のなかをのぞきこんで、満面に笑みを浮かべた。最高！　宿泊客が少ないわりに、この山荘には驚くほど大量の食料が備蓄されていた。リネットが料理をしている都心のレストランに勝るとも劣らない。生の果物と野菜の木箱、基本的な食材の箱――缶詰類、シリアル、小麦粉、米、パスタ――ほかにも種々雑多な小さめのプラスティックの密封保存容器があり、そのすべてにきちんとラベルが貼られ、《ペルシャ産フェタチーズ》や《ライルズ・オリジナルソース》といったそそられる文字が並んでいる。どのラベルにもきちんと日付がはいっていた。

「きみにはやることがどっさりありそうだねえ」とペリー。

「こういう辺鄙《へんぴ》な場所では必需品はたっぷり備蓄しておかないとね」リネットはなかにはいり、プチトマトを調べた。

「それなのにフラナリーさんはどうしてわざわざ車で町へ行く必要があったのかな」

リネットは肩をすくめた。そんなことはどうでもいい。今夜の夕食を手早くこしらえるという楽しみがあるのだ。

巨大な容器にはいった山羊の生チーズにわくわくしながら、ペリーが尋ねた。「して、今夜のメニューはなんでしょう、料理長どの」

リネットは数分間ウーとかアーとか悩みながらあたりを見まわしたあと、朝食の食べ残しが置かれたままのカウンターの真ん中に手書きのレシピがあるのを見つけた。それを手に取って、にんまりする。

「フラナリーさんの予定では、今夜はブカティーニ・アッラ・アマトリチャーナだったみたい」

「別のわかりやすい言語で言うと？」

リネットは苦笑した。「トマトとパンチェッタ（塩漬けした豚バラ肉）のスパイシーなおいしいパスタ」そこで首を傾げた。「そうだね、いいかも。ここはシンプルにいこう」カウンターに置いてあるほとんど空の赤ワインのボトルをつかんでペリーに手渡した。「オーケイ、副料理長、手頃なワインがもっとないかさがしてきて。でもちゃんとしたワインね、こんな料理用の安物じゃなくて。ゆうべあたしたちがバーで開けたカベルネ・ソーヴィニヨンはなかなかよかった。あれがもう一本ないか見てきて。あたしはまずこの厨房を正常な状態にもどす、夕食の準備が滞りなく進むように」

「よかったら新鮮なパセリを摘んできましょうか」ドアのところから見ていたフローが声をか

けてきた。「素敵なハーブガーデンを見つけたのよ、この厨房のすぐ裏手に」

「ほんとに?」と言いながらリネットが勝手口に行ってドアを大きく開けると、そこに現われたのは素敵なハーブガーデンだけではなかった。広大な菜園もあって、ありとあらゆる野菜があふれかえり、そのほかに物置小屋と大きな鶏小屋まである。「ついでにあそこの完熟トマトも少しお願い」とフローに頼んだ。

フローが外に出ていくと、リネットはけさの焼きたてバゲットをちらりと見てから、ニンニクに手を伸ばした。万一これが自分たちの最後の晩餐になるのなら、最高のものにしよう!


夕闇が迫るなか、三人で禁じられた〈悔恨の小道〉を慎重な足取りで歩きながら、アリシアはクレアの言ったとおりだと納得した。まったくもって気に入らない。

この小道はところどころで断崖の端ぎりぎりのところを通っており、もし足元の岩が崩れ落ちたら、下の遊歩道を歩く人が怪我をするだけではすまない可能性がある。一歩でも踏みはずせば、三人そろって崖から転落するだろう。朽ちかけた手すりは役立たずもいいところだ。

行動に移す前になぜ思いつかなかったのか、せめてもう少し知恵がまわれば、とアリシアは悔やんだ――そうすれば、懐中電灯を持参するとか、行き先をほかの人たちに告げてくるとか、そんなこともできたのに。とはいえ、時間はなにより重要で、だから後先も考えず出発したのだ。しかし歩いていくにつれ、アリシアの不安は募った。

その居住者がだれなのか、はたして友好的なのかどうかさえ、だれにもわからない。なぜこんな奥地に住んでいるのだろう。世捨て人なのか？　サバイバリスト？　まさかサイコパスでは？

「あたしたち、その人のことをなにか知ってるのかな」ミッシーがアリシアの懸念を口に出した。

口を開きかけたクレアが、ふと足をとめて指さした。「ねえ、あそこ、尾根の端のあたり、あれが彼の家にちがいないわ」

全員がその景色に見入った。ここから見るかぎり、それは家というより山小屋で――平板張りの小屋に錆びたトタン屋根、片側に小さなコンクリートの貯水槽がある――反対側に広がるのはこれ以上ないほどの絶景、山荘から眺めるよりもさらにすばらしい景色だった。断崖の端近くに建っているので、青い霧のたちこめる高地や、亜熱帯雨林に覆われた尾根から眼下に広がる谷、豆粒のように小さなライルトンの町まで一望できる。

「ホームレスになるのも悪くないかも」とミッシー。

「彼はホームレスじゃないわ」アリシアは反論した。

「言いたいことはわかるでしょ！」

だれとも知れぬ相手に充分な警告を与えようと、女たちは大声でしゃべりながら近づいていったが、だれも現われないので、アリシアは思いきって前に出て、がたつく木のドアをノックした。巨大なアシダカグモが一匹、木の戸枠をあわててちょこちょこ走り去り、ミッシーが思わず悲鳴をあげ、アリシアはあとずさりした。

それ以外はなんの反応もなかった。

「散歩にでも出かけたんじゃない？」ミッシーが気を落ち着けようと深呼吸しながら言う。

「散歩には時間が少し遅い気がするけど」とクレア。

アリシアは気持ちが沈むのを感じた。ひょっとしたら、火事に気づいてもう避難してしまったのかもしれない。

「おい！　ぞろぞろといったいなんの用だ？」いきなり背後でだみ声がして、女三人はさっきのクモが襲ってきて嚙みつかれたみたいに飛びあがった。


手入れの行き届いた菜園のなかで、ひと握りの新鮮なハーブ類とプチトマトの場所をさがしあてたあと、フローは周囲を見まわした。菜園は山の西側、山荘の裏手にあり、ここからの眺めは表側ほどではなく、密生した木々がすぐそこまで迫っている。とはいえ、煙はどこにも見えず、それがフローをほっとさせた。砂利道が一本、菜園から鶏小屋へ、その先のイチジクの大木へと続いており、木の下には美しい装飾のついた鋳鉄製のベンチが一脚置かれていた。砂利道はさらに森のあたりまで続き、そこで唐突に終わっている——だれかがそちらへ行こうとして途中で考え直したみたいに。

フローはハーブガーデンのはずれにちょこんと置かれた苔むした小さな天使像に気づいた。片方の翼が折れ、目は空を仰ぎ見るように上に向けられていて、背後には野の花がちらほら咲いている。フローはそこへ行って花を何本か摘み、厨房にもどって古いミルクジャグに活けた。

「テーブルを素敵にセットしましょうね」それでみんなの気持ちが少しでも明るくなればと願って言った。「ペリー、テーブルを動かしてもう一度くっつけるのを手伝ってもらえないかしら」

大変な一日だったので、今夜はみんなで心をひとつにする必要がある。ペリーが喜んで手を貸してくれて、また副料理長の仕事にもどると、フローは美しいテーブルクロスをさがしだして広げ、中央に花瓶を置いた。

これなら文句なし！　まるで昔なつかしい農家の夕食みたい。

「テーブルの支度を手伝いましょうか？」ダイニングルームにはいってきたロニーが尋ねた。

「よかったら、お願い。カトラリーをさがしてちょうだいな、わたしはお皿を用意するわ」

ふたりで黙ってテーブルの支度をしながら、フローはひとり鼻歌を歌い、ロニーの意識はまたあの古いゲストブックへとさまよった。

あれからずっと考えている。自分が発見したことについてこの古い友人に話すべきだろうかと。話せるほどフローを信頼している？　まっすぐフィンリー姉妹の姉のところへ、責任者らしき人物のところへ行くべき？

「なにを考えているの、ロニー？」フローの声に思考が断ち切られた。「なんだか困ったような顔してるわよ。このささやかな楽しいクラブに入会したことを後悔してるの？」

ロニーは無理に笑みを浮かべた。「もしかしたらね。あなたは？」

フローはきっぱりと首を振った。「こんなに楽しいことなんて何年ぶりかしら！　日がな一日赤ちゃんの靴下を編んでるよりいいわ、それは断言してもいい。ここ何十年かでいちばん生きてるって感じがするの。これでようやくなにかを成し遂げられるような気がするのよ」

ロニーは思案顔でうなずいた。「あなたはどうして入会したの？」フォークの下にナプキンを敷きながら尋ねた。「なにを期待して？」

フローは肩をすくめた。「昔ながらのスタイルの探偵活動をちょっと楽しみたい、ってところかしら。それ以外に〈マーダー・ミステリ・ブッククラブ〉にはいる理由なんてある？」

いったいどうしてだろう、とロニーは考えた。意識がまたしても暗い場所へと飛んでいくのは。

「あんたたちがわたしを見つけるのにこんなに時間がかかるとはなあ」老人はしゃがれ声でのんびりと言いながら、くたびれた〈アクブラ〉のカウボーイハットを脱ぎ、すたすたと三人の脇をすり抜けて小屋にはいっていった。

かなりの長身でひどく痩せており、日にさらされた顔にわずかな白い頬ひげがあるだけで、毛髪はほとんど残っていない。首と額の皮膚には、入り組んだ道路地図さながら縦横に無数の深いしわが刻まれている。歳は九十近いと思われたが、足取りは軽やかで、老人が脇をすり抜けたあとには、身体に染みついた煙草と、バーベキューの煙と、湿っぽい汗のにおいが残った。

あとに続いていいものかどうか迷って、女三人が用心深く視線を交わしたとき、老人が声をかけてきた。

「お茶を飲みたいなら湯を沸かそう」

アリシアはにっこり笑い、先に立ってなかへはいった。お茶を勧めるくらいだからさほど危険とは思えないし、火事のこともさほど心配しているようには見えない。

小屋のなかは、内装こそ質素だが、思いがけず居心地がよさそうだった。片隅に小型の薪ストーブ、別の一角にはフラシ天のベッド、その脇には職人の手になる揺り椅子があり、青とベージュのチェックのブランケットが上に掛かっている。山荘の自分の部屋にあるものと似ているように見えた。近づいてじっくり観察すると、たしかに部屋にあるブランケットとそっくりだとわかり、ふしぎに思った。この人は山荘から物をくすねているんだろうか。

ベッド脇に置かれたアンティークの戸棚の上にくすんだ銀色の写真立てがあり、なかにセピア色の写真がはいっていた。写っているのは、リネットにどこか雰囲気の似た若く美しい女性で、ブロンドの長い髪に、生き生きとした笑顔。大きな瞳は茶目っ気たっぷりだ。

「コーヒーか、紅茶か。アールグレイもあるぞ、あんたはそっちのほうがよければ」老人が言い、最後の言葉はクレアに向けられた。

ティーバッグと、それにカップにも〈ライルズ山荘〉の紋章がついているのに気づいて、アリシアは老人のほうへ問いかけるように片方の眉を吊りあげた。

「いいえ、おかまいなく」クレアはあっさり辞退した。

「せっかくなので、あたしは紅茶をいただきます。ミルクもお砂糖もなしでお願い」ミッシーが言うと、老人はお茶をいれにいき、古い電気ポットから湯を注いだ。

小屋にはあきらかに電気が来ているらしく、壁掛け式の電話機がアリシアの目にとまった。その視線に気づいた老人が言った。

「もう二十年も通じてないよ」

アリシアは力なく微笑んだ。やっぱりね、そんなことだろうとは思ったけど。

「それで」老人はミッシーにカップを手渡し、自分のカップを片手に台所の流しにもたれかかった。「あんたたちがここにいることをヴェイルは知っているのか?」

三人ともはっとして老人を見返した。火事騒ぎのなかでみんな気の毒な支配人のことはすっかり忘れてしまい、いまになってアリシアは深い罪の意識を覚えた。この老人はヴェイルと知り合いに決まっているではないか! 住まいの環境は大きくちがえども、この界隈の住人は彼ら三人しかいないのだ。クレアをちらりと見ると、彼女は用心深く両の眉をあげた。

「心配しなさんな、お嬢さんがた」完全に誤解したらしく、老人は小さく笑って、灰青色の目を意地悪そうにきらめかせた。「あんたたちのことをボスに告げ口するつもりはないよ。この遊歩道のことであいつがいかに口うるさいか知っているからな」

ミッシーが落ち着かなげにくすくす笑って、カップに口をつけると、クレアがさっきより険しい表情をアリシアに向けてきた。だれかが訃報を伝えなければならない。

アリシアは深呼吸をひとつして、前に出た。「こんなことをお伝えするのは残念ですが、ヴェイルは亡くなりました」

老人は冗談だろうと言いたげな顔でアリシアを見返した。一拍おいてから言った。「いったいなんの話をしてるんだ?」

「わたしたち……きょうの午後ベッドにいる彼を見つけたんです。彼は――」

「あいつが死ぬはずはない!」

アリシアは同情をこめた視線を送った。「本当に、残念でなりません」

「いや、いや、いや、ちがう、ちがう……」老人は頑として信じようとしなかった。背を向けて、手つかずの飲み物を流しに捨てると、足早に外へ出ていき、玄関ドアが大きな音をたてて閉まった。

女たちは不安な表情で顔を見合わせたあと老人を追って外に出たが、すぐには見つけられず、やがて尾根の端に立っているところを見つけた。老人はそこからのすばらしい景色をじっと見ていた。そうすれば状況がよくなるかのように。もくもくと立ちのぼる煙がそうではないことを暗示しているが、老人が考えているのはそのことではなさそうだった。

こちらに向き直ったとき、その目は赤くうるんでいて、輝きは消え去り、眉間に深い溝がくっきりと刻まれていた。あの知らせが彼の顔に新たにトラックを走らせたかのようだった。老人は一度咳払いをし、また咳払いをした。

「あいつはいいやつだったよ、ヴェイルは」ようやく口を開き、かすれた声で言った。「最後までいい友人だった」片手で乱暴に無精ひげをこすった。「なにがあったんだ?」

アリシアは首を振った。どこまで明かしていいものか。つまるところ、ロニーは医者じゃない。彼女がまちがっている可能性だってある。

老人はなにがあったかちゃんとわかっているみたいにうなずきながら言った。「それで、ジョーンは？　どう受けとめている？」

「ジョーン？」

「ジョーン・フラナリー、料理人の。彼女はだいじょうぶか？」

アリシアはうなずいた。「ええ、あの、だいじょうぶだと思います。けさ町へ行ったきりで――」

「まだもどってないのか？」遠くに目をやる。「なら火事で足止めを食ってるんだな」

「わたしたちもたぶんそうじゃないかと」

「なるほど、それで少しは事情がわかった。あんたたちは心細くなったわけだ、あの山荘で孤立して」

「孤立してるわけじゃありません」クレアが憤然として言った。どうしてだれもかれもそんな言い方をするの？「仲間内には男性も何人かいますし」

「わたしが言ってるのは火事のことだよ、お嬢さん。あとどれくらい時間があるか知りたいんだろう」

それこそできれば口にしたくない大事な問題だった。そのためにここへ来たアリシアは後ろめたさを覚えた。山荘の支配人のことを忘れて、自分たちのことしか考えていなかった。

「実際のところ、時間はあとどれくらいあるの？」もう取り繕うのはやめて、アリシアは尋ねた。

老人は振り返って地平線に目をこらした。「クーパー交差点より下だな、ということはまだ時間の余裕はある。第一、いまは七〇年代じゃない。火の手がここまであがってくる前に消しとめるはずだ。連中だって二度とあんな事態にはしないだろう」

「だれのこと?」

「消防団《フィリーズ》だ、もちろん。いまは、昔よりはるかに装備の整ったヘリコプターもあるし。あんたたちはだいじょうぶだ」

「あなたはどうなの?」ミッシーが訊いた。「心配じゃないの?」

老人が首を振って笑うと、奥歯が数本欠けているのがわかった。「ああ、お嬢ちゃん。なにがあってもわたしがこの山を離れることはないだろうね。ここがわたしの居場所なんだよ」そこでまた景色に目をもどして言った。「〝生きていても、死はいつもそこにある〟。はて、どこで読んだ文句だったかな……?」

ミッシーはその文言を覚えていた。それはずばりアガサ・クリスティの今回の課題書に出てきた言葉だ――マーカーで印をつけたのもはっきり覚えている。ミッシーは息をのみ、ほかのふたりも気づいたかどうか、ちらっと目を向けた。この老人は自分たちを監視していたんだろうか、とミッシーはつい考えた。

この人はあたしたちをからかっているのか、それともこれは単なる偶然?

「山荘の電話線が切れた原因はそれでしょうか」クレアが訊くと、老人は鋭く見返した。

「電話線が切れているのか?」

クレアがうなずく。

「なら、おそらくそうだろう」と言いながらも、そうは思っていないように見えた。しかめ面が定着し、目は周囲をうかがっている。

「時間はあとどれくらいあるの?」アリシアは訊いた。「もしも彼らが鎮火できなかったら」

老人の視線がアリシアにとどまった。「亜熱帯雨林はそう簡単には燃えないし、通常はほとんど燃えない、だからその点もあんたたちには有利だろう。しかもじきに日が暮れる、そうなったら気温が急速にさがるはずだ。雨は降らないだろう、あと数日は。だがおそらく朝には風向きが変わると思う。いずれにしても、そのころには消防団《フィリーズ》が鎮火しているはずだ」

「そうならなかったら?」アリシアは訊いた。

老人は肩をすくめた。答えは持ち合わせていないのだ。

「わかったわ」納得できないままアリシアはそう言った。クレアとミッシーにうなずきかける。「お時間を割いてくださってありがとう。それからヴェイルのこと、心からお悔やみ申しあげます」

「さっきも言ったように、死は生の一部にすぎないんだ、お嬢さん」

アリシアはうなずき、そこで自己紹介さえしていなかったことに思い至った。「ところで、わたしはアリシア、こっちがクレアとミッシー。ここで週末を過ごしています。ごらんのとおり」老人がうなずいてまた景色に目をもどしたので、アリシアは言った。「あなたのお名前をまだ聞いてなかったわ」

「いまはそんなことを気にしなくていい、お嬢さん」老人は答えた。「それより今夜をしのぐことに集中しろ」


「失礼な人だったわね」三人で引き返す道すがらクレアが言った。

「それにちょっと気味が悪い」とミッシーも言いながら、老人が引用した台詞《せりふ》のことを口にすべきだろうかと考えた。いまとなってはなんだかばかげているような気もした。お年寄りがどうして自分たちを監視したりする？　偶然に決まっている、もしくはありがちな台詞なのかもしれない。ああ、そうか、きっとそうだ。あれはお祈りの言葉なんじゃない？

「わたしは彼のことけっこう気に入ったけど」アリシアは言った。「善良な人よ。それにまちがいなく自分の森をよく知ってる」

「あの森を愛してもいるんでしょうね」とクレア。「あそこに骨をうずめたいと言ってるみたいだった」

「その気持ちはなんとなくわかるわ」とアリシア。「あきらかにこの土地の人ね、たぶんここで生まれ育ったんだと思う。そしてもう若くはない。いまさらよそへ行くなんてできないわよね」

クレアは身を震わせた。「とにかくその〝フィリーズ〟とかいう人たちが無事にやり遂げてくれることを祈るのみよ」

「あるいはブレイクがね」とミッシー。「ブレイクを忘れないで。いまごろは山を下りてあたしたちを救助する段取りをつけてくれてるはず」

アリシアとクレアはしかめ面を見合わせた。


〈ライルズ山荘〉での二日目の夕食は、初日とはまったくちがっていた。リネットの手料理をみんなで――いや、完全に食欲を失ってしまったらしいフローを除く全員で――がつがつと食べながら、遺体のことも行方不明の人たちのことも遠くの火事のことも、だれも話す気にはなれないようだった。その話題は先送りすることで暗黙の合意ができているかのように、グループ内にはどこか不気味な沈黙が垂れこめていた。口を開くのはせいぜい、リネットの料理を褒《ほ》めるか――それは実際すばらしかった――あるいはだれかにワインを取ってほしいと頼むときくらいだ。

彼らは知る由もなかったが、まさにそのアルコールがそうした空気を一変させる結果になるのだった。

「もう一本ないかさがしてこようか？」ペリーがカベルネ・ソーヴィニヨンのボトルの残りをクレアのグラスに注ぎながら訊いた。

「賛成！」リネットが答えると、テーブルのあちこちから賛同の声があがった。「でも、バーにあったお酒はもう全部飲んじゃったんじゃないかな」

リネットは昨夜のブレイクとの飲み会を思いだした。いまとなっては遠い昔の出来事に思える。

「だったら地下の貯蔵室を調べてみたら」とロニー。

「貯蔵室があるの？」とリネット。

クレアが眉根を寄せた。「さっき館内を捜索したときは見なかった気がするけど」

ロニーは片方の肩をすくめた。「ここは古い山荘よ、人里離れた場所にある。きっと貯蔵室があるはずだわ」

サイモンがうなずいた。「あることを祈りたいね。わたしはまだ全然酔っていない」

彼は申しわけなさそうに笑ったが、ほとんどのメンバーが同意見だった。今夜を乗り切るためには少し感覚を鈍らせる必要があるだろう。

「任務了解」ペリーが言って、立ちあがった。「その謎の貯蔵室はどこに行けば見つかるか、だれか知ってる？」

全員が無言で見返すなか、ロニーが言った。「もしも見つかったら、シェリーがないかさがしてもらっていいかしら。わたし紅茶を飲んだあとにシェリーをちょっとやるのが好きなの」

ペリーが決然たる足取りでダイニングルームから出ていくと、サイモンが、みんなでバーへ移動してはどうかと提案した、そのあいだに自分が後片付けをするからと。クレアは感謝をこめてにっこり微笑んだ。いまはアガサ・クリスティの時代ではない。クレアが好きなのは進歩的で自分の役目を果たすことを厭《いと》わない男性だった。

「わたしたちもお手伝いするわね、サイモン」ロニーがフローを肘でつつきながら言った。老婦人たちは一定以上の年齢の男性が進歩的であることに慣れておらず、それが台所仕事となればなおさらだった。

「じゃあ、あたしは火事の様子をもう一度見てくる」と言いながら、リネットは姉の視線をとらえた。

アリシアは空になった自分のワイングラスを手に取った。「朝食の後片付けはわたしが担当するわね。みんな五分後にバーで会いましょう。グラスは自分のを持ってきて、そしたら洗い物が減るから！」

それぞれのグラスをカウンターに置いて、姉妹は一緒に外に出ると、つかのま足をとめて景色に見入った。月がありえないほどオレンジがかった色に変わっていた。血のように赤いと言っても過言ではない。

「すっごくきれい」とリネット。「この状況を考えたら不適切もいいとこだけど」

「たぶんこの状況だからこそよ」アリシアは言った。「あれは火のせいにちがいない。煙のにおいがしない？　だんだんにおいが濃くなってきてる。それにこれは……？」てのひらを前に差しだし、そこに落ちてきた小さな黒い粒を恐怖の目で見つめた。「これって灰？　嘘でしょ、きっと火が近づいてきてるんだわ」

「あわてないの」とリネット。「あたしたちはだいじょうぶだから」

てのひらを払いながら、アリシアは必死にその言葉を信じようとした。

ブッククラブの新メンバー三人でテーブルを片付けて、しばらくは黙って皿を洗い、やがてサイモンが咳払いをして口を開いた。「とんでもない入会の儀式になってしまったね、ふたりとも」

フローはからからと笑い、ロニーは顔をしかめた。たしかに入会の儀式とも言える。この仲間と長くつきあっていける自信はなかった。

「わたしはこんなに楽しいことなんてひさしぶりだわ」フローはさっき言ったことをまた繰り返した。

「じゃあ、この古い山荘についてはどうだろう」とサイモン。「また来たいと思う？　こんなことがあったあとでも」

「いいえ、わたしは来ないわ」とフロー。顔から笑みが消えていく。

「あなたは楽しんでると思ってたけど」とロニー。

「そのとおりよ、ロニー。でもね、来るのは一生に一度で充分だと思うの。それにほら、山荘の支配人の魂はこの先も廊下をさまようでしょう」顔をゆがめた。「あの人とばったり再会したいとは思わないわね！」

サイモンは思わずぞっとして流しから顔をあげた。

ペリーはがたつく木の階段を意気揚々と下りていった。地下の貯蔵室を見つけた自分が誇らしい！

貯蔵室に通じるドアはダイニングルームの少し先にあり、全員が自分の部屋へ行く途中で何度もその前を通過していながら、だれひとり気づいていなかったようだ。もっとも、ドアは巧妙に偽装されていた。ぱっと見ただけではまったくわからない。

低くて小さなそのドアは、長い廊下の壁にそのドアを横切る形で描かれた偽の本棚に完全に溶けこんでいた。本に見せかけた取っ手に気づいたのは、ペリーがもうあきらめて降参しかけたときだった。

「やったね！」と言いながら取っ手を引くと、ドアは怒ったような大きなきしみ音をあげた。

ひんやりした空気が下からさっと吹きあげてきた。同時になんとなく不穏な空気も。ドアの横の壁を必死に手探りして照明のスイッチを見つけたペリーは、それを押して明かりをつけ、顔の前でほこりが舞い踊るなか、目が慣れるのを待った。そしてようやく、急な階段が下のほうで右へ曲がっているのが見えた。会心の笑みを浮かべて、ペリーは階段を下りていった。

いまや両腕に鳥肌が立っているというのに、下で自分が見つけることになるものに対してなんの心の準備もなかった。階段を下りきってあたりを見まわしてはじめて人がいることに気づいた。石の床にぐったりとすわりこみ、片手に〈ジェイコブズ・クリーク〉のボトルを持っている。もう一本のボトル、〈ペンフォールズ〉のグランジがすぐそばの硬い床で粉々になっていた。

最高級のワインなのになんてもったいない、とまず考え、そのあとでようやく、眼前の光景の衝撃がボトルで殴られたように頭にがつんときて、ペリーは後ろによろめき、階段の下のほうの段に思いきり尻もちをついた。

どうにか身体を引きあげると、ペリーは向きを変え、階段を駆けあがった。

10

フラナリー夫人はまるで酔いつぶれたような恰好で、ほこりをかぶったワイン棚に寄りかかり、両脚を崩れかけた石の床に投げだして、片手にはまだ安物のワインを握っていた。

なのでペリーの最初の反応がかなり穏当だったのも無理はなかった。夫人の側頭部の真っ赤な切り傷や吐き気を催すような乾いた血のにおいや、そのほかのなにか、なにかはペリーにはわからないが、そういったものに気づかなければ、この女性はワインセラーで酔いつぶれて意識を失ってしまっただけだとだれもが考えたかもしれない。ペリーが地下室の階段を駆けあがってダイニングルームにもどったのも、とっさにそう考えたからだった。

たぶん彼女に必要なのは濃いコーヒーと包帯だ！

そのころにはメンバーたちはバーに集まっておしゃべりしていたが、ペリーの姿が目にはいったとたんに会話はぴたりとやんだ。

「だいじょうぶ？」とリネット。

「なにがあった？」とサイモン。

その時点ではまだ言葉にならず、ペリーはみんなの前で手をひと振りすると、そのまま向きを変え、また廊下へ走っていった。

数分後には、全員が貯蔵室の階段の下に立ち、驚きに目をみはりながら、ロニーが小さく舌打ちして遺体の上に身をかがめるのを見守っていた。ようやく身を起こすと、ロニーは背中をさすり、あきらめたようなため息をついた。

今度ばかりはごまかしようがなかった。

「あきらかに致命的な打撃を受けているわね、凶器はこのグランジのボトルと見てまちがいないでしょう」ロニーの言葉でみんなの目が皿のようになる。「不意打ちを食らったようね。出血してるけど量はあまり多くないから、長くはかからなかったと思うわ」

「だれかがこのお気の毒な女性をわざわざ殺したということね」フローがまだ息を整えながら言った。

「ああ、なんてむごい」クレアが言って、すぐ後ろにいたサイモンを振り返った。サイモンが腕を差しのべて彼女を抱き寄せる。

「こんなこと、とてもじゃないが信じられない！」と不機嫌に言った。遺体がひとつ増えたことですべてが台無しになったと言わんばかりに。

そして、多くの意味でそのとおりだった。ヴェイルの死はなんらかの事故で、火事はただの偶然ということにしておけるかもしれない。でもこれは……これはあきらかに殺人だった。

どう考えてもなにかおかしい。

「わからないいな」ペリーが心臓発作を起こしかけているみたいに自分の胸をつかみながら言っ

た。「けさ彼女が車で出かけるのを見たんだよ。誓ってもいい！」

「もどってきたってことでしょ」ミッシーが遺体を凝視しながら頬を紅潮させて言ったが、アリシアは首を振った。

「もどってきたんだとしたら、ヴァンはどこ？　わたしたちさっきまで外にいたけど、ヴァンはやっぱりどこにもないわ」ロニーに尋ねる。「彼女がいつからここに倒れていたかわかる？」

「何度も言ってるように、わたしは訓練を受けた医者じゃないのよ」

「でも強いて言えば？」

元看護婦は死んだ女性の腕を持ちあげて、手を放した。「少し死後硬直があって、普通は硬直しはじめるまでに数時間はかかる。もちろんここは涼しいから進行は遅れたでしょうね。死後半日くらいかも、よくわからないけど」

「だいじょうぶ、それでなんとかなるから」アリシアは答え、わかっている事実から計算を試みた。プロのジャーナリストなので、証拠を扱うのは得意とするところだ。目の前の光景に劣らずぞっとすることだが、それが、脳内の妄想をとめて自制心を取りもどす自分なりの方法だった。

「まず、わたしたちはみんな朝食のときにフラナリーさんを見てる。そのあとペリーがヴァンで出かける彼女を見かけたのが、読書会のはじまる直前」ちらっとペリーを見る。「十時ごろ？」ペリーが暗い顔でうなずく。「ということは、彼女は読書会のあいだにもどってきて、わたしたちが気づかなかったのか……」

「あるいは？」いまの話を端《はな》から信じていないリネットが言った。「あるいは、あなたが出かけるところを見たのは彼女じゃなくて、ペリー、まったく別のだれかだったか」

その発想に驚愕してペリーがはっと息をのむ、「別のだれか？　フラナリーさんのヴァンを運転して？」

「それが殺人犯よ！　きっとそう」ミッシーが甲高い声で言う。「その男がフラナリーさんを殺して、彼女のヴァンで逃亡したのよ」

「犯人は女性の可能性もあるのでは？」サイモンが問いかけ、その意見に衝撃を受けたクレアが、アリシアのほうへとあとずさりした。

サイモンがてのひらを差しだす。「別に深い意味はなくて」と言いかけたが、ロニーはうんうんとうなずいていた。

「ワインのボトルは恰好の凶器だと思うわ。しっかりしてるし、そんなに重くもない。フラナリーさんに恨みを抱く女がいたとしたら、それでうまくやり遂げた可能性はあるわね。だれか心当たりでもあったの？」

ロニーの目には茶化すようなきらめきがあったが、サイモンは笑う気になれず、ほかのみんなも同じだった。いまや遺体がふたつに、野放しの殺人犯がひとり、それに迫りくる火災まで抱えているのだ。

彼らの軌道はまたしても劇的に変わってしまった。

崖の端に腰をおろした老人は、手巻き煙草を一服しながら、ヴェイルのことや火事のこと、山荘にいる人たちのことを思い、彼らはいまごろどれほどの恐怖を感じているだろうかと考えた。かつて自分も同じ恐怖を感じたことがあった、遠い昔に。いまとなっては、それほどでもない。いまはむしろ歓迎している。風向きが変わったことにがっかりした。この山で起きた前回の〝大火〟のことを思いだす。当時も恐れと失望感はあったが、それは別の種類のものだった。

老人の意識はどんどんさかのぼり、在りし日のあれこれへともどっていった。鳴りやまぬ音楽、騒々しい客たち、美しく愛らしいリディア。ああ、あの女性をどれほど崇めていたことか、彼女のためならどんなことでもしよう、どんな山でも登ろう、どんなドラゴンとも戦おう。

そして実際そうしたのではないか？

それ以上のことまでしたのではないか？

煙草を踏み消して、老人はゆっくりと小屋に向かって引き返した。いまさら考えてもせんないこと。なにもかも終わったことだ。あの火事がうまく解決してくれた。

それでも、夜ごと夢のなかで彼女とダンスを踊るのはやめられなかった……

赤ワインの新しいボトルとシェリーのボトル――フラナリー夫人の遺体のそばからくすねてきたもの――も、結局ブッククラブのメンバーたちのすり切れた神経をなだめる役には立たなかった。一行はバーにもどり、それぞれにグラスを満たして、どうにか事実を受け入れようと努力はした。料理人はとうに死んでいたのに自分たちは気づきもしなかったという事実を。ヴェイルの場合とはちがって。

「信じられないわ、かわいそうなフラナリーさんがあそこに横たわったまま発見されるのを待ってたのに、あたしたちは予定どおり読書会を開いてたなんて」とミッシー。

「予定どおりの読書会でもなかったわ」クレアが反論する。「それに、わたしたちには知りようがなかったでしょう？　彼女は出かけたと思ってたんだもの」

「出かけたんだって！　ほんとだよ！」とペリー。「ぼくは嘘なんかついてないからね！」

アリシアはペリーの手を取って、安心させるような笑みを送った。「嘘だなんてだれも言ってないわ、ペリー。でも、見たものを勘ちがいした可能性はある」

「ヴァンが出ていくのを見た。それは断言するよ！」

「ええ、でもフラナリーさんが運転してるところを実際に見た？　よく思い返して。車に乗りこむところは見た？　彼女があなたに手を振るかなにかした？　あの車の窓はスモークガラスだったわ、よく考えたら。運転してたのは別の人だったのかも」

現実に立ち返ったペリーははっとして片手を口に当てた。「ぼくが見たのはきっと殺人犯だったんだ！　絶対そうだよ！」手がわなわな震えだした。「向こうもそれを知ってるはず！　ぼくを始末しにもどってくるかも！」

「仮にヴァンを運転していたのが犯人だとしても、ペリー、わざわざ犯行現場にもどってくるなんてどうかしている」とサイモン。「そもそも、もどってこようにも火事をかいくぐって来るのは無理だ」

その言葉でペリーの神経はいくらか落ち着いたかに見えたが、アリシアはそうはいかず、ワイングラスをつかむと景気づけにぐっとあおった。

「運転してた人のことでなにか覚えてない？　なんでもいいから」ロニーが尋ねた。

ペリーは首を振った。「ない。アリシアの言うとおり、ヴァンの窓はスモークガラスだった。たぶんフラナリーさんだと思いこんじゃったんだ。ぼくとしたことが……」両手で顔を覆ったので、アリシアはその背中を優しくさすった。

フローがこほんと咳払いをした。若い人たちが混乱に陥りつつあるので、自分もなんだか頭がぼうっとしてきた。あながちシェリーのせいばかりではない。「じゃあ、ちょっと状況を整理してみましょう」と言って、小さなグラスをいささか危なっかしげにカウンターに置いた。「フラナリーさんとヴェイルを殺したのがだれにしろ――」そこでロニーに厳しい目を向ける。「だって、あの人がただ寝てるあいだに死んだなんてわたしはこれっぽっちも信じてないわよ、ロニー。そりゃあ、わたしは老いぼれかもしれないけれど、そこまでおめでたくはないわ。つまりここに、この山荘に、そんな頭のおかしな人間がいたということ？　わたしたちのだれにも気づかれずに。そしてその人はふたりの人間を殺してそのまま車で立ち去ったということ？お気楽に？」

全員がめいめいのグラスに目を落とした。とうていありえない話に聞こえる。

「でも、あたしたち山荘のなかは隈なく調べたよ」とリネット。

「隈なくでもないよ」とペリー。「貯蔵室は見つけられなかったよね？　ほかにも隠し部屋があるのかもしれない」

「うわ、ぞっとする！」とミッシー。

「それはあまり関係ないだろう」とサイモン。「山荘のなかを捜索したのはきょうの午後で、ヴァンがとっくに走り去ったあとだから、けさだれかがここにいた可能性はある、われわれのだれも知らない人間が。スタッフ用の部屋か、山荘のたくさんある空室のひとつに寝ていたのかもしれない。だれにしろ、その人物はあきらかに山荘のスタッフに不満を抱いていて――」

「まさかふたりが殺されたのはサービスが悪かったせいだっていうの？」とリネット。「そのために〈トリップアドバイザー〉があるんでしょ」

サイモンは顔をしかめた。そんなふうに取られてしまうと……

「彼はいいほうに考えようとしてるだけよ、リネット」とクレアがすかさずサイモンの擁護にまわった。

そしてクレアの言うとおりだった。なぜなら、ヴァンで走り去ったのが見知らぬ謎の人物でないとしたら、このなかのだれかということになり、それは考えるだけでつらいことだった。

リネットが全員に向かって得意げな笑みをぶつけた。「この状況でひとつだけ明るいネタがあるのはたしかよ。少なくともブレイクの疑いは晴れた。だって彼はフラナリーさんのヴァンが走り去ったあとで出発したんだから。つまり二台の車を同時に運転できるのでないかぎり、彼はシロってこと」

「それはどうかなあ」ペリーの言葉がリネットの笑みを曇らせた。「こうも考えられる。彼が朝食のあとでフラナリーさんを殺して、彼女のヴァンで走り去り、少し行った先の目立たない場所に車を乗り捨てて、引き返してきた――それくらいの体力は余裕でありそう――そしてやる気満々で読書会に現われた。だってヴァンが走り去ってから読書会がはじまるまで三十分はあったんだから。それだけあれば充分だよね」

リネットの口があんぐりと開いた。「よっぽど彼に反感を持ってるみたいね！　なんでそんな面倒なことするの？　なんでいったんもどってきてまた出発したりするの？　ゆうべのうちにふたりを殺そうと思えばできたでしょ」

「アリバイを作るため？」とペリー。

「オーケイ、じゃあ答えてよ、そんなに賢いなら。そもそもなんで彼があのふたりを殺すわけ？　スタッフをふたりも殺すどんな動機がブレイクにあるっていうの？　彼があのふたりにいったいどんな不満を抱いてたっていうの？」そこでサイモンをじろりとにらむ。「嫌な思いをするほどここに長くいたわけでもないのに！」

その質問にはだれも答えられなかったが、答えが見つかるかもしれない方法をペリーは思いついた。それを口にしようとして考え直し、結局黙っていた。とりあえずは自分の胸にしまっておこう。

「こうしてみんなでぴりぴりしていてもしかたがないでしょう」フローがあくびをこらえなが

ら言った。「サイモンの言うとおりだと思うわ。その頭のおかしな人がだれにしろ、とっくにいなくなったんだし、ここにいればみんな安全よ。わたしは最後にもういっぺん火事の様子を見にいって、それから休ませてもらうわね。あなたたちもそうしたらどうかしら。みんな、夜はしっかり眠って疲れた神経を休める必要があるわ。あしたはあしたでなにが待ち受けているかわからないでしょう?」

「わたしもお供するわ」とロニー。「もうくたくた。おやすみなさい、みなさん」

みんながおやすみなさいを言うと、女性ふたりは外へ出ていった。

「あしたのことなんてどうだっていい」アリシアはみんなに顔をもどして言った。「今夜よ、わたしが心配なのは。きのう、わたしたちは十一人でこの山の上にいた、お気楽に、ってフローなら言うでしょうね」十二人だ、森に住む老人も入れたら。彼のことはまだ話していない。時間がなかったし、いま話せば混乱させる気がする。「きょうは、迫ってくる山火事と、遺体がふたつと、行方不明者がひとり」

「残るは八人か」とサイモン。

「そして八人になった……」ミッシーが言った。今回はいつものくすくす笑いをのみこみながら。

11

朝食の後片付けを手伝おうとふきんに手を伸ばしながら、アリシアは妹の視線をとらえた。リネットは疲れたような顔で、目はしょぼしょぼしているし、髪はくしゃくしゃのポニーテールだ。ゆうべは姉妹で一緒に寝た——妹がそばにいないととても眠れそうにないと思ったのだ——が、結局どちらもろくに寝ていないのはあきらかだった。

「だいじょうぶ?」アリシアは訊いた。

「ちょっと考えてる、あたしたちとこのブッククラブってなんなんだろうって」水をためたシンクに両手を浸しながらリネットは答えた。「あたしたちの行く先々に、決まって死体がある」

「引き寄せの法則、かな」

「あたしたちがこれを求めてるってこと?」

「ある意味、そうかも。だって、わたしたちしょっちゅう殺人の話をしてる。それが大好きってこと、つまりみずから犯罪を引き寄せてるようなものでしょ」

リネットは鼻で笑った。「そんなのばかげてる! たぶんありえないくらい不運が続いてるだけ」

「はたまた幸運か」ペリーが残ったロールパンのかごを手にふらりとやってきた。「現にぼくらにはそのいくつもの事件を解決した立派な実績があるんだよ。刑事さんは当分ここまでのぼってこられそうもないしね。いま火事の様子を確認してきた。まだ燃えてて、大きくなった感じ。二カ所の火が合流したんじゃないかな。でも近づいてはいないと思う、ありがたいことにね」もう一枚ふきんを見つけて、水のしたたるボウルを手に取った。「ぼくらは素人探偵かもしれないけど、フラナリーさんとヴェイルはぼくらがここに居合わせて幸運だったと思うよ。ほかの人たちならいまごろパニックを起こしてるだろうね」

「ほかの人たちも別にパニックは起こしてないけど」とリネット。「サイモンも、フローとロニーも。なんか妙に落ち着いてる」

「あの人たちも人の死ははじめてじゃないのかもね、きっと」とペリー。「ロニーもフローも夫を亡くしてるんじゃなかった?」

「でも、やっぱりジャクソンがいてくれたらと思うわ」彼を同伴しなかった自分をののしりながらアリシアは言った。

「あたしたちにジャクソンは必要ないって」リネットが最後にゆすいだボウルを水切りかごに置きながら言った。「姉さんにも必要ない。彼がいなくたってちゃんと立派にやれる」

ふきんをフックに掛けながらアリシアはうなずいた。そこまで確信が持てたらどんなにいいか。ロールパンをちらっと見て、リネットに目をもどす。

「さっきのおいしい冷菜はまだ残ってる? もしかしてチーズとジャムも?」

「たっぷりね。なんで? まだおなかすいてる?」

「ううん、でもおなかをすかせていそうな人を知ってるの」

〈ライルズ山荘〉ブランドの心安らぐアールグレイを飲みながら——そう、あの老人には最初から好みを見抜かれていた——クレアは心安らぐどころではない心境だった。原因は死とも火事とも関係がない。仲間がぶらぶらと森のなかへはいっていくのを見送ったあと、バルコニーの手すりにもたれて、これから迎えるであろう過酷な一日に立ち向かう前の最後の一杯を飲んでいるところだが、考えているのはずっと先のことだった。

気持ちの整理はついたはずだった。自分がどこに向かっているのか、きちんとわかっているつもりだった。そしてサイモンに出会った。

あの人にはどこかほっとさせるものがある、揺るぎないたしかなものが。きのうはあれほどの災難に見舞われながら沈着冷静だった。泰然として、落ち着き払っていて。なにも心配はいらない、この人がいればみんなでこれを乗り越えられる、そんな気持ちにさせてくれた。もちろん、ブッククラブの仲間のことは無条件に信頼しているし、彼らが有能な一団であることも知っていて、それでもクレアが頼りにしたのはサイモンだった。

救世主のように感じられたサイモン。

クレアは苦笑した。どう考えてもばかげている。ほとんど知らない人なのに！　それでもふたりのあいだにはたちまち通じ合うものがあった。それは向こうも感じているはず——何度も交わした笑みや内輪のジョークに。彼はとにかく……すばらしい人！　ふたりはとても気が合う。そしてクレアの心を揺さぶるのがまさにそこなのだ。

これじゃまるで恋に落ちたみたい。クレアはその考えを振り払った。

ばかなことを考えるのはよしなさい、クレア！　ほとんど知りもしない相手なんだから。

とはいうものの、彼のことを考えるだけで、また口元がほころんで、胃のなかがざわめく。そしてつい遠くで鳴り響くウェディングベルの音を想像してしまう。最初の婚約が悲惨な結果に終わり——ブッククラブ一年目のことで、あのときはペリーに救われた——あれ以来考えないようにしてきたことだった。

それでもクレアの意識はどうしようもなくいまや勝手に疾走していた——ロマンティックな求婚、楽しい婚約期間、ヴィンテージをテーマにした目をみはるような結婚式へと。

クレアはミッシーみたいなくすくす笑いをもらし、カップに口をつけた。

ふたりが一緒になったと想像してみて！　そう、ふたりがどんなふうに出会って、なにを乗り越えたか、そんな物語をいつか子供たちに話して聞かせるのよ！

当然ながら、それは目の前にある野望に深刻な影響をおよぼすだろう。こんなことは想定していなかった。ライルトン行きの列車に乗ったときに計画していたこととはまるでちがう。それでも、サイモン・クリート夫人になるのはどんな気分だろうと考えずにはいられなかった。夫の名で名乗ればだが——それはない——自分はクレア・クリートになるのだ。

クレア・クリート、なんておかしな響き。クレアは笑みを浮かべてまた紅茶をひと口飲んだ。ミセス・クレア・クリート。C・Crete《シー・クリート》。

その瞬間、クレアはアールグレイにむせそうになった。

ロニーが鶏小屋で産みたての卵をさがしているあいだ、フローはハーブガーデンの手入れをして雑草を抜き取っていた。

ああ、ガラーガンボーンにいたころの広々とした畑がなつかしくてたまらない。いまのシドニーの住まいでは、ガーデンと言ってもアパートメントの狭いバルコニーにプランターボックスがせせこましく並べてあるだけ。

ここにあるこのガーデンのなんと立派なことか！　ほかの人たちが右往左往しているいま、土いじりをするのは唯一正しいことのように思われた。だれもかれもが困惑して途方に暮れているようで、あろうことかあの姉妹は禁じられた遊歩道のほうへ歩いていった、しかもグリーンバッグを持って。フローは顔をしかめながら新鮮なパセリを摘んでむしゃむしゃ食べた。

いったいあの姉妹はあんな暗い藪《やぶ》だらけの森のなかになんの用があるというの？

ふたりの様子はまさに、あの晩遅くに見かけたヴェイルとそっくり——彼もこそこそして、怪しげで、あのおかしなバッグをしっかり抱えていた。

あの人たちはどういうつもり？　なにをしようとしているの？

山火事が起きて火の手がこちらに向かっていることを知らないのだろうか。あの森のことを考えると、フローの意識はぐるぐるまわって別の時間へ、別の悲劇へともどっていく。

乳しぼりを終えて家に帰ったとたん、なにか恐ろしいことが起こったのだとわかった。母親はフローが手にしていた水差しの中身に劣らず蒼白な顔をしていたし、父親はすでに半分酔っ払っていて、そばに自家製の酒の大瓶があった。いくらなんでも飲むにはまだ早い時間だった。木が倒れたせいだと母は言った。大きな枝が折れて、それが弟の背中を折り、即死させたのだと。

農民たちはこの事故のことを〝ウィドウ・メーカー〟と呼んだが、それは実際には一家全員を寡婦《ウィドウ》のようにしてしまった。しかも路頭に迷う寡婦に。というのも弟はひとり息子だったから。いまとは時代がちがった。世相がちがった。酒びたりの年寄りがひとりついているだけでは、女たちに大きな農場の経営など無理だった。

性差別ではない。ただそうなっていたのだ。

そこでフローは森のなかへふらふらとはいっていった若者たちのことを考える。とても無邪気で、やる気満々で、なんだろうと自分たちをとめることはできないと言わんばかり。空からいきなり枝が落ちてきて未来を奪われるなんてありえないみたいに。

そうやって人生が、より正確に言うなら死が、フローの行く手をはばみ、一家は土地を売らざるをえなくなり、すべては風と共に散ってしまった。その後まもなくフローはシドニーにたどりつき、自力で受付係の仕事を手に入れ、やがて夫も見つけた。子供ももうけた。幸せなふりをした。それから夫を亡くした。癌はイアンをあっけなく連れ去った。そんなときロニーと出会い、彼女のすばらしい女性支援クラブに加わって、かつてなかったほど幸せだった、心から幸せだった。ロニーも同じ喪失を経験しており、ふたりは助け合ってそれを乗り越えた。でもフローは、弟のことや農場のことや一家が手放したすべてのものを、決して忘れたことはなかった。

フローには弟が以前にも増して生きているように思われた。木々の向こうからささやく声が聞こえた気がして、見あげてはため息をつく。ああ、あの子はこの場所をどんなに愛していたことか！　故郷のほこりっぽい放牧場や、焼けつくような日差しや、樹木が足りないことをいつも嘆いていた。当然ながら、弟の死の皮肉な状況はだれの目にもあきらかだった。

フローは振り返り、物置小屋のそばで見つけた鉢を手に取ると、グローブをはめた手で根っこを崩しながら植え付け用の苗木をそっと引き抜いた。

これがいまの自分にできることだと思った。弟を偲んでこの地になにかささやかなものを植え、みずからと、そして世間に思いださせるのだ。命より重いものはないのだと。

リネットは、アリシアがどこかの年寄りに食べさせるために食料品のはいったバッグを抱えて、よりにもよってこんなときに崩れかけた遊歩道を歩いていくなんてとんでもないと思ったが、その任務をあきらめるよう姉を説得することができず、ならばその森の奥の小屋まで自分も同行すると言い張ったのだった。

「あの人、ヴェイルの死にものすごく動揺してたの」つまずきそうな木の根をよけながらアリシアは説明した。「それにフラナリーさんとも知り合いだったから、彼女が殺されたことを知る権利がある。ヴェイルがこっそり食べ物を運んでたのはたしかで、きっとおなかをすかせてるはずよ、きのうは夕食が届かなかったし」

「だってそれは本人の責任でしょ。好きでこんな奥地に住んでるんだから。山荘から食べ物をくすねるなんてよくないよ」

「くすねてるわけじゃない！　ヴェイルはあきらかに自分から進んで食料を運んでたの。あの晩、食料品のバッグと魔法瓶を持ってたんでしょ、忘れた？　別にいいじゃないの。それにこのいまいましい火事の件で彼の知恵を借りるためのいい口実にもなるし。火事のほうは見たところあまり変化してないようだけど」

「なんか悪いことみたいな言い方」とリネット。

森の開けた場所を通過して老人の小屋が見えてきたそのとき、妙に耳慣れた音が聞こえてふたりをぎょっとさせた。

「あたしの電話！」リネットが叫びながらデニムのショートパンツのポケットに手を入れた。「ここはつながるんだ！」

スマートフォンを取りだして、逃した着信とテキストメッセージが十数件あるのがわかると、リネットはアリシアの腕をむんずとつかんで姉をその場に固定した。「絶対に動いちゃだめ！ここが電波の届く唯一の場所かも」

アリシアは保冷バッグを地面におろし、リネットが画面をスクロールしてメッセージを確認するのを待った。

その作業をしながらリネットは訊いた。「きのうの夕方ここへ来たときに、なんでだれも電話で助けを呼ばなかったの？」

「だれも電話を持ってきてなかったの。どうせ役に立たないと思って」役立たずなのは自分のほうだと思った。もっと早くに助けを呼べたかもしれないのに。

　メッセージの確認を終えたリネットが、姉をちらっと見た。「姉さんの彼氏があたしに山ほどメッセージを残してる」

「ジャクソンが？」

「あたしの知らない別の男がいるんじゃなきゃね」リネットは指を一本立てて、メッセージをひとつ聞き、次のを聞いた。「火事のことを聞いたみたい、すっごくあわててる。電話してあげたほうがいいよ。でもその前に警察にかけるね」

　アリシアはリネットの電話をひったくった。「彼が警察でしょ、リニー！」

　アリシアがジャクソンの番号を押しはじめると、リネットが腕をつかんだ。「あの人がそう？」

　開けた場所のほうに目をやると、よれよれの帽子をかぶった男がちょうど小屋から出てきたところで、いまは振り向いてふたりをじっと見返している。

　アリシアは会釈した。「食べ物を持っていってあげて、わたしはジャクソンと話すから」

「ひとりであそこに行くなんて冗談じゃない！　気はたしか？　相手は殺人犯かもしれないんだよ！」

「彼は無害だから」アリシアは言い返し、ジャクソンが電話に出たので「しーっ！」と言った。

「リネットか？」ジャクソンが言い、アリシアは急いで訂正した。

「わたし、リネットの電話でかけてるの。森の奥でやっと電話の通じる場所が見つかった」

「そいつはよかった！」ジャクソンの声ははっきりしていて、勘ちがいしそうなほど近く聞こえた。「きのうの朝からずっと連絡をとろうとしてたんだ。山荘に電話して——でも応答がなかった。きみの電話にも百万回かけたよ、リネットとクレアとペリーにも。どうやって連絡したらいいかわからなかった」

「でしょうね——」

「聞いてくれ、もう大きなニュースになってる。山火事だ、ライルトンの近郊で」

「あのね、そんなことわかってる！」思ったよりきつい口調になってしまった。「こっちもみんなその件でずっと走りまわってるのよ、ジャクソン。だけど固定電話が使えなくて、だから助けも呼べなかった。でもね、じつを言うとそれどころじゃないもっと大変なことが——」

「いいか、あわてるんじゃない」とジャクソン。「すぐそっちに向かって、みんなを無事に連れだす。もう現地のＲＦＳ——地方消防局とも話をしたが、火災は完全に制御していると請け合ってくれた」

アリシアはそれほど遠くもない火災からもくもくと立ちのぼる黒煙に目をこらした。火はきのうの倍の規模になっている。「制御されてるようには見えないけど」アリシアは言って、リネットに目を移すと、さっきから一歩も動いていない。相変わらず姉妹をじっと見ている老人のほうに向けてアリシアはあごをしゃくった。行って！　と妹に口の動きで伝える。

リネットはうめき声をあげ、バッグを手に取って歩きだした。

「どうやら風向きが変わったらしくて」ジャクソンが言った。「またふもとのほうに向かって吹いてるから、いましばらくはだいじょうぶなはずだけど、もちろんなるべく早くきみたちを助けだすつもりだ。トム・ベンソン――作戦の指揮をとってる消防団の団長――によると、道路は一本しかなくて、現時点では封鎖されてる。消火のための古い消防道が何本かあるが、草木がぼうぼうで、大きな倒木もあるから、そっちの道を使うのもむずかしいそうだ」

「希望で胸がはちきれそう」アリシアはそう言いながら、リネットが老人のそばまで行って、和平の贈り物みたいに食料品のバッグを差しだすのを見守った。

「心配しなくていい」とジャクソン。「きみたちはだいじょうぶだ。二、三時間後にはおれもライルトンに着くから、そこで状況を再度確認するよ。それまでは、火の様子を常に確認して、森林火災のサバイバルプランを実行に移すように、とベンソンは言ってる。きみたちがやるべきことは――」

「もうわかってる」今度は話の腰を折って言った。リネットが片手で身振りを交えて話をしていて、老人は立ったまま耳を傾けている。アリシアは話を続けた。「フローに言われて、そのことはもう考えてある。火がここまでのぼってきたら、各自荷物を持って山の反対側へ下りることになってるの」

リネットがいきなり手を差しのべて老人を引き寄せ、ハグした。おそらくフラナリー夫人の訃報を聞いて老人が打ちのめされたのだろう。きのう彼をハグしようと思いつかなかった自分に後ろめたさを覚えた。

「フローが有能な女性なのは知ってたよ」前回の事件のときの彼女を思いだしながらジャクソンは言った。「でも話はそれだけじゃすまないんだ、アリシア。この段階でいちばん心配なのは、メインの火災の前線より前方で発生するスポット火災だ」

「スポット火災？」急いで視線をリネットから煙のほうにもどした。

「燃えかすが何キロも移動して別の場所で思わぬ火災が発生することもあるんだ。火災の前線はいま二カ所あって、まだ増える恐れがある。そのあたりはかなり乾燥してるらしいね」

アリシアは足元のかさかさに乾いた落ち葉を見おろした。そんな言葉じゃ足りないくらいだ。

「早くその危険な森から出て山荘にもどったほうがいい」ジャクソンが言った。「それがいちばんの安全策だ。きみたちにちゃんと準備をしてもらう必要もある。ベンソンが指示をリストにしてメールで送ってくれたよ。メモ帳とペンはあるか？」

「わたし、いまその危険な森のど真ん中にいるんですけど、ジャクソン」

「そうだった。じゃあこのうちいくつかを覚えてもらう」ジャクソンがチェックリストをすらすら読みあげるうちに、アリシアの頭痛がもどってきた。

「消防局に直接電話したほうがいい？」

「幸運を祈るよ。あそこはいま大忙しだから。とにかく言うとおりにしてくれ、そうすれば心配ない。ベンソンの話だと、消防道のちゃんとした地図が山荘にあるはずだ。それを見つけて手元に置いておくんだ。使わずにすむことを祈るよ。じゃあ、おれはそろそろ出ないと。早く出発すれば、それだけ早く助けだせる」

「わたしのために火を消しにきてくれるのね、ハニー」とふざけて甘ったるい声で言った。

「おれがロマンティックじゃないなんてだれが言った?」ジャクソンは小さく笑ったが、楽しい響きはなかった。「いいかい、二、三時間後にまた電話する、ライルトンに着いたら」

「無駄よ。山荘は電波が届かないから。わたしがまたここに来て、こっちからあなたに電話するしかない」深呼吸をひとつした。「でも聞いて、まだ最悪のニュースを伝えてないの」

「最悪のニュースだって?」また小さく笑いそうになっている。「いまいましい大規模森林火災より悪いことがあるか?」

もう一度、深呼吸をする。「こんなこと言っても信じないでしょうね、ジャクソン。わたしだってほとんど信じられない。でもね、うちのブッククラブの歴史を知ってるあなたなら、きっと……」

「なんの話だ?」突然はっと息をのんだ。「いやいや、まさか。偶然死体を見つけたとか言わないでくれよ」

アリシアは思わず目を細めた。「死体はひとつじゃないの、ジャクソン。人がふたり死んで、しかもどっちも不審死」

山荘へともどる道すがら、アリシアはジャクソンから聞かされた話をすべて受け入れようと努め、リネットは老人のことと彼がとても魅力的だったことを熱心に語った。

アリシアには意外だった。たしかにあの老人には好感を持ったが、魅力的という言葉は思いつかなかった。「彼の名前は聞いてないわよね？」

「もちろん聞いた。スノーウィーだって。このあたりの暑さを考えたら、なんか笑える。フラナリーさんの件ではものすごく動揺してた」顔にかかった髪をかきあげた。「それにしても変なの、そんなに驚いてる感じでもなかった。たぶんあとで応えてくるのかも。でも食べ物のことは感謝してたよ。あたしの印象では、ヴェイルが運んでたのはせいぜい冷めたスープと硬くなったパンくらいだったみたい」

「おこぼれにあずかってたんだから、もらえるだけでもありがたいでしょ」なんとなく不機嫌になってアリシアは言った。

「だとしても、こんなこと続けるのは無理だよ。だからあたし言ったの、今度おなかがすいたら厨房《ちゅうぼう》に来て勝手に食べたらいいって。とがめる人なんてあそこにはいないだろうし。なんなら今夜夕食に来たらどうかって誘ってもみた。あたしたちがまだこの悲惨な状況に置かれたままだったらの話だけど」

「ほんとに？　それって賢明なことだと思う？」アリシアは〝山男〟を歓待するにやぶさかではないが、〝大富豪〟ロニーや堅物のサイモンが悪臭を放つ年寄りの無断居住者とテーブルを囲むことをどう感じるかわからない。

「心配しないで、姉さん。スノーウィーも同じ反応だった。山荘には死んでも行きたくないって。本人の言葉だよ、あたしじゃなくて。あの場所を嫌ってるのはたしかね。彼がこの山の生まれだって知ってた？　平穏に暮らしてたんだって、〈ライルズ山荘〉にかけがえのないものを壊されてしまうまでは」

「その〈ライルズ山荘〉に食べさせてもらってたんでしょ、もっと感謝すべきよ」

「ううん、食べさせてたのはヴェイル。ライル家は知らなかったんじゃないかな。それに新しいオーナーはきっとそんなこと許さないだろうね」

「新しいオーナー？」

「言わなかったっけ？　ブレイクの話だと、ライル家はちょっと前に山荘を売却したの。それで大規模な改築工事をする予定なんだと思う。だれが買ったにしろ、年寄りの無断居住者に優しくしてくれるといいんだけど。あの人を追い払ったりしないで。本人もこの山を離れるつもりはないって言ってた。この山を離れるのは棺にはいっていくときだって」

「気の滅入る話ね」

「ほんとはすごく優しい人だった。あたしは大好きだな。火は山を下りてあたしたちから離れていってるって保証してくれたからでもあるけど、それだけじゃなくてね」

「消防局もジャクソンに同じことを言ってたらしい。だけど風向きなんていつ変わるかわからないんだから、リニー、あんまり楽観しないほうがいい」

「あのね、姉さんがそばにいるかぎり、楽観しようったって無理」

しばらくそれぞれの考えにふけりながら黙って歩いたあと、リネットが口を開いた。「で、ジャクソンはどうだった？　白馬に乗って駆けつけてくれるって？」

「まあね。ライルトンに着くまで二、三時間はかかるだろうけど、でも外の世界と連絡がとれてほっとしたわ。チェックリストを読みあげてくれた、スポット火災が発生した場合に備えて。それからヴェイルとフラナリーの悲報を伝えたら、消化するのにちょっと時間がかかってた」

「だろうね。ジャクソンはそもそも〈マーダー・ミステリ・ブッククラブ〉と知り合ったことを絶対後悔してると思うな」

アリシアも同感だった。彼がいまだに逃げださないのがふしぎなくらいだ。「ヴェイルの寝室と地下の貯蔵室を封鎖しろって言われた。地元警察には彼が連絡しておくって」

「ずぶの素人じゃないんだから、封鎖なんてとっくにやってる。だけど、あたしたちこの火事のことあんまり深刻にとらえてなかったよね。スポット火災のことなんて考えもしなかった。教えてもらってよかったね」

アリシアはうなずき、前方の遊歩道に焦点を合わせた。ジャクソンが教えてくれたのはそれだけではなかった。ほかにもある。別の白馬に関することだが、そのニュースをリネットに伝える勇気はなかった。

ロニーは、厨房の流しで手を洗っているフローから、きらきらした〈カルティエ〉の腕時計にちらっと目をやり、ゲストブックのことを口にしなくてよかったと安堵した。二番目の死で状況が一変していた。

卵のはいったかごを涼しい部屋に置くと、ロニーは痛む背中をさすりながら、そのことを少し考えてみた。ほっとしたと言ってもいい。おかしなことに。異常者がいたという説をみんな信じていて、それは悪くない説だとロニーも認めざるをえなかった。それでちゃんと筋は通る！　頭のおかしな人間がヴェイルとフラナリーを殺したに決まっている！　それ以外に説明のしようがある？　フラナリー夫人は八〇年代までここにいさえしなかったのだから、点と点を結んで結論を導きだせる人などいるはずがない。

それでも、腕時計をいじくりながらロニーはついつい考えてしまう。いったいどうしたものか……

朝の十時半ちょうど、〈マーダー・ミステリ・ブッククラブ〉のメンバー全員が図書室の革張りの長椅子に腰をおろし、紅茶のカップをいじりながら、ふたたびアリシアを見あげていた。アリシアは不意に既視感に襲われた。あたりは不気味なほど静かで、かすかな煙のにおいと行方不明のメンバーのことがなければ、時をさかのぼって、すべてが混沌と化す前のあの読書会にもどったのかと思うほどだ。

サイモンの隣の空席を一瞥《いちべつ》したアリシアは顔を曇らせた。

状況は変わってしまった、しかも劇的に。電話を切る前にジャクソンが話してくれたことはほかにもあった。それを伝えるのは最後にしよう。とりあえず、アリシアはみんなを安心させるような笑みを浮かべた。「いいニュースと悪いニュースがあるの」

「いいニュースを先に聞かせてくれない？」とフローが言った。先ほどリネットが用意した蜂蜜入りのジンジャーティーを飲んでいる。胃を落ち着かせるための特注品だ。「わたしたちにはそれが必要だと思うの」

アリシアはうなずいた。「そうね、じゃあ、いいニュースは〈悔恨の小道〉の先のごく狭い範囲で携帯電話の電波が届く場所があって、外の世界と連絡をとることができたの」

「やったね！」とペリー。

「ほんとに？」とロニー。

「それはありがたい」サイモンが言った。

クレアはつい眉をひそめそうになるのをこらえた。あの道に電波の届く場所はなかったとサイモンが言ったのをはっきり覚えている。たぶんそれほど遠くまで行かなかったのだろう。それとも、あれも嘘だったの？

サイモンがこちらを見たので、クレアは急いで目をそらし、椅子のなかですわり直しながらブラウス越しに伝わるどきどきを抑えようとした。でもこんなふうに鼓動が速まるのは愛ゆえではない。理由は、裏切られたような失望感と、正直に言うなら、かすかな不安のせいだった。

サイモンは自分が思っていたような人ではない、そんな気がしてクレアはぞっとした。

「そんなわけで」クレアの内心の葛藤《かっとう》など知る由もなく、アリシアは話を続けた。「消防局はわたしたちがここにいるのを知ってる。わたしたちの置かれた状況も知っていて、こうしてるあいだも消火活動にあたってくれている。いまごろはヴェイルとフラナリーさんのことも知ってるはずよ」そこで新入りメンバーたちに告げた。「わたしのパートナーのリアム・ジャクソンは警察官で、彼が関係当局に通報してくれているの」

「それはよかった」とサイモン。「これでひと安心だ」

アリシアも同意した。肩の荷が降りた気がした。「それはそれとして、わたしたちがやるべきは、もうすでにやってることだけど、どちらの犯行現場にもいっさい手を触れないこと。とはいえ、専門知識と分別を発揮してくれたロニー元看護婦には心からお礼を言わせて」

全員がそろって老婦人に拍手を送っているなかで、ミッシーは突然、ヴェイルのベッドが空っぽになっている——遺体が消えている——という恐ろしい幻想にとらわれた。

最近だれか彼の様子を確認しようと思った？　ミッシーは考えた。彼がまだ死んでいるかどうか見にいった？　いや、もっと正確に言えば、そもそも本当に死んでいた？　おかしな発想、おぞましい発想だけど、いままで読んできたアガサ・クリスティのミステリのなかで似たようなことが起こってなかった？

ミッシーが身震いしてそのイメージを脇へ押しやったとき、ロニーが質問した。

「それで、悪いニュースはなにかしら、お嬢さん」

アリシアは深呼吸をした。「ジャクソンが確認したところによると、道路は封鎖されていて、当分ここへは来られないらしいの。風向きはいまのところこっちに有利だけど、きょうの午後にも変わるかもしれないから、わたしたちはわたしたちの防災プランをただちに実行に移す必要がある」

全員の目がゆっくりとフローに向けられると、彼女はうなずいた。「そうね、いい考えだわ。

とてもいい……」スカートのポケットに手を入れた。「いくつか書きとめておいたことがあって……」ポケットは空で反対のポケットをさがしているので、アリシアは口をはさんだ。

「だいじょうぶよ、フロー。ジャクソンがリストを読みあげてくれたから、それで作業はできるわ。いちばん大事なのは、スポット火災を警戒すること。わたしもさっき知ったばかりなんだけど、燃えかすはかなり遠くまで飛んで、火災の前線より前方で新たな火事を引き起こすこともあるそうよ。だから油断せず、常に気をつけて見ておかないといけないの」

「もしスポット火災があったらどうしたらいいの?」ペリーがその考えに恐れおののいて訊いた。

「もちろん火を消すのよ」とフロー。どこまでばかなのと言わんばかりの口調。

「山荘の周辺に貯水槽がいくつかある」サイモンが言った。「わたしはホースを確保しておこう。ついでに消火器もいくつかさがしておいたほうがいいかもしれない」

アリシアは二本目の指を立てた。「それと必需品一式をまとめておく必要もあるわ、二次火災が手に負えないほど広がって避難するしかなくなったときに備えて」

「きゃあ、やだ」とミッシー。

「必需品ってたとえば?」とクレア。

「たとえば、飲料水、救急箱、常用してる薬、最低限の食料、それに毛布も、これは野宿するはめになったときのためだと思うけど。車でこの山をのぼるのに一時間はかかったし、しかもフラナリーさんはけっこう飛ばしてたから、徒歩で山を下りるとなれば相当な時間がかかるでしょうから。でもまあ、そんな事態にはならないことを祈りたいわ」

「じつはね、お嬢さん、毛布は火災旋風に巻きこまれたときの備えなのよ」とフロー。「ウールの毛布はいちばん頼りになる仲間なの、どこにも逃げ場がなくなったときにね」

毛布を頭からかぶってその下に身を潜める動作をしてみせた。

「きゃあ、やだやだ」ペリーが真似をしている横でミッシーは卒倒しそうな顔になっている。

「そういえば」これでその恐ろしい想像を吹き飛ばせればと願ってアリシアは言った。「ここに通じる道は主要道路しかないわけじゃないの。古い消防道が何本かあるはずだから、もし避難する必要に迫られたら、そこを使えばいい」

「消防道？」クレアが訊いた。

「標識のないアクセス道路よ」フローが説明した。「消防隊が森にはいって木を伐採《ばっさい》したり、年間を通して、大規模火災を防ぐための小規模な管理焼却を行なったり、火災が発生したときは消火活動にも使うのでしょうね」

「で、その人目につかない道はどうやって見つけるの？」とペリー。「パンくずを落としながらさがすとか？」

もちろん冗談だったが、フローは眼鏡の奥からペリーに向かって目を細めた。

このお調子者ときたらまったく！

アリシアは割ってはいった。「ジャクソンの話では、どこかに地図があるはずで、そこに最寄りの消防道が記されているそうよ。少なくとも山の反対側へ下りる道が一本あって、わたしたちはその道を使うのがいちばん安全だと彼は考えてる」

「地図はぼくがさがしてみるよ」ペリーは言った。気持ちを落ち着かせるためになにかする必要があるし、くだらないジョークでフローからにらまれるのはもうたくさんだ。捜索中にまた新たな死体が出てこないことを祈るのみ。

「年齢差別に聞こえたら申しわけないんだが」サイモンが言った。「この山をトレッキングで下りるのはちょっと無理がないだろうか、いや、グループ内には年配のメンバーも何人かいるし」

ロニーがむっとした顔になる。「たしかにわたしは年寄りかもしれないわ、お若い方、でもね、まだまだ足腰は衰えてませんよ！」

「わたしだって」フローも同じく気分を害したような口調で言った。

「それは失礼いたしました、ご婦人がた」サイモンは謝罪し、クレアに向かってわざと顔をしかめてみせたが、彼女はもうこちらを見てはいなかった。ぎこちなく椅子にすわり直す。「必要になることはないと思うけど、一応ホースを敷地のあちこちに用意しておくよ。本館の屋根にもあがって、雨どいにたまった落ち葉を取り除けないかやってみよう、葉っぱに火が燃え移らないように。この歴史ある美しい山荘が炎上するところは見たくないからね」

「自分たちの命が危険にさらされてるときにだれが山荘のことなんか気にする？」ペリーが言った。

「わたしは気にする」とサイモンは言い返した。「もしみんなが山荘のなかにいるときに火が燃え移ったら、きみも気にしたほうがいいと思うけどね」

「わかったから、みんなちょっと落ち着きましょう」みんながぴりぴりしてきたことに気づいてアリシアは言った。「わたしはいい考えだと思うわ、サイモン、だけどくれぐれも気をつけてのぼってね」そういうあなただってもう若くはないんだから、とペリーなら付け加えていたかもしれない。「リネット、あなたは食料を調達してくれる？　グルメ向きじゃなくて、ごく基本的な食品を」

妹はうなずき、ミッシーが水のボトルをそろえると申し出た。

「わたしは消火器を集めるわ」ロニーが言った。「いつでも使えるように準備しておくわね」

「たしか厚手の毛布もどこかにあったはずよ」とフロー。「わたしは毛布を荷物に加えておくわね」

「わたしは懐中電灯とかマッチとか、その手のものをさがしておく」アリシアも言った。「ここだけの話、わたしたちならきっとだいじょうぶよ。ありがとう、みなさん、全員で生きてここから出ましょうね」

そこではっと口を閉じた。それがかなわない人が少なくともふたりいることに気づいて。ブレイクも加えるとしたら、三人になるかもしれない。アリシアは咳払いをした。最後に残ったニュースをそろそろみんなに伝えなければ。なかでもいちばん過酷なこのニュースを。

リネットの視線を避けながら、アリシアは言った。「解散する前に、じつはジャクソンから聞いたニュースがもうひとつあって」全員が不安げにアリシアを見る。「ゆっくり話す暇はなかったんだけど、彼が消防団長から聞いた話は、もしかしたらわたしたちに関係あるかもしれないし、ないかもしれない。空中消火ヘリが、こことライルトンの中間あたりにあるクーパー交差点の先の路上であるものを見つけたの。一台の車」妹のほうをこっそり見ずにはいられなかった。

「車？」とリネット。「完全に燃え尽きた車」「車種は？」

「車種はわからない」険しい顔でアリシアは答えた。「わかってるのは白い車ということだけ」

12

みんながそれぞれの仕事にかかるために散っていくと、クレアがアリシアのそばにやってきた。「ちょっとふたりで話せる?」

アリシアが答える前に、リネットが両手を腰にあてて前に立ちはだかった。

「なんでブレイクのこと話してくれなかったの?」とリネットは詰め寄ってきた。「あそこからの帰り道でなんでなにも言わなかったの?」

「まだブレイクかどうかもわからないし」アリシアは答えた。「ジャクソンも白い車としか知らない。だれもベンツとはひとことも言わなかった。ヘリもそこまで近づけなくて確認はできてないみたい。車内に人がいるのか、それともうまく脱出できたのか」それとも引き返したのか、とやや不安を覚えながら考えた。「だれの車であってもふしぎはないわ。日帰り旅行者とか。この山のほかの住人とか」

事実アリシアは、その車が山荘の盗まれた白いヴァンで、フラナリー夫人を殺した犯人が報いを受けたのであればいいと思った。でもよくよく考えるうちに、それでは理屈に合わない気がしてくる。ヴァンが出ていったのはベンツよりずっと早い時間だった。そのヴァンが火事に巻きこまれたとすれば、ブレイクがそこを通過できる見込みはない。

「みんな彼が犯人だと思ってて、その結果がこれ。あたしたちを救おうとして彼は焼け死んだの！」

クレアが指を一本立てる。「ブレイクが火事に巻きこまれたからといって犯人じゃないとは言い切れないわ」そう言って、フィンリー姉妹の妹から刺すような視線を浴びるはめになった。「ごめんなさいね、リネット、でも論理的に考えてみて。ヴェイルとフラナリーさんが殺されたのはブレイクが立ち去るだいぶ前で、つまり彼には犯行が可能だった。そのあと火事に巻きこまれた。あるいは車を捨てて徒歩で逃げたのかもしれないわ」

「もういいっ！」と言ってリネットは厨房《ちゅうぼう》のほうへすたすたと歩き去った。

クレアがアリシアのほうを向いて両手をあげる。「怒らせるつもりはなかったの」

「いずれにしろ、たぶん彼の車じゃないでしょ。それにしても、あの子はブレイクのことなんてほとんど知らないのに、どうしてあそこまで彼にこだわるのかわからないわ。で、あなたのほうはなにを言おうとしてたの？」

クレアは眉間にしわを寄せた。自分もサイモンのことはほとんど知らず、こうなるとばかみたいな気がしてきた。言おうかどうしようか迷っているうちに、図書室の片隅からさほど控えめでもない「ねえねえ」という声がして、ふたりが振り向くと、ペリーが書棚のそばに立って手招きしていた。

ペリーは消防道の地図をさがしていたはずだが、会話が聞こえてしまったのだ。まあ、しょうがない、どうせ聞き耳を立てていたんだろうし……

女ふたりはなんだろうと顔を見合わせ、そちらに向かった。

「ブレイクが正直者かどうかたしかめる方法があるよ」とペリーがささやく。「でもほかの人たちがもどってこないうちにさっさとやっちゃわないと」

彼の言うほかの人たちとは、つまりリネットのことだった。


あいにく落ち葉掃除機は見つからなかったが、熊手が何本かあったので、サイモンはその一本を引きずって、火災の最前線からいちばん近い屋根の上にあがり、雨どいから落ち葉をかきだしはじめた。落ち葉はカサカサパリパリと乾いた音をたて、思わず背筋が震えた。

この山荘は焚きつけには事欠かない。薪が積まれた炉のようなもので、あとはマッチで着火するのを待つばかり。舞いあがった燃えかすがここまで飛んできたら、建物全体がものの数分で燃えあがるだろう。

そこでクレアのことを考え、サイモンの震えは激しくなった。いまなにが進行しているのか、自分がなにをするつもりなのか、彼女に話しておけばよかった。

いまさら……話したところでもう手遅れだろう。


抜き足差し足で階段をのぼりながら、ミッシーは胃のなかで不安がピンポン玉のように跳ねまわるのをどうにもとめられなかった。でも気を強くもたなくては。チームのために自分が犠牲にならなければ。ヴェイルがシーツの下でまだ硬直したまま横たわっているかどうかをたしかめなくてはならない。

ばかばかしいにもほどがあるとは思う、ほんとに。相も変わらぬおばかさんのミッシー！　でも想像力が豊かすぎるのはなにもアリシアにかぎったことじゃない。ほかの人たちは笑い飛ばすけれど、ミッシーには現実と虚構の世界をごちゃ混ぜにする極端な傾向があって、たったいまもヴェイル殺しと『そして誰もいなくなった』の老判事殺しをごっちゃにしているのだった。

本のなかでは判事が自分の死を偽装していた。ヴェイルも死んだふりをしているのでは？　そしてロニーもぐるなのでは？

あまりに突拍子もない発想だから、ほかのメンバーに話すなんて絶対に無理。ひとりでたしかめるしかない、そう思ってミッシーは階段をのぼり続けた。

突然のきしみに足がぴたりととまり、ミッシーは最後の数段を見あげたが、なにも、だれも見えない。いまやオリンピック競技レベルになったピンポン玉を必死に落ち着かせようと、ゆっくり呼吸をしながら、忍び足で階段をのぼってヴェイルの部屋のドアへ、廊下のいちばん奥の、唯一閉まっているドアのほうへと向かう。

いちばん手前にあるのはフラナリー夫人の部屋にちがいなく、ベッドはきちんと整えられ、そこにハンドバッグが置いてある。ちょうどこれから買い物に出かけるところみたいに。そのあとは空室が続いて、ベッドのシーツ類ははがされ、収納棚にはゲスト用の寝具やタオルや毛布、浴室用の各種のミニボトルが並んでいた。

そしてヴェイルの部屋のドアに着いた。

もう一度、深呼吸をしてから、ミッシーはゆっくりと取っ手をまわしながら、遺体があることを祈った。考えてみたら、それはヴェイルにとっては確実な死という最悪の事態ではあるが。ミッシーは硬木の重厚なドアを押し開けてなかをちらっとのぞき、ベッドのほうへ目をやると、そこにあるのは――驚くなかれ――どう見てもシーツに覆われた身体だった。シーツの下に遺体があるのはまちがいない――強烈な悪臭、一気に立つ鳥肌、そよとも動かぬ空気のじっとりした冷たさ。しかしミッシーの想像力はそれらすべてを凌駕《りようが》して、足を前へ押しだした。ベッドへ、シーツへ、そして実際にその下にヴェイルがいるのを確認した。

そこでミッシーは廊下へと走りだし、ドアをばたんと閉めて、階段を駆け下りながら、毎度おなじみの気分を味わう。愚かな、おばかさんのミッシー。ロビーにたどりつくと、玄関から外へ飛びだして、花壇のなかに嘔吐《おうと》し、すみれ色の花をびしょ濡れにした。

現実は本とは大ちがいだった。ヴェイルは本当に殺されたのだ。


図書室の窓越しにロニーもミッシーの姿を認めて、コマチフジの上に身をかがめている彼女を花の手入れでもしているのだろうと思った。いまのフローが関心を寄せているのはもっぱら庭いじりで、ロニーはそれを良い兆候と受け取った。

ガーデニングに精をだすのはすばらしいことだ。みんなのいい気晴らしにもなる！

「ミルクは？」ロニーは訊いた。「あなたの好みをなかなか覚えられなくて」

「ほんのちょっぴり、ありがとう、ロニー。それとお砂糖も一杯、もしあればね」フローが答え、さっき長椅子に置いたキャンバス地のバッグに手を伸ばした。

　この古い友人同士は精力的に動いて、防火用毛布と消火器を集め、玄関のそばに置いた。そこでロニーがひと休みしようと提案し、いまお茶のカップと一緒にジンジャービスケットの皿を差しだしたのだった。

「戸棚にあったの」とロニーは言った。「食べたほうがいいわ」

　フローは礼を言っただけでビスケットには手をつけず、編み物を取りだした。編み針がかちゃかちゃ鳴るなか、頭上の屋根の上でサイモンが忙しく落ち葉をかきだしている音がする。サイモンはぴりぴりしている、ロニーにはそれがわかった。全員がそうだし、よくよく考えてみれば、たしかにこれはぞっとするような状況なのだ。

　ロニーはフローのほうを向いて言った。「わたしたち、知り合ってどのくらいになるかしらねえ、フロー」

　あきらかに物思いにふけっていたらしく、フローははっとして顔をあげた。「あらやだ、そんなのわからないわ。一生分くらい？」

　ロニーは首を振った。「そこまで長くはないわよ。出会ったのはグリーフ・カウンセリング（死別の悲しみを抱える遺族に寄り添い支援する会）よ、覚えてる？」

「そうそう、そうだったわ。あなたに説得されて女性支援クラブにはいったのよ。あれ以来わたし、鬼のように編み物をしてるわ」膝の上にある茶色とクリーム色の縞模様の毛糸の帽子を見てからからと笑う。

「そもそもどうして友だちになったか覚えてる？」ロニーはなおも訊いた。「どうしてこんなに仲良くなったのか」

「どっちも孤独なばあさんだったから？」思いきりふざけてフローは言ったが、ロニーは笑わなかった。

「それだけじゃなかったわ、フローレンス。覚えてない？　どっちも大きな喪失感を味わったからよ」

フローは顔をしかめた。そう、そのとおりだ。「いま言ってるのはおたくのバートのことなの、ロニー？　彼が恋しくてたまらないの？　だからこんな話をしているの？」

「そりゃあバートのことは恋しいわよ！」ビスケットをむしゃむしゃ食べながらロニーは友人に言い返した。でもバートの話をしたいわけでは全然なかった。話したいのは別の男性、輝く青い瞳と日に焼けて縞模様になった髪をしたハンサムな若きハンターのことだ。

フローが心配そうにひとしきりロニーを見たあと、また編み物を続けたので、ロニーは友人に目をもどし、いったいどうしてこんなに気楽でいられるのかといぶかった。

「結局、どうやって彼のことを乗り越えたの？」ようやくロニーは尋ねた。

「え？」フローが顔をあげて問い返す。

「あなたは打ちひしがれていたわ、フロー。どうしようもなく。二度と立ち直れないんじゃないかと思ったほどよ。でもいまは……いまのあなたは……とても落ち着いているというか」

フローは肩をすくめ、毛糸に目をもどしてバッグから新しい玉を引っぱりだした。「大きな喪失感は乗り越えられるものじゃないのよ、ロニー。心の痛みを抱えたまま生きるすべを学ぶだけ。医者がよく言うでしょ？　棲み分けするのよ」

「それができないとしたら？　痛みを抱えたまま生きる、ということが」

　フローは用心深い視線を返した。なんと言えばいいのかわからない。ロニーのことが本気で心配になってきた。「ねえ、いったいどうしたの、ロニー？　あなたなにが言いたいの？」

　ロニーが顔を赤らめて視線をそらすと、フローの目が繊細《せんさい》な眼鏡の奥で細くなった。「あなたには無事でいてほしいのよ、ロニー。些細《ささい》なことなら忘れておしまいなさい。いまは前向きなことに集中しなくてはならないわ。みんなでここから脱出して、みんなで元気に暮らすのよ。聞いてる？　わたしたち全員でね。過去のことをくよくよ考えたり、未来のことを思い患ったりしてはだめ。どう、できそう？」

　ロニーはうなずいたが、それは嘘だった。まだ忘れてはいない。くるくるまわるイスラムの旋回舞踏のようにすべてがよみがえってくる。渦巻いていたものが不意にはっきりと見えてくる――ハンター、火事、リディア、みじめさ、またたくまに忘れられたひそひそ話や噂話。でもみんなが忘れたわけじゃないし、自分も忘れていない、いまはまだ。

　急に、それが些細なことと思えなくなった。生死にかかわる重大事に思える。

　でもいったい何人が死ぬことになるのだろう。

「ブレイクはいまごろバイロン・ベイまであと半分くらいのところにいるね、まちがいないよ」みんながペリーの部屋にはいってドアが閉まった瞬間に、ペリーは言った。

自分の悪だくみを即実行に移したかったのに、防火の準備が先だとアリシアに叱られ、結局三十分後に三人でペリーの部屋に集まることにして、リネットには言わずにおくことになった。ところがペリーは途中でミッシーとばったり出くわしてしまった。彼女は水のボトルをさがしていたのだが、むしろ本人は強い酒でも飲んだほうがよさそうな顔をしていた。どうかしたのかと訊くと、彼女は手をひと振りして、〝おばかさんのミッシー！〟がどうしたとか言いながら廊下をペリーの後ろにくっついてきたのだった。

全員が無事に部屋にはいると、ペリーは午前中いっぱいかかって立てた仮説を披露した。

「リネットの前では言いにくかったんだけど――いま目が曇ってるからね、彼女――ぼくが思うに、ブレイクは火災に巻きこまれたんじゃなくて、あいつが火をつけたんだ！」

みんながきょとんとして見返したので、ペリーは話を進めた。「タイミングがあまりにもよすぎるよ。リネットから聞いたとおり、ブレイクはおとといの深夜には元気に動きまわってた。ふたりで飲んだあとあいつはベッドに引きあげたとリネットは言ってるけど、そんなことどうしてわかる？　ヴェイルがもどってくるのを起きて待ってたとしたら？　あいつはヴェイルを殺して、でもフラナリーさんには近づけなかったから、朝まで待って、朝食のあとで彼女を片付けた。そして彼女のヴァンで走り去り、藪《やぶ》のなかに車を隠す――これが燃え尽きた車の正体――そして歩いて引き返し、読書会に参加してアリバイを作る。電話線を切ったのもたぶんあいつだ——そこもちゃんと調べないとね——でもヴェイルがあんなに早く発見されるとは思ってなかったようだね。どっちにしても、発見されたとたん、あいつは脱兎のごとく逃げだした、それは否定できないよね」

と言ったのは、三人の表情が否定したそうだったからだ。

「そして」とひるむことなくペリーは続けた。「自分の足跡を隠すために、あいつは山の中間あたりで車をとめて火をつけてさっさと逃げる。消防局が近くで調べれば、燃え尽きた車は空っぽで、山荘の白いヴァンだってわかるはずだし、さっき言ったように、ブレイクはどこかの豪華なビーチリゾートに身を隠して、ひとり快哉《かいさい》を叫ぼうって寸法さ！」

話を締めくくって、どうだいと言わんばかりに眉を吊りあげた。女性陣はペリーをじっと見て、三者三様の表情を浮かべた。

「それはまた、なかなかにすごい仮説ねえ」と言ったアリシアの声は懐疑的だった。

「わたしにはなにがなんだか」とクレアは小首を傾げた。

「まさかブレイクがあたしたちを生きたまま焼き殺すつもりだっていうの？」というのがミッシーの恐るべき解釈だった。

「そんな個人的なことじゃなくてさ、ミッシー」とペリー。「証拠を隠滅しようとしただけ」

「でも、そもそもどうしてヴェイルを殺したりするの？　それを言うならフラナリーさんも」

クレアが問う。「動機はなに？」

「サイモンが言ってたように、あのふたりになにか不満があったか、でなきゃこの山荘となにか因縁が——だってぼくらのだれよりもこの山荘のことをよく知ってたよね」

「それは言える」とアリシア。初日の午後なのにブレイクが遊歩道のことをやけに詳しく知っていたのを思いだした。山荘が売却されて新しいオーナーがいることをリネットに教えたのもブレイクだった。どうやってそんなことを知ったのだろう。そこまで情報通なのはどういうわけ?

ペリーは続けた。「ブレイクの問題がなんなのか知らないけど、ひょっとしたらこのささやかなブッククラブにあえて潜入したのかも、ここへ来て大惨事を引き起こすために——理由がなんにしろ。ぼくらは口実として利用されてたんだよ」アリシアに顔を向ける。「フローとロニーがクラブに入会するって言ってくれたあと、せめてあとひとりはメンバーが必要だってことになったよね。きみは『ヘラルド』紙に広告を載せた。あのときなんて書いたっけ? 〈ライルズ山荘〉っていう名前を出した?」

アリシアは思い返してはっと息をのんだ。そう、そうだった。「たしか、クラブの顔合わせを人里離れた〈ライルズ山荘〉で行なう予定ですって……」うめき声をあげる。「わたしが彼を誘いこんだってこと?」

そう考えると胃がむかむかしたが、同時に心のどこかで納得してもいた。以前もとんでもない人物をクラブに誘いこんだことがあったし、今回のブレイクも、どうしても仲間に入れてほしいと言って譲らなかった。九人目のメンバーにしてくれと泣きつかんばかりに頼みこんできたのだった。

いったいいつになったら学ぶのか！　入会させてほしいと必死に訴えるような人ほど避けるべきだったのに！

「断言してもいいよ、あいつの関心は読書会なんかじゃなくて」とペリー。「〈ライルズ山荘〉だった。ぼくらは願ってもない隠れ蓑《みの》を用意してやったというわけ」

「でも、なぜのほうはまだ説明してくれてないわ」クレアが両のこめかみをさすりながら言う。「どうしてブレイクに隠れ蓑なんか必要なの？　好きなときにここへ来て、真夜中にふたりを殺して、こっそり立ち去ればいいわ、それならあれこれ訊かれたりすることもない」

ペリーは顔をしかめた。「まあね。まだ細かいところまで詰めきれてないんだよ。だからこそきみたちをここへ連れこんだわけさ」右手のほうに向けて両の眉をひくひく動かす。「ブレイクの部屋はこっちの隣。バルコニーの境の手すりをよじのぼって、ちょっと探りを入れてこようと思うんだ」

「うわあ、悪い子！」ミッシーがにわかに興味を示した。

「フロントからスペアキーを持ってくればいいじゃない」とアリシア。「だれから隠れる必要があるの？」

「そりゃあ、殺人犯だよ！」ばかだなあと言わんばかりの口調。「もしもブレイクのことがぼくのまちがいだったら――正直に認めよう、話してるうちに自分でもだんだん仮説が揺らいできてさ――それなら犯人はほかのだれかってことになるし、サイモンがなんと言おうと、そのだれかはまだこのなかにいる可能性がある。きみたちが何年もぼくを欺いてきたんじゃないかぎり、そのだれかはクラブの新メンバーのなかにいるはずだよね。だからぼくらのしてることを知られたくないんだ」

全員から疑わしげな視線が返ってきたので、ペリーは言った。「オーケイ、ぼくの頭のなかではこうするほうがずっと納得がいくんだよ。いいかい、面倒な仕事はぼくに任せて。アリシア、きみは外の廊下に立って警戒しててほしい。特にリネットを。もし彼女が来たら、ここから引き離すんだ。あのたくましいブレイクを悪く考えるなんて彼女にはできないだろうから。ミッシー、きみにはフロントで見張りをしてもらおうか、だれかが外に出てうろつくといけないから――その前にがっちりつかまえて阻止するんだ。そしてクレアは急いでバルコニーの下の私道に行く、だれかが通りかかった場合に備えて」

クレアには、ブレイクの部屋でなにかが見つかるとは思えなかった。逃亡したのなら荷物は全部持っていくはずでは？　それでもペリーに言われたとおり外に出て、ブレイクの部屋のバルコニーの下に立った。この近くでサイモンが下から彼女を見あげたのはおとといのことだ。もうはるか昔のような気がする。

「おーい！　だれも来ない？」押し殺した声がしたので見あげると、ペリーが自分のバルコニーの手すりから身を乗りだしていた。クレアは私道に目を走らせると、小さく両手の親指を立て、ペリーがどちらかというと不器用な動きで手すりをよじのぼってブレイクのバルコニーへ移るのを見守った。

ジムに通う四十代のペリーは、現実の世界でバルコニーをよじのぼるよりもエクササイズバイクやローイングマシンのほうがお似合いだ。それでもどうにか乗り越えてなめらかに着地すると、身体を起こし、部屋に通じるドアをたしかめ、それから振り向いて同じく両手の親指を立ててなかへと姿を消した。

そのころふたつの客室のあいだの廊下では、アリシアが爪を噛みながら頭のなかで状況を把握しようとがんばっていた。もしもヴェイルの話していた詐欺師《さぎし》がブレイクだとしたら、彼はいったい何者なんだろう。そして自分がなにも知らずに掲載した広告を見つけた彼はどれほど喜んだことか。そう考えると気分が悪くなる。〝人里離れた〟と〝ライルズ山荘〟の文言を入れさえしなければ、みんなでいまも図書室で楽しく本の話をしていたかもしれないし、あのふたりが殺されることもなかったかもしれない。

今回のことはすべて自分のせい？　うっかり殺人者を入会させてしまったの？

突然かちりと音がして、ブレイクの部屋からペリーが現われた。彼はアリシアを部屋に引き入れてドアを閉めた。それから手をひと振りして室内を示した。「きみたちはぼくにあやまるべきだと思うよ」

13

ブレイクの部屋はまるでティーンエイジの少年の部屋だった。においもそんな感じだ。荷物棚に置かれたかばんから衣類が腸のようにあふれだし、湿ったタオルがベッドの上に放置され、汗まみれのウォーキングウェアが床に脱ぎ散らかしてある。小ぶりの机は所持品でごちゃごちゃ――ペン類、メモ帳類、偽物の〈グッチ〉の腕時計、さまざまな記事のコピーであふれそうなマニラ紙の分厚いフォルダー、ぴかぴかの黒いカメラと、はずされて横に置かれたズームレンズ。

「ぼくにはあわてて立ち去ったように見えるけどね」とペリー。

「もどってくるつもりだったようにも見えるけど」アリシアは言った。「カメラは安物じゃないし、あれだって――」ベッドの下からのぞいているほこりっぽいウォーキングシューズの片方を指さす。「ちょっとした高級品よ。どうして持っていかなかったの？」

「それはだね、いま言ったように、あわてていたから。刑務所行きになるかもしれないときに、だれが〈ニコン〉や〈ナイキ〉のことなんか気にする？　それより、ハニー、きみはこの部屋にあるお宝を見逃してるんじゃないかな。きみたちジャーナリスト流に言えば、核心部分をあとまわしにしてるってこと」

ペリーが机の上のフォルダーを手で示したので、アリシアは中身を確認しにいった。これまたティーンエイジャーの歴史プロジェクトのようだった。なかには古い新聞記事が大量にはいっていて、主に〈ライルズ山荘〉と一九七〇年の〝大火〟にまつわるものだった。この山荘をさまざまな角度から撮ったモノクロ写真や、当時のものと思われる色褪せた楽しげなスナップ写真もいろいろある。着飾って浮かれ騒ぐ人々の集合写真、屋外で犬や馬やライフル銃と、あるいはその全部と一緒に写っている小グループの写真。

表に《家系図》と走り書きされた封筒をアリシアは手に取った。最初のページを半分引きだすと、意外なことに、それは予想されたライル家のものではなく、マーフィーなる一家の家系図で、最上段にエイモン・ジョゼフ・マーフィーとメアリー・ルイーズ・オコナーという名前がタイプされていた。

突然ノックの音がして、アリシアは思わず封筒を取り落とし、ペリーを見ると、彼は指を一本口にあてて静かにと合図した。ペリーがドアまで行って少しだけ開けると、クレアとミッシーの期待に満ちた目が待っていた。ペリーが手招きでふたりをなかに入れて、全員で作業を続け、フォルダーの中身の残りを調べた。

十分ほどすると、クレアが言った。「ブレイクはどうしてこれだけの情報を持っているのかしら」

「じつはジャーナリストで、記事を書いてるとか?」アリシアは言った。昔の自分の調査用フォルダーもこういう感じだった。グーグルの登場でハードコピーが不要になる前の話だ。

「もしくは私立探偵で、依頼人のために嗅ぎまわってるとか？」とミッシー。

「もしくは」とペリー。どちらの仮説も気に入らないらしい。「ドナル・マーフィーなる人物の関係者で、じつはもっと個人的なことなのかも。これを聞いて。日付は一九七〇年一月二十八日」

手にした記事を音読しはじめた。

《森林火災の悲劇――男性は依然消息不明》

訳知り顔で三人を見てから、続きを読んだ。

《ライルトン――消防隊は、オーストラリア・デーの長期休暇中に〈ライルズ狩猟山荘〉をあやうく全焼させるところだった森林火災で行方不明となっている若い男性を現在も捜索中である。二十一歳のドナル・エイモン・マーフィーと判明したこの男性は、英連邦競技大会《コモンウエルスゲームズ》の射撃チャンピオンで、クーパー交差点の分岐点をジョイナーズ・リッジに向かうところを最後に目撃された。同山荘の所有者であり、新たにライルトン町長に選出されたジャック・ライル氏によれば、マーフィー氏は町長の制止にもかかわらず消火活動を主張した。捜索は彼が発見されるまで続けられるとのこと。〝マーフィー氏こそ真の英雄であり、彼の犠牲的行為が忘れられることはないだろう〟とライル氏は語り……》

ペリーはそこで読むのをやめ、そのページをぴしゃりと叩いた。「それなのに、山荘のなかにこの気の毒な男に関するものがなにかある？　図書室の資料のなかではひとことも触れられてないし、写真も、記念碑も、なんにもなし。そしてこれがちょっと不気味な点なんだけど……」そこで間をおく。今度は効果を狙って。「ブレイク自身が、初日の夕食の席でそのことをぼやいていたよね、火事の犠牲になったかわいそうな男の記録が残ってないことで憤慨してるみたいに」

「そうそう！　たしかにそうだった」とミッシー。「それをフラナリーさんが聞きつけて――」

「その話題をあっさり打ち切った！」ペリーがあとを引き取った。「祝うようなことじゃないって言ったんだ。山荘の評判にかかわるって！　そりゃあ、もしも自分が、山荘を救うために命を投げだした男の身内だったりしたら、ぐっさり刺さるよね！　もしかしたら家系図を埋めるつもりでここへ来ただけだったのに、あんな言い方をされたから頭にきて、それであとをつけて貯蔵室に行って頭を殴ったのかも――かっとなってつい犯行におよんだ。ヴェイルも同じようなことを言ったりしなかった？」

「ただし、ロニーの見立てではヴェイルは毒殺」アリシアは言った。「それに、あれには計画が必要よ。衝動的にできることじゃない。注射器と毒物を持参してこなきゃならない。それともどこかで見つける……？」

「オーケイ、でもヴェイルは一九七〇年にこの山荘で働いてたんだよ、覚えてる？　そう、まだ若かったけど、あの火災のときここにいた。だからブレイクは彼に責任を負わせたのかも。ひょっとしたら、この膨大な調査資料のなかに若きベルボーイを名指しするネタがあるのかもしれないよ」ペリーは自分たちが手にしている記事を見おろして、肩をすくめた。「ヴェイルは喫煙者で、うっかり火を出しちゃったとか？　わからないけど。ブレイクがここへ来た目的はそれだった――ヴェイルへの復讐を果たすこと。ところがフラナリーさんのあからさまに無神経な言葉を聞いて、つい彼女の頭も殴ったのかもしれない。だって、あの犯行がいかにも衝動的な感じなのは否定できないよね」

全員がその点についてしばし考えこみ、やがてクレアが尋ねた。「ブレイクは何歳なの？　この件にそこまで関心をもつには若すぎるように思えるんだけど。一九七〇年の火災のときにはまだ生まれてもいないんじゃない？　仮に生まれていたとしてもほんの赤ん坊のはずよ」

「そうだよ！　このドナルって男はブレイクの父親だったのかも。それなら関心をもつさ！」

「うわあ」ペリーの仮説が気に入ったらしいミッシーが声をあげる。「もしかしたらモローってブレイクのお母さんの旧姓なのかも、それか名字を変えたとか！　モローとマーフィーってそんなにかけ離れてない名前だし」

「あるいは、まったくの偽名を使っているとか」そう言いながら、クレアの意識は別の方向へと飛んだ。

アリシアは黙ってうなずいていた。この件は奇妙な形でつながりつつある。「哀れなブレイクは逃亡し、真相を話してくれそうなふたりの人物はどちらも死んだ」

「ロニーがいるわ」とクレア。「彼女に訊いてみましょうよ。当時このあたりにいたんだもの」

「いやいや、ここにいたのはほんの五秒だし、もうほとんど覚えてないんじゃないかな」ペリーが茶化すように言う。

「わたし、覚えていそうな人を知ってる」アリシアは腕時計に目をやった。

厨房《ちゅうぼう》に立ったリネットは、避難に備えて必要な食料品を仕分けしてまとめ、それから昼食用の大皿料理の支度にかかった。でも心ここにあらずだった。どうしてこんなにもブレイクを擁護したくなるのか自分でもわからないが、彼に人が殺せるとは思えなかった。たしかにお調子者で浮ついたところはある。リネットに焼きもちを焼かせようとして、老婦人たちといちゃついてみせたりもした。それでも、あの夕食のあとふたりには本物の絆ができたし、多くの共通点があることもわかってきた。

あれはうわべだけのものではなかった。

「きみもおれも、なかなか相応の敬意というものを払ってもらえない、そうだろう、リネット?」と赤ワインのグラスをゆっくりまわしながらブレイクは言っていた。「見栄えがよすぎると真剣に受け取ってもらえないんだよな」

リネットは鼻で笑ったものの、それが彼の本音なのはわかっていた。

「もううんざりだよ、いつも見くびられて、脇へ押しやられて、どうせ頭は空っぽだろうみたいな扱いを受ける、なにしろこの見てくれだからね」

そう言って輪郭《りんかく》のくっきりしたあごを手で示したので、それにはリネットも笑った。

「かわいそうに、よしよし！」と言いつつも、その心情はよくわかった。

きれいな人が共感を得られることはあまりなく、人生楽しいことばかりとはかぎらない。リネットはうぬぼれの強い女ではない、さほどには。現実主義者だ。自分にいろいろなものが備わっているのは知っている。整った顔立ち、天然のブロンドの髪、無駄にすらりとした脚——どれも他人が美しいと見なすもの。でも彼らは知らない。リネットとブレイクの絆を結んだのは、美貌はときとして障害になるという事実だ——昇進の、真実の愛の、真剣に受けとめてもらうことの。みんな美しい人がそばにいることを好みはするが、それは単なる装飾品としてなのだ。

リネットが〈マリオの店〉のフロアから騒々しい厨房へ異動するのに何年もかかった主な理由は、彼女を表に出しておきたい、陽気で華やかな客寄せウェイトレスとして働かせたいとマリオが考えたからだ。料理を担当させてくれるようマリオをようやく説得したところだが、それでもパントリーシェフがやっと——冷たい料理とサラダを作る仕事で、腕の振るいようがない。料理長までが彼女のきらきらぶりに目がくらんでいるみたいだった。

ロニーが富や宝石を見せないようにしているのもそういうわけだろう、とリネットはいまにして思う。彼女はただ対等に扱ってほしいだけなのだ。そう、リネットの容姿も宝石と同じようなもので、捨てられるものならそうしたい。

姉の陰に隠れて暮らしていることもその気持ちを助長させた。なぜなら、お互い愛情があっても、ふたりでいくら笑っても、リネットは常に自分がフィンリー姉妹の劣ったほうだと感じているから。アリシアより少しきれいかもしれないが、それは利益を生まないおまけのようなもの。たしかに男たちはリネットに色目を使ってくるが、結婚したい相手となるとアリシアのほうなのだ。といって姉を恨んでいるわけではない、これは本心だ。恨みたいのはむしろ自分自身、こうなってしまった自分のほう。

容姿にあぐらをかいてずっと怠惰な道を歩んできた、その報いを受けるときが来ている。あの晩、ブレイクも同じようなことを言っていた。「みんなおれたちみたいな人間はお気楽に生きてると思っているけど、実際はそれどころじゃなく大変なんだよ。みんなはがんばってみずから能力を証明したりしなくていい、でもおれたちはしなきゃならない、だろう、リネット？　何度も何度も。なあ、聞いてくれ、不遇に甘んじるのはもうたくさんだ。今度こそおれが一発決める。でかいのを飛ばしてやるぞ！」

ブレイクがなんのことを言っているのかリネットにはよくわからず、どこに勤めているのかと訊いたらはぐらかされた。

「そんなことはどうだっていい」と彼は言った。「おれが言いたいのはもっとすごいことだよ。この世界で成功するには見た目だけじゃだめだ。ちょっとしたダイナマイトと爆薬の詰まった袋が必要なんだよ」

いまになってその言葉を思い返し、これはだれにも言わずにおこうと決めた。アリシアとペリーなら文字どおり受け取ってしまう――危険人物である決定的証拠として。でもリネットにはそれが隠喩《いんゆ》にすぎないと——おかしな混喩ではあるが——わかっていた。言いたいことは完全に理解できるから。ブレイク同様、リネットも容姿とはなんら関係のない野望を抱いている。そろそろ姉の陰から足を踏みだして、自分だって負けないくらい賢いのだと証明するときだ。

そんなわけで、リネットは厨房から足を踏みだすとまっすぐロビーに向かった。

ちょうどお昼どきに〈悔恨の小道〉を歩きながら、アリシアはいらいらした気分で腕時計に目をやった。

「もうちょっと待ってくれたら、ジャクソンに電話できたのに。まだ町には着いてない」

「また来ればいいさ」とペリー。「こっちのほうが大事だと思うよ、はっきり言って。リネットはひとつ正しいことを言ってる——いまジャクソンにできることはなにもない。ぼくらは自力でなんとかするしかないし、それにブレイクがまだどこかにいて、ぼくらをやっつけようともくろんでるかもしれないんだからね」

「でも、あたしたち彼にはなんにもしてないのに!」ミッシーがすねたような声で言う。

「ぼくらは生きて呼吸してる目撃者なんだ、忘れないで。しかも、相手はあきらかに頭のネジがはずれてるんだよ。わけもなくグランジのボトルで女性の頭を殴ったりするやつはいないからね!」

「たしかに」アリシアは言った。「もっと安いワインを選んでたら、正気だってわかるけど」

ペリーがにやりとしてみせる。「じつに笑えるよ、ミズ・フィンリー。とにかくそのじいさんのところに行って、答えが見つかるかどうかたしかめよう。当時なにがあったのか、ぼくらは具体的になにを相手にしているのか、それが知りたい。ついでにぼくの携帯のメッセージを確認させてもらってもかまわないよね」にやにや笑いがしかめ面に変わる。「そのじいさんのこと、ぼくには話してくれてもよかったのに、お嬢さんたち。なんで秘密にしてたの?」

「ごめんね」アリシアは言った。

じつを言えば、ペリー同様アリシアも、殺人犯は逃亡したというサイモンの説を信じていなかった。ほかの人たちに実際に疑わしい点があったからではない——そんなことはなかった。ただスノーウィーのことを素直に話す気になれなかったのだ。それに、次の犠牲者になりかねない人の居場所を明かすつもりもなかった。自分が頭のおかしな人間をうっかりこの山へ誘いこんでしまったのだとしたら、そこにスノーウィーを巻きこみたくなかった。彼のことを知る人間は少ないに越したことはない。

その最後の思いが、小屋に近づいたときアリシアに両手をあげさせた。「わたしひとりで話したほうがいいと思う。彼のスペースを侵さないように」

「ぼくはかまわないよ」ペリーは崖の上に立つ男のほうを見ながらそう言って、携帯電話に目を落とした。「アンテナが二本立ってる。これなら——」

言い終わらないうちに電話が鳴りだしてメッセージの着信を知らせ、ペリーが猛然とタップしはじめると同時に、今度はミッシーの電話が振動しはじめた。ミッシーは歓声をあげながら携帯電話を取りだし、不在着信の履歴を見て甘いため息をもらした——ようやくクスリにありついた中毒患者さながらだ。

「ああ、かわいそうに」とペリー。「母さんがすっかり取り乱してる。すぐに電話してあげないと」

「うちのママも！」とミッシー。「ヘニー姉さんも、それに上司まで！　きっとみんな火事のことを聞いたのね」

クレアも携帯電話に手を伸ばしたが、それが沈黙していることに驚きはなかった。これこそが、人生を劇的に変えようとしている理由なのでは？　ブッククラブの仲間に嘘をつきながらその話を進めている理由なのでは？　クレアは短縮ダイヤルを押してアシスタントが応答するのを待った。小さなヴィンテージ古着ショップの様子をたしかめておいたほうがいいだろう。

アリシアは小屋に向かって歩きながら考えた。みんながついてきたのは本当にスノーウィーからあれこれ話を訊きだすためだろうか、いや、むしろいちばんの動機は携帯電話の電波と関係があったのではないかと。

リネットはゲストブックにざっと目を通して顔をしかめた。やっぱり自分で思ったほど賢くはないのかも。ほかにも宿泊客がいてどこかに潜んでいたのなら、署名があるはずだと思ったのに。それが決まりだとヴェイルは言ってなかった？　フロントデスクの下にあるゲストブックを見つけて、自分たちのグループの前に書かれている名前を確認したが、期待はずれに終わった。日付と住所を見るかぎり、先週の宿泊客はなし、先々週はキョートから来た日本人団体客が泊まっている。

うーむ……リネットは渋い顔でゲストブックをこつこつ叩いた。

それからパソコンに注意を向けた。ファイルかメールかなにかのなかに手がかりがあるのでは？　でも調査をはじめてすぐに、これまた役に立ちそうもないと悟った。ハードディスクにはパスワードが設定されていて、適当に二、三度試したあとあきらめた。

今度は机を爪でこつこつ叩きながら、リネットは画面をにらんだ。見たところアクセス可能なのはグーグルクロームだけだが、インターネットに接続できなければまったく使えない。

いや、使えるかも？

マウスをつかむや、画面上部にカーソルをあてて《履歴》をクリックすると、目の前にグーグルの閲覧履歴のページが現われて、リネットはほくそえんだ。素早くロビーを見まわしてから、閲覧履歴に目を通していく。ウェブサイトを開くことはできないにしても、ヴェイルが死ぬ前になにを調べていたかはこれではっきりわかるはず。

ただし、これが本当にヴェイルの調べていたことだとはかぎらないという点を除けば。時刻表示を見ると、どれもアクセスされたのは自分たちがここに到着した日の夜だ。ヴェイルが持ち場を離れた隙にメンバーのだれかがこっそりパソコンを使った可能性もある。

ブッククラブのだれかがグーグル検索をしたのか？　そもそもヴェイルはそのことを知っていた？

まだ周囲にだれもいないのを確認してから、リストをスクロールしながら目にしたものを頭のなかにメモしていく。だれかさんは外の世界が恋しくなったらしく、《デイリー・テレグラフ》《ニュース・コム・ＡＵ》《ライルトン・トリビューン》といったニュースサイトが閲覧されていた。ほかにも脈絡のない検索結果が並んでいる。《アンセストリー・ドットコム（世界最大の家系図会社）》《シェイディ・ヌーク緩和ケア&老人介護ホーム》、そして《リビング・ラージ・エンタープライズ》なる企業。

ちょっと待って。

リストの《シェイディ・ヌーク》にもどって見直し、閲覧された時刻を確認する——初日の深夜、午前一時七分。

リネットの知るかぎり、あの時刻にまだ起きてうろついていた人間はふたりしかいない。クリックしてページを閉じると、リネットはまた机をこつこつ叩いた。

スノーウィーは特別あつらえの木のベンチに腰かけて、『サバイバー』のエピソードを観ているみたいに陶然と景色を眺めていた。アリシアが近づいていくと、片時も見逃すまいとするように、一瞬振り向いてすぐに顔をもどし、それからベンチの自分の隣を軽く叩いて、そこにすわるよう招いてくれた。

アリシアは隣に腰をおろし、自分もそのショーを観ようと、遠くに目を向けた。

それはすばらしく楽しい眺めだった。ゴシキセイガイインコ、キンショウジョウインコ、ニワシドリといった野鳥たちが四方八方から舞い降り、そびえ立つチークやヒマラヤ杉の枝が、互いを組み伏せようと激しく絡み合っている場所があるかと思えば、まったく異なる環境にいるのかと思うほどひっそりと静かにたたずむ場所もある。太古の木生羊歯《しだ》は水を求めるかのように岩だらけの渓谷へともぐりこみ、それよりはるかに古い滝はどれも干上がっていて、記憶にあるかぎり、こんなことははじめてだった。周囲には依然として不吉な煙がうねりながら立ちこめ、よくよく目をこらせば赤いものもちらついている。それであわてることはないとしても、絶え間なく降り注ぐ灰には怯えるはずだ。

それでも、こうしてスノーウィー老人の隣にすわっていると、なぜか安心感を覚えた。

「この山でいちばん眺めのいい場所ね」アリシアは静かに言った。「ライル家はどうしてここに山荘を建てなかったんでしょうね」

「観光客どもに一等地を独占させるいわれはないだろう?」

アリシアは苦笑した。いい答えだ。そこで咳払いをした。「もうひとつ訊いてもいいかしら、スノーウィー。別の火災のこと、一九七〇年の」

老人は鋭くアリシアを見返し、それから言った。「あれのなにを?」

「あの火災のとき、あなたもここにいたの?」

「もちろんいた」

「火の手はこのすぐ近くまで来たんでしょう?」

老人は黙ってうなずいた。

「あの火災でひとり亡くなったそうね。名前はたしか――」

「ドナル・マーフィー」と先に老人が言った。「あそこの谷みたいに青くさい若造。大ばか野郎だ、あいつは。地元民でもないのに。火事に向かってがむしゃらに突進していった、脇目も振らずに。そんなばかなことをするやつがいるか?」

スノーウィーはこちらを見てはいないし、答えを期待しているのでもない。アリシアにははっきりとわかった。この五十年というもの、彼はこの質問を何度となく自問して、いまだに答えは得られないのだ。あるいはみんながそうなのかもしれない。ひょっとしたら、自分たちを救おうとして命を落としたよそ者に対していくらか罪悪感を抱いていたのかもしれない。ひょっとしたら、彼の英雄的行為を公表しなかったのは、自分たちが卑屈な気持ちにさせられたからかもしれない。

しかもスノーウィーの口調には怒りもにじんでいて、その怒りの矛先は、世間知らずのドナルなのか、獰猛《どうもう》な火災なのか、それとも人生の成り行きなのか、アリシアにはよくわからなかった。

「ドナルに家族がいたかどうか知ってる? 残された妻子がいたとか?」

スノーウィーはふんと鼻を鳴らした。「いいや、お嬢さん。あいつは相当な遊び人だった」

「ちょっとした問題児だった?」

スノーウィーは肩をすくめた。「とにかく生意気で鼻につく野郎だった。ここへ来て、運試しをして、そのせいで火傷《やけど》した」

それは火事のことなのか、それともなにかまったく別のことなのか、よくわからないが、いまの描写はそのままブレイク・モローにもあてはまりそうで、アリシアは思わず身震いした。

　突然ヒューンという音が聞こえ、驚いて目を下のほうに向けると、煙の真ん中になにか黄色いごついものが浮かんでいるのが見て取れた。

「消防機だ」とスノーウィー。「また水をまきにもどってきたんだ」そう言って、骨を鳴らしながら立ちあがった。「さっきクーパー交差点まで行ってきた。火は近づいてきているが、ゆっくりとだ。消防道の地図は見つかったか？」

　アリシアは首を振った。

「そりゃ残念だ」向こうを向いて、また顔をもどす。「地図に載ってるだけのいわゆるペーパーロードが一本ある、厨房の裏側の西の尾根に。知る者はほとんどいない。そっちのほうが長くて急だし、鉈《なた》で道を切り開かないと通れないだろう。だが使えるかもしれない。悪いが、わたしはそろそろ失礼するよ、疲れた」

　老人は背を向けて小屋へと向かい、アリシアには答えよりも多くの疑問が残された。それでもスノーウィーが本当にぐったりと疲れ切った様子なので、後ろから声をかけるにとどめた。

「そのペーパーロードはどうやって見つけたらいいの？」

　スノーウィーは小屋の入口で足をとめた。「ライル家の歴史をさがしてごらん、お嬢さん。そこに地図も載ってる。白い立派な本だ。たぶんフィクションの棚にあるだろう」そう言って小さく笑った。

「どうかしら。あなたも一緒に来てくれない？」

スノーウィーの笑みが消えた。「いいや、お嬢さん。過去が急速に迫ってきている、どうやら償《つぐな》いのときがきたようだ」

14

厨房《ちゅうぼう》のカウンターに立ったまま、リネットが大皿に用意しておいてくれた材料でサンドイッチを作るあいだも、アリシアの頭のなかにはスノーウィーの言葉がこだましていた。

償《つぐな》い？　なんの償い？　あれはどういう意味？　それに、火事で亡くなったドナル・マーフィーがどうしたの？　スノーウィーが暗に言ったように、残された妻子はいなかったのなら、ブレイクはいったいだれをドナルと結びつけたの？　彼があそこまでドナルに執着していたのはどうして？　スノーウィーがドナルを〝遊び人〟と呼んでいたことで、アリシアはついこんなふうに考えた——ブレイク・モローはドナルの隠し子だったのでは？

「まだスノーウィー老人のことを考えているの？」冷肉とサラダを組み合わせておいしそうなサンドイッチをこしらえながらクレアが訊いてきた。ペリーとミッシーも横にいる。

アリシアはうなずきながら周囲を見まわした。ほかの人たちはもう食べ終えて、残るは自分たちだけだった。四人でどこへ行っていたのかとみんなに問い詰められたので、山を下りる道の目印をさがしていたことにして、どうにかごまかした。本当のことなんてとても言えない。自分は老人に過去のことを根掘り葉掘り訊いていて、ほかの三人はスマホのメッセージを確認していたなんて。

しかも、みんなと一緒に厨房から出ていく前にリネットははっきりと念押ししていた。「防災プランはいたってシンプルだから、みんな！　あたしたちがやるべきなのは火災に備えることと、ブレイクを陥れるのに貴重な時間を費やすことじゃなくね！」

あげくに「後片付けは自分たちでやって」と言い残して足音も荒く出ていったのだ。

「あたしたちにぷんすかしてるね」とミッシーが言わずもがなのことを口にした。

「のけ者にされた気がしてるんでしょ」アリシアは説明した。「あの子はブレイクの無実を信じてて、わたしたちが彼を疑ってるのを知ってるから。どうしてあそこまで彼に肩入れするのか、ほんとにわからない」

「そういえば……」とクレアが言いかけたとき、サイモンが厨房にもどってきた。

「やあ。後片付けを手伝おうかと思って」と言ってから気まずい沈黙に気づいて、尋ねた。

「なにかあった？」

サイモンの視線がクレアをとらえると、彼女はチーズの薄切りを一枚取ってから、目をもどした。

「わたしたちのことはおかまいなく、お気づかいありがとう、サイモン」と答えて、クレアはチーズを口に入れ、真っ向から相手を見すえた。挑戦状を叩きつけるような目で。

今度はサイモンが気まずそうな顔になり、まばたきをしながらクレアを見返して、ズボンのポケットに両手を突っこんだ。

ふたりのやりとりを興味深く観察していたアリシアは、サンドイッチを手に取って言った。

「テラスで食べない？　いまなら外は気持ちがいいかも」

「暑くて煙たいけどね」とミッシー。あきらかに空気が読めていない。

それでもアリシアは、たったいま室内に降りてきた冷え切った空気よりは、暑くて煙たいほうがましだった。

ダイニングルームの外にある舗装されたテラスのテーブルと椅子から落ち葉を払いのけて、みんなで席につくと、クレアは少し落ち着いたように見えたが、長くは続かなかった。やはり緊迫したやりとりに気づいていたペリーがここでクレアを問い詰めた。

「ぼくらの知らないことでクリート氏となにかもめてるんだね？」

「クリート氏、って言った？　まだ彼をそう呼ぶつもり？」クレアは答え、意味ありげに笑いながらサンドイッチをむしゃむしゃ食べた。

みんなでしばらくクレアの様子をうかがったあと、アリシアは言った。「わかったわ、聞かせて。なにがあったの、クレア？」

口のなかのものをのみこんでから、クレアはため息をついた。「午前中ずっとこれを言おうとしてたの。例の詐欺師《さぎし》はサイモン・クリートよ！」

みんなが期待をこめて見つめるので、クレアは説明にかかった。「ずっと考えていたの、『そして誰もいなくなった』に出てくるU・N・オーウェン氏のこと。ほら、〝アンノウン〟氏――名なし氏なんてふざけた偽名を考えた人がいたでしょ」

「いたね。それで？」ペリーが顔をしかめてロールパンから玉ねぎを抜き取りながら言った。「それでね、わたしもみんなの名前をちょっといじって遊んでみたのよ、試しに」もちろんこれは嘘だった。いじってみたのはサイモンの名前だけだったが、そこまで言う必要もないだろう。ただでさえ悔しい思いをしているのだ。「ともかく、なんだかおかしな名前だと最初から思ってて、だからフロントにあるゲストブックを調べてみたのね、そしたらなんと、もっとおかしなことになったの。サイモンのミドルネールはエドワードなのよ！」

全員がクレアを見つめ、もぐもぐ口を動かしながら落ちを待っているので、クレアは爆弾を落とした。「サイモン・エドワード・クリート。S・E・クリート。秘密《シークレット》よ！　わかった？」

いまや友人たちは、頭が完全におかしくなった相手を見るようにこちらを見ており、一瞬クレアは心から安堵した。そうよ！　やっぱり自分はどうかしていた。サイモンが詐欺師だなんてありえない！　とびきり素敵で、とびきりまともな人だ。

そのときミッシーがうんうんとうなずいた。「S・E・クリート。シークレット！　そうよそうよ、たしかになんだか胡散《うさん》くさい！　まるでU・N・オーウェンだわ！　あたしとしたことが、そこに気づかなかったなんて！　よくやったわ、クレア。びっくりよ、なんて卑劣なの！」

すると今度はアリシアが指を鳴らしながらうなずいた。「それに思いだして、チェックインしたとき、サイモンだけがクレジットカードの提示を拒んだ。ひとりだけ現金で払った。あれはたぶん偽名を使ってるのがばれるから。でもどうしてそんなことするの？　彼が今回のこととどうかかわってるわけ？」

「もしかして例のドナルド・マーフィーって人と関係があるのはサイモンなんじゃない？」とミッシー。「年齢的にもこっちのほうがしっくりくるわ。ブレイクじゃなくてサイモンのパパだったりして。で、サイモンの本名はマーフィー！」

「いやいや、すべてはただの偶然ってこともあるよ」とペリー。彼はまだブレイクに固執《こしつ》している。「だって、世の中にはおもしろいあだ名の人間が現にいるからね。昔の同級生にウェイン・カーって子がいてさ。名前のせいでさんざんからかわれてたよ」

ミッシーとクレアがぽかんとしている横でアリシアはげらげら笑った。「ワンカー（自慰行為をする人）？　ほんとに？」

ペリーはうなずいた。「気の毒なやつ」クレアに顔を向けた。「サイモンに訊いてみようよ。なにを企んでるのか」

「本人に訊くなんて無理よ！」クレアがあえぐように言った。「ヴェイルが言ってた詐欺師かもしれないのよ。だとしたら……」

言葉が途切れ、クレアのまつげが激しく震えた。考えたくもない。自分が好きになってしまった冷静で穏やかな男性がじつは冷酷で無慈悲な殺人者だなんて。もし本当にそうなら、人を見る目がないにもほどがある！

「なにか身分証を持ってるはずだから」とペリー。「財布をちらっとのぞいて免許証を確認したらいいよ、クレア」

「わたしがそんなことしたらばれるに決まってるわ。それにどうしてわたしなの？」

ペリーが眉をひくひく動かす。「部屋に誘われて彼のエッチングを見る（〝エッチングを見にこないか〟は女性を寝室に誘う決まり文句）、ここは財布を見るってことだけど、そのチャンスはきみのほうがありそうだからね、ぼくよりは。どう見たって彼はきみにぞっこんだもの」

「ほんとに？　そう思う？」思わず切なげな声になってしまい、急いで振り払った。「わたしが彼の寝室に行くなんてありえないから、ペリー！　だって、もしかしたら彼が……」

今度も、その言葉は口にできなかった。

アリシアはサンドイッチを食べ終えて、腕時計を確認した。「ねえ、みんなそろそろ仕事にもどらないと。サイモンがなにを企んでいるのか、そもそも企んでいるのかどうかもわからないけど、リネットの言うとおりなのはわかってる。いまはこの山を下りることにエネルギーを集中させるべきよ。わたしたち気が散ってばかりだけど、二件の殺人事件を解決したところで、自分たちがカリカリになって焼け死んだら元も子もない」それを想像して身が震えた。「無事にこの難局を切り抜けてから、だれがだれで、なにがどうなってるのか、あらためて考えましょ」

一同はしぶしぶ賛同したが、クレアはもうS・E・クリート氏に対してはそれほど賛同できない気持ちだった。

アリシアはパンくずを払って皿を押しやった。「だれかこれも厨房にもどしておいてくれない、じゃないとリニーに噛みつかれるから。わたしはさっきの崖にもどってジャクソンに電話してみる。もう町に着いてるころだし、もしかしたら朗報があるかもしれないから」

携帯電話を取りだして顔をしかめた。バッテリーが残り少なくなっている。急がなければ。

「ぼくらも一緒に行こうか?」ペリーが言った。

「いえ、みんなはスノーウィーが言ってた例のライル家の本と、どこかに埋もれてるペーパーロードをさがして。それが唯一の避難路かもしれない」

自分たちが逃げようとしているのは、奇妙な名前の殺人者からなのか、それとも地獄の業火からなのか、どっちだろうとこの際あまり意味はないような気がした。


またこの苦難の道を行くのかと思ってアリシアがうめきながら〈悔恨の小道〉を歩いているとき、その様子をじっと見ながら同じくいらだちのうめき声をあげている者がいた。

あんなに苦労して何度森へ分け入れば気がすむのか。いったいなにを企んでいるのだろう。いい加減に手を引いてくれないと、これを終わらせることができないではないか。

ため息をつき、うめき声をあげ、のぞき魔は腹をたてながら背を向けた。


ペリーは図書室でライル家の本をさがしたが、どうしても頭から離れないのは別の本――『そして誰もいなくなった』だった。サイモン・クリートは気の利いたことをしようと、アガサ・クリスティの小説に出てくる仕掛けを模倣したのだろうか。入会したばかりのブッククラブに洒落た思いつきを自慢したくて?

いや、それよりもっと悪意があるのか？

ペリーはペリーで新メンバー全員を疑っていたが、サイモンが殺人者とは思えなかった。まったく。サイモンにお金を賭けるくらいならロニーに賭けるだろう。とはいえ、前にも自分がまちがっていてフィンリー姉妹が正しかったことがあった。結局みんな焼け死んでしまうのなら、そんなことはどうでもよくなるが。

いまはスノーウィーが教えてくれた本をさがすことに集中しなければ。

伝記の書棚をひととおり見たあと、ノンフィクションも調べてみたが、成果はなかった。そのときロマンス小説とミステリがぎっしり詰まった書棚が目についた。フィクションの棚にあるとスノーウィーが言ったのは、からかったのではないとしたら？　アリシアは彼が冗談を言ったと思っているが、そうではなかったら？

二分後、ペリーはオフホワイトの薄いハードカバー本を棚から取りだしていた。表紙には〈ライルズ山荘〉のモノクロのスケッチが描かれている。その上部のタイトルは『ライル一族の栄華』、その下に《伐採から山荘まで》のサブタイトルと《ジュリエット・ライル＝ハンプトン著》の文字がある。

「ビンゴ！」ペリーは言って、嬉々として本を胸に押しあてた。

アリシアがいらだちでぴりぴりしながらふたたび崖にたどりついたときには、Ｔシャツの下に汗をかいていた。亜熱帯雨林は通常なら真夏でさえ涼しいとわかっているので、この暑さはただ不快なだけでなく、恐ろしく心配でもあった。火をなだめるには、冷たい空気と大量の雨が必要だ、しかも早急に。

時刻は午後二時をまわったところで、スノーウィーの姿は見当たらなかった。携帯電話を取りだすと、家族や職場の友人たちから新たなメッセージが届いていたが、バッテリーの残量がみるみる減っていくので、いささか誠意には欠けるものの、取り急ぎ同報メールで自分たち姉妹は無事だと報告し、それからジャクソンに電話をかけた。

このときは回線の状態がかなり悪かったが、こちらの声を聞いたジャクソンの安堵感ははっきりと伝わってきた。「無事でほんとによかったよ！　こっちはいまライルトン消防局の本部にいて、すぐに動ける態勢だ。そっちはみんなどうしてる？　なんとかやってるか？」

「みんな無事よ、ジャクソン。山荘で避難の準備をしてる。やることがいろいろあるおかげでみんな正気を保っていられるんだと思う」

「それを聞いて安心したよ。きみの性分はよく知ってるからな」ジャクソンは心の準備をしてから訊いた。「死体は増えてないか？」

本来なら笑うところだが、ジャクソンは本気で訊いていて、それも無理からぬことだった。

「ええ、ありがたいことに。そっちはどう？　消防団長は炎上した車に少しは近づけた？」路上で焼け焦げていた車は、山荘のヴァンなのか、それともブレイクの古いベンツなのか知りたかった。もしベンツなら、遺体も収容されたのかどうか。

「視界が相当に悪いし、確認するのはまだ危険すぎる」という返事だった。「けど人がいるあきらかな形跡はない。だからいまはほかの優先事項に集中してるんだ――きみたち一行をそこから生きたまま救出することも含めて」

「ありがとう」いまの言い方がなにを連想させるか本人は気づいているのだろうか。

「さっききみが言ってたブレイク・モローとかいう男のことをベンソンに訊いてみたけど、それらしい人物から連絡をもらったことはないし、古いベンツに乗ってるやつを見かけたこともないって」

ブレイクが無事にライルトンに着いて名乗りでていないというのはまずい兆候で、お互いそれはわかっていた。下山する途中で火災に巻きこまれたのでないとしたら、約束どおり町まで行って機動隊を呼ばなかったのはなぜだろう。

アリシアの知るかぎり、考えられる事態は三つしかない――ブレイクはドライブの途中で死んだか、生きて走り続けているか、もしくは引き返したか。もしそうなら、いまどこにいて、なぜいまだに隠れているのか。

「町じゅうが火災で騒然となってるよ」ジャクソンは言った。「ここも煙がものすごくて、消防団以外はみんな荷物をまとめてもう避難した」

「よかった。こっちはまだ煙はそれほどひどくないわ、だいじょうぶかもしれない」

いや、むしろ煙が熱気のなかでどう動くかが問題かもしれない、とジャクソンは口に出さずに考えた。「じつは悪いニュースがあるんだ」

「あら素敵」アリシアは言った。「過酷な状況というには物足りない気がしてたの」

ジャクソンはついくすっと笑った。「すまない、でもきみには知らせておくべきだと思って。ベンソンが言うには、これは不審火らしい、少なくとも一部は。出火の状況はまだわかってないが、少なくとも一カ所、燃焼促進剤を使った痕跡が見られる――クーパー交差点だ。幸い、いまのところ火は山をのぼらずに下っている。彼らがこの件をどう解明するのか、きみにとって、もしあるとすればだが、これがどういう意味をもつのかもわからない。そもそもきみに話すべきかどうかもよくわからなかったが――」

「いいえ、話してくれてよかった。わたしに隠し事はしないで、ジャクソン。手にはいるどんな情報でもわたしたちには必要だから」

「だろうと思った。まず山荘とはなんの関係もないだろう。ティーンエイジャーや放火魔がしょっちゅう火をつけてる。ときにはそういう連中が消防団にはいってたりもするんだ――目的意識ができて興奮するんだろう」

「そりゃあ興奮するわね」アリシアはおどけた口調で言った。

「なあ、なんとかそっちに行けるように、いま八方手を尽くしてる。きょうじゅうにきみをこの腕に抱けるといいんだが」

アリシアは吐息をついた。その思いは自分も同じだ。

「山荘の周囲にあれほど木が密生してなかったら」とジャクソンは続けた。「とっくにヘリできみたちを吊りあげてるんだが」

「これほど木が密生してなかったら、そもそもこんなことにはなってないわ」と皮肉っぽく返したが、それは〝母なる自然〟を責めているのではない。まったく。ジャクソンの言葉はそのとおりだとしても、車で山の中腹までのぼって火を放ったのは人間なのだ。

それとも、山を下りて？

ジャクソンはアリシアの沈黙をそのまま受けとめたようだ。「考えすぎるなよ。とにかくさっき話したサバイバルプランを実行するんだ。必要な品をまとめて、いつでも避難できるよう備える。消防道の地図は見つかりそうか？　なんならベンソンがくれたやつをメールで転送しようか？」

アリシアはバッテリーの残量をちらっと見た。「送ってもらってもいいけど、もうバッテリーが残り少ないの。いまにも切れるかも。でも地図はペリーがさがしてる」ペーパーロードのことを説明する暇はない——それを言うならスノーウィーのことも——なのでこう言った。「なんとか避難路を見つける」

「なんでオーナーが前面に出てこないのか理解に苦しむよ、まったく」ジャクソンがいらだたしげに言った。「避難路はしっかり把握しておくべきだし、本人がみずから連絡を入れるのが筋ってもんだろう、きみじゃなくて。きみは金を払ってる客なんだぞ！」

「オーナー？」意味がわからなかった。「支配人のこと？　ヴェイル？　彼は亡くなったのよ、忘れた？」

「そうじゃなくて、ベンソンの話だと、オーナーはきみたちと一緒に山にいるらしい。たしかそう言ってたと思うんだが」

「ここにはわたしたちしかいないわ、ジャクソン。オーナーなんていない。わたしとブッククラブのメンバーだけ、だれかが身元を伏せてるんじゃないかぎり……」

突然S・E・クリートのことを思いだしてアリシアははっと息をのんだ。

「だいじょうぶか、アリシア」

「ベンソンは新しいオーナーがここにいるって言ったの？　最近あの山荘を買った人のこと？」

「えーと、よくわからないな、正直言って。なあ、その件はおれの勘ちがいかもしれない。きみたちはだいじょうぶだから、あわてないで。とにかく落ち着いて、油断せず——」

そこで通話が途切れた。

いきなり切れた通話にぼやきながら、ジャクソンは電話をポケットに突っこむと、ライルトン地方消防局の本部があるコンクリートブロックの建物のなかへもどった。受付係の少女に笑いかける。十六歳にはなっているはずだが、両方の耳で電話の応対をしながら、同時に目の前のパソコン画面の表示を読んでいた。内容は湿度に関することで、この季節とは思えないほど低いようだ。

彼女がにっこり笑い返し、少しも動じていないその態度に、ジャクソンは思わず彼女をハグし、彼女がしてくれていることすべてにありがとうと言いたくなった。ほかの見も知らぬ人たち全員に。彼らのひとりひとりに、その寄せ集め集団に——寄せ集めという言葉がまさにふさわしい——感謝したい気持ちだった。ベンソン——本業は町の図書館長というから驚きだ——

を除けば、学校を出たか出ないかのティーンエイジの少年がふたり、若いママと五十近いその母親、全身タトゥーの地元の店員がふたり、町議会議員が少なくともふたり、うちひとりは七十代なかばだ。全員が地域社会の一員で、案ずるべき自宅や愛する家族があり、それでもいま現在の彼らの心配は〈ライルズ山荘〉にいる宿泊客に向けられている。全員をそこから無事に連れだすまではだれも休むわけにいかない、とベンソンは言ってくれた。

ジャクソンは大きな信頼感と謙虚な気持ちで胸がいっぱいになった。

この集団はボランティアで、その骨折りに対して報酬は一セントも支払われない。少なくとも警察官であれば給料が支払われ、多くの称賛の声が寄せられる。この集団こそオーストラリアの真の英雄だ、と喉にこみあげてくるものをのみこみながらジャクソンは思うのだった。

オフィスの奥にある小ぶりの机のところまで行くと、ジャクソンは背筋を伸ばし、ふたたびアリシアのことに集中しようとした。だいじょうぶだと本人は言ったが、真に受けるほど自分は甘くない。いまは危険な山から下りることだけを考えてほしいと切に願って、二件の殺しについては根掘り葉掘り訊かなかったが、アリシアの性分はよく知っているし、ブッククラブのメンバーのことも知っている。彼らが死体の周辺をつっきまわして探偵の真似ごとをしていないはずがなかった。まあ、それも無理からぬことだ。犯人がまだ現場にいるとすれば、彼らとしては当然そうするしかなかろう。

それを考えると、気が滅入ってくる。

アリシア同様、ジャクソンも行方不明のブッククラブのメンバーのことを考えていた。彼女と同様、ブレイクはなんらかの形で殺人に関与していて都合よく姿を消してしまったのか、それならまだしも、山に残って森のなかに身を潜め、さらなる獲物をさがしているのだろうかと考えていた。

ほとんどの殺人は論理的に説明がつく。ジャクソンは経験からそれを知っている。ところが、ときとして論理を無視した行動にでる異常者に出くわすこともあるのだ。

〈マーダー・ミステリ・ブッククラブ〉は、今回は異常者を相手にしているのか？　もしそうなら、危ない橋は渡らせたくない。彼らは自分たちが賢いと思っていて、たいていの場合はそのとおりだ。しかし、かのアガサ・クリスティがそうであるように、彼らが頼りとするのは事実と手がかりと推理——これはすべて異常者が嘲笑するものだ。

殺人を犯すのに論理はいっさい必要ない。血への渇望さえあれば……

ジャクソンは気を取り直そうと片手で顔をこすった。こうしてあれこれ心配してもアリシアの助けにはならないが、グーグルなら助けになるかもしれない。目の前にあるキーボードを叩き、アリシアから聞いている名前を打ちこむ——ブレイク・モロー。

このモローとかいうやつはいったい何者なんだ？

ほとんど期待していなかったので、検索結果の候補が数千件と表示されたことに驚いた。なかでもいちばんいかがわしそうな、〝供述〟だの〝脅迫〟だの〝ずたずたにされた人生〟だのといった言葉が並ぶニュースサイトに的をしぼり、苦々しい顔でそのページを開いた。身を乗りだしてじっくり読みはじめる。あきれて首を振りながら。

すぐさまアリシアに折り返しの電話をかけたかったが、もちろんそれは無理な相談だった。彼女の電話はバッテリー切れで、数時間は連絡がとれないだろう。うなり声をあげていると、受付の若い女性と目があったので、安心させるように手を振ってから、あらためてパソコンをにらんだ。

なるほど、ブレイク・モローはたしかに血を求めている。ジャクソンが予想していたような類のものではなかったが。

15

リネットがオーガニックの牛肉と玉ねぎを炒めて夕食用のブッフ・ブルギニョン（ブルゴーニュ風牛肉の赤ワイン煮）の下ごしらえをしているあいだ、アリシアとペリーとクレアは野菜を切り、ミッシーは生の人参をかじりながら厨房《ちゅうぼう》の入口で見張りに立った。

アリシアはジャクソンから聞いた情報を一刻も早くみんなに伝えたかったが、この会話は内内にしなければならない。リネットが避難の準備に集中したがっているのはわかっているものの、さっき聞いた話で状況は一変した。消防団長の話がたしかなら、山荘のオーナーはこのなかにいるはずで、そうなると必然的に新メンバーのだれかということになる。それしか説明がつかない。ならばだれなのか、なぜ口実を使ったのか。

それは差し迫った疑問で、最有力候補はサイモンだ。

アリシアが考えていたのは彼の名前のことだけではなかった。サイモンからはある種の権威のようなものが感じられる。ブレイクは山荘のオーナーのようにふるまっていたかもしれないが、スタッフが行方不明になっても、週末がどんどん悲惨なことになっていっても、いちばん動じなかったのがサイモンだった。いかにもオーナー然としていた。アリシアとしては、サイモンの財布をこっそりのぞくようクレアの背中を押したいところだが、ペリーはまったく別の方向に走っていた。

「ロニーかもね」とペリーはみんなに言った。「この山荘を買えるほどのお金持ちっていったら、そりゃあウェステラ夫人だよ。新しいオーナーは男性か女性か、ジャクソンは言ってた？」

「どっちとも言ってなかった。それ以上訊く暇がなかったの、携帯のバッテリーが切れちゃって。はるばるあそこまで行くのに充電を満タンにしてなかったわたしってほんとにばか！」

アリシアは携帯電話の置いてある厨房のカウンターに手を伸ばし、まだ充電中なのを確認した。

「そんなに自分を責めないで、ハニー」クレアがズッキーニをスライスしながら言う。「じゃあ、もしそのオーナーがここにいるとしたら……」もしそれが本当にサイモンなら、と声に出さずに思った。「どうして名乗り出ないのかしら、スタッフがふたりも亡くなって、自分の投資物件が火災の脅威にさらされてるのに。身元を伏せたままでいなきゃならないどんな理由があるっていうの」

「そもそも身元を伏せてたのと同じ理由だよ」決まってるだろ！　と言いたげな顔でペリーが答えた。「なにか思惑があって、それがなにかぼくにはわかったような気がする。さっきブレイクの持ち物のなかで目についたものがあって……」

皮をむいたじゃがいもをリネットのほうへ押しやると、厨房から飛びだしていった。リネットが顔をしかめる。「まるでヨーヨーだね。さっきはロニーに照準を合わせてたかと思ったら、今度はまたブレイクを狙ってるわけ？」

さっきブレイクの部屋で見つけたものについてはもうリネットに全部話してあり、リネットのほうもフロントのパソコンで調べたグーグルの閲覧履歴のことをみんなに報告していた。でも、結局みんなますますわけがわからなくなっただけだった。

妹があらためてやる気になったことをアリシアは喜んだが、どこかの介護施設の情報に興奮することはできなかった。この一連の混乱はドナル・マーフィーなる男性にはじまり、一九七〇年の〝大火〟で終わるのではないかという気がする。でも、ドナルと、いま自分たちのなかに紛れている正体不明の新オーナーがどうつながるのか、アリシアの〝小さな灰色の脳細胞〟には見当もつかない。

「ひょっとして新オーナーはドナル・マーフィーとつながりがあるんじゃない？」クレアが言ったそのとき、ミッシーが突然大きな咳払いをした。

彼女がもう一度咳払いをして顔をしかめたとき、ロニーとフローがそろってにこやかな笑顔ではいってきた。

「素敵なお若い方たち、なにかお手伝いできることはあるかしら」ロニーが訊いた。

「なんにも」とリネット。「お手伝いの手が多すぎて持て余してるくらい」

「だから言ったでしょ」とフローがロニーに言う。

「テーブルの支度をするのはどう？」ロニーがなおも言ったが、アリシアはすかさずミッシーを前に押しだしていた。

「だいじょうぶ！　今夜はミッシーがぜひおしゃれな感じにしたいって言ってるの、そうよね、ハニー？」

ミッシーは力強くうなずいた。おしゃれなテーブルセッティングなんてめっそうもない。ナプキンを置く場所だって知らないのに――フォークの下だっけ、それともナイフの下？　ワイングラスを置くのは、正面？　横だっけ？　横だとしたら、どっち側？　さっぱりわからない。

「ほらね、ロニー、なにもかもみなさんがちゃんとやってくれるわ」そう言って、フローはリネットに顔を向けた。「けさ作ってくれた、あのおいしいジンジャーティーをもう少しいただけないかしら、お嬢さん。そんなに忙しくなければね」

「心配ご無用よ、フロー」リネットは答え、目を細めた。「すぐにいれて、持っていってあげる」

フローはにっこり笑った。「素敵。じゃあ行きましょう、ロニー。あとは若い人たちにお任せして」

ロニーが最後に振り返ったとき、その顔には深い失望がにじんでいた。ふたりはどこまで小耳にはさんだのだろう、あるいは噂されているのを察したのだろうか、とミッシーは思った。

アリシアも同じことを考えていた。しばらく待ってから、アリシアはミッシーに小声で言った。「さっきは焦ったわよ、ミッシー！」

「ごめんね」ミッシーも小声で返した。「あの人たちこっそり近づいてきたんだもの！　ああ、ペリーがもどってきた」

老婦人たちになにか声をかけながらもどってきたペリーは、肩にバッグを掛けていた。ふたりの姿が無事に見えなくなるのを待って、折りたたまれた書類を取りだすと、みんなの前で振ってみせた。

「さて、探偵仲間諸君、これが〈ライルズ山荘〉のDAのコピーだ。つまり〝開発許可申請書〟だね、無知な人のために言っておくと。ブレイクのフォルダーにはいってて、最初に見たときは特に気にもとめなかったんだけど」

「ブレイクが新オーナーなんだわ!」ミッシーが言い、リネットは鍋のなかをにらんでいた。

「残念ながら、そんな単純な話じゃないんだよね」ペリーが書類の上部を指さす。「申請書に書かれた名前はブレイクじゃないし、それを言うなら、サイモンでもロニーでもない。〈リビング・ラージ・エンタープライズ〉、略して〈LLE〉。いったいだれだろうね」

「それグーグルで検索されてた!」とリネット。「まちがいない。初日の夜の閲覧履歴のなかにあったのを見たの」

「そこになにか情報は載ってた?」アリシアが訊くと、リネットは首を振った。「あきらかに会社名ね、ということはだれかがその会社とつながりがあるってこと。もしかしたら建築会社か施工業者の名前かもしれないけど。これじゃたいして進展してない。ほかになにがはいってるの?」アリシアはペリーのバッグになにか白くて薄いものがはいっているのに気づいていた。

「それ、スノーウィーが言ってた本?」

ペリーはにんまり笑ってその本を引っぱりだした。「そう、そうなんだ。彼は冗談を言ったわけじゃなかった。これはフィクションの棚から見つけだしたんだよ、彼があると言ったとおりの場所でね」

「それは妙ね」本を開きながらアリシアは言った。あのときはスノーウィーがてっきりふざけているとと思ったのだ。「どうしてこの本のありかを彼が知ってるの？　だれもいないときにここへ来て図書室を使ってるのかな」

ペリーはどうでもいいとばかりに肩をすくめたが、ミッシーは目を大きく見開いていた。

「あたしスノーウィーはほんとにここへ来てると思う」と言った。「あのおじいさんにはなんとなくいわくがありそうな気がする。あの見た目の奥に絶対なにかあると思うな」

クレアがそれを聞き流して言った。「こんなこと言うと、惜しまれつつ退会したハンドブレーキのドクター・アンダースみたいで嫌なんだけどね、ペリー、ＤＡのことなんてどうでもいいんじゃない？　つまりオーナーは改修を望んでいる。それはもうわかってたことよ。極秘でもなんでもない」

「ただの改修じゃないんだよ、ハニー。実際はこの建物をブルドーザーで壊して新たに建て直すんだ。これを見て」トマトの缶詰を押しのけて、カウンターに計画書を広げた。「大規模な計画。このＤＡによると、大々的に建て替えるつもりだね。図書室も含めて古い部屋は全部壊して、ジムだの、スパだの、ピザ・レストラン風のカフェだのを作るって」鼻にしわを寄せる。

「不適切にもほどがあるよね。しかも客の収容人数を三倍にして、おまけにあの崖の上に豪華な別荘群まで建てようとしてるんだよ」

「ちょっと見せて」アリシアは書類を手に取った。よく見ると、別荘群の印がつけられた区域には覚えがあった。「ちょうどスノーウィーが住んでるところだわ」

「新オーナーがひとこと言えば、そうじゃなくなるけどね」とペリー。

「かわいそうなスノーウィーを追いだすってこと?」リネットの意識はグーグルの別の閲覧履歴のほうへとさまよっていた。

「きみたちは大事なことをすっかり忘れているよ、諸君!」とペリー。「このDAは却下されるかもしれない。〈LLE〉は大々的にやりたかったけど、遺産評議会と環境保護論者たちがそれを許さないのかもしれない。そこで彼らは〝偶然〟この建物を全焼させる必要に迫られた。そうすれば一から建て直せる」

「あたしたちがなかにいるのに?」ミッシーがぞっとした声をあげる。

「それに彼らもね、ペリーの作り話を真に受けるなら」とリネット。「だってその謎のオーナーはまだわたしたちのなかにいるんだから、でしょ?」

「作り話じゃないよ、リニー。ひとつの仮説、そしてその彼だか彼女だかは、ぼくらが間一髪で救出されると踏んだのかもしれない」

「それじゃいくらなんでもリスクが大きすぎる」アリシアは言った。「それに一九七〇年にはそう簡単に燃えなかった、そうでしょ?」

「となると一周してブレイクに逆もどりか。ロニーは大金持ちかもしれないけど、ほかのみんなと一緒に列車に乗ってきた。自家用車で現われたのはブレイクだけで、そのあと都合よく姿を消した――火災が発生する前に! だったら、ぼくはやっぱり彼にお金を賭けるね。彼が新しい開発業者なんだと思う。それか、いちばんありそうなのはその会社の人間てこと。だからこういう資料を全部持ってる——いわゆる適正評価手続き《デューデリジェンス》をしてたんだろうね。ヴェイルとフラナリーはおそらくブレイクの正体を見抜いた。当然だよね。どこかの時点でふたりは新チームと顔を合わせたはずだから。それでブレイクはふたりを消すしかなくなって、通報されないように電話線も切った。そのあとここを出て、火をつけた。ぼくらはその巻き添えを食っただけ」そこであごひげをなでた。「だれか電話線を調べてみた？　切断されてたかどうか」

「やってみたんだけど」とミッシー。「どこを調べたらいいのかわかんなくて。それにしても、ペリー、開発会社が？　そこまで凶悪なことするかしら」

「するよ！」ペリーは答えた。目を覚ませと言わんばかりの顔で。「この国の最大手の開発業者にはマフィアが経営してるところもあるんだよ。自社の開発計画を押し通すためならなんだってやるさ」

　ミッシーが顔をしかめている横で、リネットの脳みそは牛肉に劣らずぐつぐつ煮えたっていたが、口にするのはこらえた。いかれたプロットはこれまでも耳にしてきたが、ペリーの最新作はなかでも群を抜いている。

　アリシアも同じことを考えていた。「いまいましいインターネットが使えたらねえ。ブレイク・モローを調べて、〈ＬＬＥ〉と関係があるのかどうかたしかめられるのに。それにしても……」

　ふたたび電話を確認する。充電は三分の二。これだけあればいける。アリシアはコードを引き抜いて妹に顔を向けた。「言いたいことはわかってる、みんなで防災プランのほうに集中して、殺人事件の調査なんかやめろって——」

「そんなこと言ってないよ、アリシア。全部が関連してるのならなおさら。今度はあたしも仲間に入れてほしいだけ。嘘はもうやめて、頼むから。あたしは顔しか取り柄のない人間じゃないんだから！」

「もちろんそうよ」思わずひるんでペリーと顔を見合わせた。

「これはまじめに言ってるの、みんな！　あたしにも頭脳はあるし、おいしい料理以外にも貢献できることはちゃんとある！」

「同感よ、ほんとにそう思う」アリシアは言った。「だからこそ、もう一度あの崖まで一緒に来てほしいの。〈ＬＬＥ〉をグーグル検索すれば数分で答えが出る。まあ、あの過酷な山歩きも含めたら二十分だけど」

　その山歩きのせいでアリシアの体力はだんだんすり減ってきていた、ウォーキングブーツと同様に。

「そっちはきみたち頭脳派に任せるとして」ペリーがリネットに向かってウィンクしながら言った。「こっちはちょっとしたアナログな調査をしてみるよ。ロニーからうまいこと答えを引きだせないかどうか。ロニーの夫の会社の名前がわかれば、容疑者リストから彼女を確実にはずせる。はっきり言って、この山荘なんてウェステラ家にとっちゃ小銭みたいなものだしね。そしてクレア、きみにはサイモンを担当してもらわなくちゃならない」

「無理だってば」クレアは泣き言を言った。

「往生際が悪いよ、ハニー。彼はあきらかにきみに気がある。不審に思われずに質問できる人間はきみしかいないんだから」

「あたしは?」ドアのところからミッシーが言った。「あたしもなにかしたい! なにをしたらいい?」

「あなたはアリシアと一緒に行って」リネットが生の生姜に手を伸ばしながら言った。「あたしはほかにやることがある」

ミッシーの顔が笑みで輝くと同時にアリシアの顔はしぼんだ。これで妹とふたりだけで話せると期待して、唐突に——不可解にも——姉妹のあいだにできてしまった溝を埋められると思ったのに。

リネットは姉の失望を察した。「ごめん、姉さん、でもみんながすっかり忘れてるメンバーがもうひとりいるよ——フローレンス・アンダーウッド。あたし、できれば彼女とじっくり話してみたいんだ」

その言葉にみんな意表をつかれたが、たしかにリネットの言うとおりだ。フローの名前はここまでほとんど口にされなかった。クレアがすぐさまその考えを却下しようとした。

「フローが開発会社で働いてるとか、人を殺してまわってるとか、そんなこと考えられる?わたしは無理よ」

「待って待って、リネットが正解かも」ミッシーが両手を打ち鳴らしながら言う。「アガサ・

クリスティのミステリだと、犯人は決まっていちばんそれらしくない人物なのよ！　フローの可能性だってあるわ！」

「あのご婦人がこそこそうろつきまわるように見えるかい、ミッシー」とペリーがあきれたように言った。「何回言ったらわかるのかなあ。きみはアガサ・クリスティの本のなかで生きてるんじゃない」

ミッシーは肩をすくめた。そう言われるのにもすっかり慣れっこだった。いっそこれを墓碑《ぼひ》銘《めい》にすべきかも。「だとしても」とふくれっ面で返した。「フローだってあの編み物の下になにか隠してないとは言い切れないわ」

「そう、たしかにフローはなにか隠してる」リネットがやかんに手を伸ばしながら言った。「彼女のためにおいしいお茶を作っていって、なにがなんでも真実を引きだしてくるつもり」

スノーウィーは悲鳴をあげるやかんをコンロからはずし、カウンターに置いた。だがお茶はいれなかった。その気力もない。ぼんやりと立ちつくし、自分で設置した台所を、自分で創りあげた住まいを、自分があとに残してきた混乱を、苦々しい思いで見つめた。

視線がベッド脇の飾り棚とそこに置かれた品々に、その横にあるリディアの写真に向けられた。愛らしく活気にあふれたリディア。その活気をいつも持て余していた。そのことにもっと早く気づいてさえいれば、あんなことにはならなかっただろう。あるいはなにもかも避けられたかもしれない。

ベッドに腰をおろすと、身体が震えるのがわかった。自分にその勇気があるのか？　おそらくそれは正しい質問ではない。問うべきは、なぜもっと早くにやらなかったのかということだ。写真立てに手を伸ばし、リディアに力なく微笑みかける。

「すまない、愛しいおまえ」とささやいた。「残る死はあとひとつ、それでなにもかも終わるはずだ」

サイモンのやることリストに残された仕事はあとひとつ。とうにやっておくべき仕事だった。あの一団が厨房にいるのはわかっていた——彼らがしようとしていることも考えていることも、サイモンにはわかっている。彼らを責めるつもりは毛頭ない。

彼らは古い仲間同士なのだ。フローとロニーもそうだ。自分は部外者。少なくともここに残っている最後の部外者。彼らは最初のうちこそブレイクに責めを負わせようとしていたが、その視線はすでにこちらへ移りつつある、それはたしかだ。

ともかくいま自分がなにをすべきかはわかっている。サイモンはフロントデスクを調べて、引きだしをかきまわし、それから外に出ると、決意に駆られて前へと突き進んだ。

「あなたはもう長くない、そうなんでしょう？」リネットは厨房の勝手口から裏庭に向かい、ジンジャーティーのカップを胸に抱いて言った。

フローはハーブガーデンの端にある壊れた天使像なみに硬直し、一瞬、立ち入りすぎたかとリネットは不安に怯えた。

フローは気を悪くしたの？　怒ってる？　侵害されたと？

「ごめんなさい」リネットは急いで言い添えた。「干渉するつもりはないの」

老婦人はリネットに背を向けて小さな苗木に水をやっているところで、ロニーは少し離れた大きなイチジクの木の下にすわっている。距離があるので聞かれることはないと考え、リネットはその言葉を発したのだった。気軽に口にできる言葉ではなく、こんなふうになるのではないかと恐れてはいた。でもフローが振り返ったとき、その顔に怒りはなく、あるのはただ悲しみと疲れだった。

フローが深々とため息をつき、そのうるんだ目や冴えない表情、外は暖かいのに身体が小刻みに震えている様子から、リネットは答えを読み取った。この女性の具合が悪いことは医者でなくともわかる。緩和ケアつき介護施設のウェブサイトを見つける前から、リネットはフローに疑念を抱くようになっていた。この老婦人は始終思い出話を語り、夜はなかなか眠れず、吐き気を抑える効果のあるジンジャーティーをほしがる、その事実のすべてがあることを示唆《しさ》してはいたが、そのうえリネットの料理にほとんど手をつけなかったとなると？　そう、それが誇り高い料理人には十分な決め手となった。

フローが片手を伸ばしてリネットの手を借り、ふたりは一緒に近くのベンチまで行って腰をおろした。

「あなたみたいに賢すぎるのも考えものね、お嬢さん」ようやくフローが口を開いた。「ミステリ好きがそろってるクラブにはいると、こういうことになるんでしょうね」

「そんなに悪いの？」

「医者は運がよければ年を越せるだろうって」

「ほんとに残念だわ」リネットの言葉をフローがさえぎった。

「なにが？　多くの人たちとちがって、わたしは充分に長くていい人生を送ってきた。文句は言えないわ」そう言って顔を曇らせた。本当は文句のひとつも言いたいみたいに。

「どうして話してくれなかったの？」リネットは訊いた。「どうして秘密にしたの？」

フローは鋭く見返した。「話していたらクラブに入れてくれた？　ほんの数回しか参加できずにくたばってしまう意地悪ばあさんを。あなたたちは別のメンバーのことでもうすでに嘆いていたわ、みんなの信頼を裏切った人のことで」

「あの人は詐欺師《さぎし》だった！　あたしたちをさんざん利用したの」

「ええ、そうね、でもそれならわたしだって詐欺師みたいなものよ、そうじゃない？　わたしね、最後の冒険をしてみたかったの、それだけ」フローは目をそらし、ぼんやりと遠くを見つめた。「家族には先月のうちにもうお別れを言ってきたわ。一族みんなでダボにあるわたしの姉の家に集まってね。姉の夫は小麦農家なの。ちゃんとした人よ。またあの土地にもどれて本当によかった。みんなで素敵な時間を過ごしたわ、大好きな料理を一緒に食べたり、あれこれ楽しい話をしたり……」

そこで喉を詰まらせ、咳払いをした。

「いつから施設にはいるの?」リネットは訊いたが、フローはぼんやりとこちらを見ている。

「〈シェイディ・ヌーク〉に」

フローは手をひと振りした。「このこと、ほかの人たちにも話さないといけない? わたしたちだけの小さな秘密にしてはだめ?」

リネットはフローのグローブをはめた手に自分の手を重ねた。「だれもあなたをクラブから追いだしたりしないから、フロー、そんなこと心配しないで。これで納得のいくこともいくつかあるだろうし」

フローの食欲不振のことを言っているのではなかった。

「なるほどね」フローはうなずいた。「あなたたちがみんなしてお節介なミス・マープルみたいに走りまわってるのは気づいてたわ。なにが問題なの、リネット? なにを心配しているの?」

「遺体がふたつあることと、大規模火災のほかに?」きつい言い方をすると、フローは微笑んだ。

「ごめんなさい、ええ、たしかにそのとおりだわ。たぶんあなたもわたしくらいの晩年になれば、そんなことたいした問題じゃなくなると思う」

「あたしたちにはたいした問題なの」リネットは遠くの森に目をこらした。

火事は反対側なので山荘に隠れて見えず、煙が無害な霧のようにうっすら立ちこめていなければ、この場所に危険が迫っているとはとても思えないだろう。だからフローとロニーはここで長い時間を過ごしているのだ、そう思ってリネットはロニーのほうを見やった。

視線に気づいたロニーは立ちあがって手を振り、建物のなかへもどっていった。リネットも手を振り返しながら、ロニーは親友がもう長くないことを知っているのだろうかと考えた。

「あなたの病気のことはお気の毒だと心から思う。ただあたしには生きてやるべきことがまだいろいろあるの。ミシュランの星のついた素敵なレストランで料理をしたい、何年も働いてきたしょぼいレストランじゃなくて。それにいつかは結婚して子供もほしいし——」

「それならもっとましな相手を選ばないとね」フローの叱るような口調に、リネットは驚いて見返した。

「あなたまでそんな、フロー！」ブレイクが好きな人はだれもいないの？

「厄介者よ、あの人は」

「今回のこと、全部彼がやったと思ってるのね」

「いいえ、まさか。そんなに興奮しないで！　ただ彼は心に闇を抱えている、性根が曲がっていると言ってるだけ。信用できない、ということね。蛇みたいな人」リネットの手をぎゅっと握った。驚くほど強い力で。「あなたならもっといい人が見つかるはずよ、リネット。あんな男にはもったいない。彼みたいな人で手を打たないで。粋《いき》な車とふわふわの前髪にだまされちゃだめ」

リネットは笑った。「〝粋な車とふわふわの前髪〟。テレビのリアリティ番組のタイトルにしたらすごく受けそう」

フローはなんのことかさっぱりわからないという顔でリネットを見返した。「それから、あなたの言うしょぼいレストランで時間を無駄にするのももうやめたほうがいいわ。さっさと夢をつかみ取りなさい、リネット、いまのうちにその両手でね。うかうかしてたら、夢なんてあっさり根こそぎ奪い取られてしまうのよ！」

「わかった、そうする、約束する！」リネットは答えた。「これを乗り切ったら——これを乗り切ったらすぐに——心機一転してがんばる。どのみちそのことはもう考えてたし。マリオに辞表を出すわ。あなたの言うとおり、あたしももう小娘じゃない、そろそろ大人にならないとね」

「その意気よ、リネット」フローが言い、ふたりはそろってため息をつきながら、ぼんやりとかすんだ景色を眺めた。ひとりは未来に、ひとりはひたすら過去に、それぞれ思いをはせながら。

クレアには、もう一度サイモンと向き合う勇気はなかった。小心者なので、こわばった笑みで狙いが顔に出てしまうのはわかっていた。クレアの態度がひどくよそよそしくなったのを彼は見ている。向こうもばかではない。いきなり屈託のないクレアにもどったりしたら、下心があることを遠くからでも嗅ぎつけるだろう。

そこでクレアは、サイモンが熊手となにかの缶——あれはペンキのスプレー？——を手に山荘の裏手ではしごを登っていくのを見届けて、それから大急ぎでフロントデスクへ行き、客室の合鍵《スケルトン・キー》としか思えない鍵をつかんだ。先ほどゲストブックでサイモンの名前を確認したときデスクの下に掛かっているのを見つけたのだ。鍵の表側に骸骨《スケルトン》の絵がついているので、探偵でなくともすぐに見分けはつく。

頭上の雨どいから聞こえる熊手の音に耳をすましながら、クレアは廊下を確認して、サイモンの部屋へと急いだ。合鍵を使いながら、もう一度まわりをうかがって、するりとなかにはいる。

ドアにもたれたまま、気を落ち着けるために何度か深呼吸をした。罪悪感と恐怖心が同等に押し寄せてくる。それから、室内の光景に驚いて目をぱちくりさせ、思わず笑みがこぼれた。ブレイクの部屋とはちがい、こちらはあまりにも整然としていて、眠ったあとすらないように見える。まるでクレア自身の部屋の鏡像のようだ。荷物棚に置かれた空のスーツケースが目につき、衣類が全部きちんと戸棚に収納されているのがわかった。浴室もぴかぴかで、グラスに立てた歯ブラシが、かろうじてここが使われたことを示している。バルコニーに出るガラスドアの向こうに、ウォーキングブーツと靴下が干してあり――これこそ正しい置き場所だ――椅子の背にきちんと掛けてあるタオルはけさ使ったものにちがいない。

なかに足を踏み入れて、小ぶりの机を調べたが、上にはなにもなく、引き出しのなかにも古い聖書と山荘のガイドブックとライルトンの観光地のパンフレット以外なにもない。ベッドに目を移し、反対側のベッド脇のテーブルにいくつかものがあったのでそちらにまわると、ゴールドの〈ロレックス〉の腕時計と、ジョー・ネスボの最新作らしき本で、本には小さな栞《しおり》がはさんである。本に手を伸ばしかけたとき、ランプの後ろにあるそれが見えた――黒革の財布で表に〈ルイ・ヴィトン〉のロゴがついている。

金塊に飛びつくみたいにクレアは財布に飛びつき、開けようとしてはっと手をとめ、財布を胸に押しあてて、一瞬目をつぶった。覚悟ができているか自信がない。サイモンの裏切りの決定的証拠が本当にほしいのかどうか。彼のことが大好きだった。善良な人だと確信していた。

突然、部屋のドアが開く音がして、クレアは目をむいた。

サイモンが口笛で陽気な曲を奏でながらはいってきた。クレアがいるのに気づいて微笑みかけた瞬間、現実に立ち返ったにちがいない――自分の部屋にクレアがいて、自分の財布を抱えて、自分の領域に侵入していると。サイモンは立ちどまり、ひとことも言わずに振り向くと、ドアをしっかりと閉めた。

それから取っ手を何度か揺すって施錠されているのを確認し、クレアに向き直った。その口元はもう笑っていなかった。


「なにを見てるの、ペリー?」ロニーが背後からのぞきこみながら声をかけてきた。

彼女を誘いこんだことにペリーは内心にんまりした。してやったり。

「ああ、消防道の地図をさがしてたら、偶然ちょっとしたものを見つけてね」と答えた。「ライル家の本、彼らがどうやってこの山を開拓したかっていうお話」

「あら、ほんと?」ロニーは長椅子にすわっているペリーの隣に腰をおろした。「あの素敵なダンスパーティーの写真はある？」

ペリーはページをめくった。「写真も何枚かあるね、たしかに」でも話したいのはダンスパーティーのことではない。「この山荘の歴史の数々、建設に要した長い歳月、そこにこめられた血と汗と涙」効果を狙って間をおく。「ねえ、ロニー、この古いあばら家の歴史的遺産価値は相当なものだね」

「ええ、そうだと思うわ」とロニーも言った。

「これが全部取り壊されるなんて残念だなあ」本から目を離さずにペリーは話を続けた。

「ええ、本当にね」とロニー。まだ食いついてこない。

ロニーが新オーナーなら、それを明かすチャンスのはずだ。

「万一わたしがこの山荘を手に入れるようなことがあれば」とロニーは続けた。「もちろんペンキはきれいに塗り直すけれど、この雰囲気は壊したくないわね。この雰囲気があればこその山荘だもの」

そこでペリーはロニーに顔を向けた。「本気でそう思う？　この古めかしい建物にそこまで愛着があるの？」

「そうねえ、愛着とまでは言わないわ。でもここが現代的になるのは見たくないわね。あなたもそう思うでしょう？」

ペリーはにっこり笑ってうなずいた。「そうだね、ロニー、ぼくもそう思うよ」そこで図書室をざっと見まわした。「ふしぎだよね。最初はなにもかもがすごく時代遅れだと思った、まるでアガサ・クリスティの世界だって。なのにここで過ごす時間が長くなって、火が近づいてくるにつれ、これが完全に破壊されてしまったらそれこそ悲劇だと思うようになったんだ。ときとして過去は保存する価値がある、たとえ煤けてほこりまみれだとしてもね」

その意見はロニーを驚かせた。ペリー自身も驚いていた。古生物学者として働くときは、保存を常に仕事の最終目的としてきたが、それと同じ礼儀をさほど遠くない過去にまで広げて考えたことは一度もなかった。百万年前より古いものでなければ保存する価値はないとばかりに。

しかしこの山荘は保存する価値がある、それがいまペリーにもわかった。古びた内装や、堅苦しい家族の肖像写真や、さらに堅苦しい壁に固定された動物たちでさえ、かつて人間たちがなにをなしえたか、そして彼らがどれほど急激に変わってしまったかを人々に思いださせてくれるのだ。なかには好ましい変化もある。でもすべてではない、そのこともペリーにはわかった。

「ぼくはいやだな、この建物が取り壊されるのも、クロームとガラスとプラスティックに変わってしまうのも」ペリーは言った。「ピザ用オーブンを入れるなんて言語道断だね！」

ロニーがけらけら笑った。「あらあら、話が元にもどったわね」

ペリーはあらためてにっこり笑った。持ってまわった言い方はもうやめにしよう。「ひとつ訊いてもいいかな、ロニー。〈リビング・ラージ・エンタープライズ〉っていう会社のことでなにか知ってる？　あなたの家族の会社とはなんの関係もないよね？」

「ええ、ないわ。そんな会社、聞いたこともない。どうして？」

「最近この山荘を買い取った会社で、原形をとどめないほど派手に改築しようとしてるんだ」

「そう、なんとか考え直してほしいわね。さっきも言ったように、極端に変わってしまうのは残念だわ」そう言ってあたりを見まわした。「夫が亡くなってから、不動産の購入にはあまり興味がなくて、むしろ人助けのほうに興味があるのよ」

「それでうちの博物館に寄付をしてるんだね」

ロニーは苦笑した。「あなたはぴんときたんじゃないかと思っていたわ。自分から言うつもりはなかったの」

「どうして秘密にするのかな。経歴や財産のことをなんで隠すの?」

ロニーは気分を害したような顔で居住まいを正した。「わたしは別になにも隠してませんよ、お若い方。でもそれがどう関係するのかわからないわ。むしろお金の話をするなんて悪趣味だと思っているの。無作法ですよ、はっきり言って」

そのとおりだった。ロニーは経歴を秘密にしていたわけではない。いまのはたしかに上品な会話とは言えなかった。

「どうしてそんなこと訊くの、ペリー?」少し肩の力を抜いてロニーは訊いた。

「いや、特に理由はないけど」ページをぱらぱらめくりながらペリーは答えた。「あなたの写真はないみたいだね、そっちのほうが残念だ」

「ああ、それならよかったわ!」ロニーがすかさず言う。「わたしの記憶がたしかなら、あの週末はちょっとはめをはずしてしまったから。シャンパンを少しばかり飲みすぎたせいね、きっと。じつはね、絶対に一緒にはなれない青年と過ちを犯してしまったの。でも、このちょっとしたネタはここだけの話にしておきましょうね！」

ロニーはくすくす笑ったが、ペリーの耳にはほとんど強制のように聞こえた。ページをめくってさらに見ていくと、どことなく見覚えのあるような写真が出てきた。もじゃもじゃの白い髪に黒いタキシード姿の男性と、その隣にはセクシーなドレス姿の目をみはるようなブロンド美人。

「これが創業者の息子？　ジャック・ライル？」

「ええ、そうよ」ロニーがため息をつきながら答えた。「この山荘の相続人で、リディアの我慢強いご主人。白い髪がとっても素敵でしょう？　それでみんなから〝スノーウィー〟って呼ばれていたのよ」


アリシアとミッシーが空き地に足を踏み入れたとき、森は不気味に静まり返っていた。もう夕暮れどきで、小屋の周辺にスノーウィーの気配はなかった。なかで休んでいるのだろうとアリシアは思ったが、それ以上深くは考えなかった。ここへ来たのはグーグル検索のためで、すぐにもとりかかりたかった。

携帯電話を取りだすと、着信音が鳴りだして、見るとジャクソンからだった。

アリシアは応答する前にミッシーに伝えた。「ブレイクと〈LLE〉の調査をはじめてくれる？　なにか出てこないか」

ミッシーはうなずいて砂まみれの石に腰をおろし、アリシアはジャクソンからの電話に出た。

「全員まだ生きてて消息はわかってるか？」その声は緊張しているように聞こえた。

「みんな無事よ」アリシアは答えた。「とにかくここから出たいだけ」

「わかるよ。でもその話の前に、きみが言ってたブレイクってやつの背景を調べてみたら――」

「彼、ライターだって！」ミッシーの叫び声がこちらの会話に割りこんできた。

アリシアは指を一本立てた。「ごめんね、ジャクソン、いまなんて言ったの？」

「そいつはジャーナリストだ、アリシア。ろくでもないタブロイド紙の記者」

アリシアの口があんぐり開いた。彼の机の上にあった調査資料を見たとき最初に思ったのがそれじゃなかった？　あのとき自分の本能にちゃんと耳を傾けてさえいたら。

「なるほどね、それなら納得できる。ここへ来たのは記事のための調査、でしょ？」

「そうだ。『デイリー・テレグラフ』紙の彼の上司、グライソン・デイルに電話した。上司の話では、ブレイクはなにやら過去の忌《い》まわしい謎を調べていたらしいよ、衝撃的なネタと本人は言ってた。だがなにしろ相手はタブロイド紙だ、どこまで信用していいのか。どうもブレイクはだれかの暴露記事を書こうとしてたらしいんだ。相手は大物で、昔の火事と関係があるとか」

「一九七〇年の〝大火〟ね」すでに数歩先にいたアリシアは教えた。

「そうそう、ちょうど五十年の節目ってことで記事を書く予定で、その火事にまつわるスキャンダルがあるらしい。ブレイクは新しい観点から調査を進めていて、姿を消した。ここが肝心なんだ、アリシア。彼は会社にもどっていない。連絡もない。音信不通」

「嘘、そんな」アリシアは息をのんだ。「つまり火災に巻きこまれたってこと?」

「それはなんとも。ベンソンのチームが炎上した車までようやくたどりついて、ブレイクのベンツだと確認がとれたが、人が乗ってる形跡はまったくなかった。脱出したんだろう。だからって火から無事に逃れたとは言い切れないが。必死に逃げようとしてどこかで巻きこまれたのかもしれない」

あるいは車を乗り捨ててこっそり引き返したのかも、とアリシアは考え、即座に打ち消した。タブロイド紙の記者はジャーナリストの風上にもおけないが、いい記事を書くために人を殺したりはしないだろう。それが衝撃的な記事ならなおのこと。

いや、やはり彼は火災の旋風に巻きこまれたのだ、そう思うと身が震えた。彼がさんざん嘘をついてきたことを思い、それは死に値するほどのことだろうかと考えた。なにが起こったにせよ、ペリーはひとつ正しかった。ブレイク・モローはブッククラブに潜入し、自分たちを隠れ蓑《みの》として利用していたのだ。それは情報収集のための倫理にかなった手法とは言えないが、より手軽で安直なやり方ではある。

ブレイクはなにを見つけたのだろう、とアリシアは考えた。〝大火〟にまつわる忌まわしい謎とは? そしてその謎は、もしあるとすればだが、いま起きている火災や山荘の二件の殺人とどう関係するのだろう。つながりはあるはずだ、絶対に。

それとも、すべては大がかりな目くらまし《レッド・ヘリング》?

そんなことを考えながら、アリシアの視線はふと下へさまよい、そこで初日の午後に落石があったことを思いだした。いまのいままで完全に忘れていた！

狙われたのは、自分でもフローでもなく、ブレイクだった？　ひょっとしたらペリーの言うとおり、ヴェイルとフラナリー夫人は、ブレイクが最初に現われたときに彼の顔か名前に見覚えがあったのかもしれない。ひょっとしたらブレイクはあのふたりからしつこく話を訊きだそうとしたことがあったのかもしれない。

リネットはあの晩だれかが『デイリー・テレグラフ』のニュースサイトを閲覧したと言っていた。それはヴェイルで、疑念をたしかめようとしたのでは？　記者を脅して追い払うためにヴェイルが石を落とし、フローと自分はその巻き添えを食ったのでは？　あの件はまだだれもきちんと説明できていない。

「アリシア、聞いてるか？」

「ごめん、聞いてる、ちょっと考え事をしてたの」

「頼むよ、集中してくれ、いまから言うことはしっかり聞いてもらわないと」

アリシアはミッシーの視線をとらえながらうめき声をあげた。

ジャクソンが言った。「とにかくいまみんなでできることは最大限にやってるんだが、そこの地形が恐ろしく厄介なんだ。森の木は密生してるし、消防道はほぼ使えない状態だし。ちゃんと整備してなかったことで何人か首が飛ぶだろうが、それはいまどうでもいい。問題は、日が暮れる前にたどりつけそうもないってことで、その日暮れはもうまもなくだ」

「そうね」アリシアの気分はどっと落ちこんだ。

楽観はしないようにしていたアリシアだが、本音を言えばジャクソンからの朗報をひそかに期待していたのだ。あと一キロで到着するから消防車の音が聞こえるはずだと言ってくれることを、そして彼が突入してきてドラマティックに救出してくれることを。

それなのに……

もうひと晩ここで過ごすはめになろうとは。殺人犯はこのなかにいるんじゃないか、襲いかかるチャンスを待っているんじゃないかと気をもみながら。

またしてもアリシアの心を読んだように、ジャクソンが言った。「今夜はブッククラブの仲間と一緒にいるんだ、いいね？　新入りメンバーのことを言ってるんじゃないぞ。リネットとペリーとミッシーとクレアってことだ。全員が目の届く範囲にいること、山荘に火がつかないかぎりはそこを離れないこと」

「そんなつもりはないわ」と言ってから、いままさにそれをしていることに気づいた。こうして森のなかにひとりでいる。もちろんミッシーとスノーウィー老人はいるが。

とっさに小屋のほうへ目を向けたが、まだ姿はどこにも見えない。

「全員がいま全力でそこに向かってる」とジャクソンは繰り返した。「だが風にあおられた火の勢いがすごいから、危険を冒して犠牲者が出るようなことは避けたいんだ」

前回がそうだった、とアリシアは思った。一九七〇年は。

ジャクソンが話を続けた。「これは単純な民家の火事とはちがう、アリシア。これは森林火災で、こういう場合いちばん危険なのは開けた場所だそうだ。焼け死ぬ前に猛烈な熱気だけで命を落とすこともある」アリシアがはっと息をのむ音を聞いて急いで言った。「ごめん、でも隠し事はするなと言われたから。この情報がきみの命を救うかもしれないし」

「そうね、そうね、感謝してる」たぶん。


電話を切ったアリシアは激しい動揺を抑えきれず、その理由は火災だけではなかった。こうしてまた一日が終わってしまい、なのに犯人発見には一歩も近づいていない。理屈のうえではブレイクが理想的な容疑者だ。信用できないし、狡猾《こうかつ》だし、なにより行方が知れない。ただアリシアには単に仕事熱心な記者にすぎないとも思えた。

犯人はまだメンバーのなかにいるような気がしてならない。

ふたりで山荘へ引き返し、スノーウィーはそのまま休ませておくことにミッシーもしぶしぶ同意した。「ブレイクは〝犯罪ノンフィクション記者〟って自称してたのよ」ミッシーが言った。「でも書いてる記事はB級スターのくだらないスキャンダルばっかり。調べたかぎりじゃ重要な記事なんてひとつもなかった。最近のやつなんて、どこかのリアリティ番組のスターのエロビデオのスキャンダルよ。こう言っちゃなんだけど、ちょっと悪趣味よね、他人の評判を貶める仕事なんて。まるでそれがゲームで、自分はプレイヤーって感じ」

もしくはハンターか、とアリシアは思った。しかも臆病な。彼は離れた場所からインクを使って人々を抹殺するのだ、ジャーナリズムの名を借りて。

「でもね、わかったのはそれだけじゃないのよ」ミッシーがまた笑顔になって携帯電話を取りだした。「これを見て、仔猫ちゃん。〈LLE〉のトップの写真」

画面をちらっと見たあと、アリシアはミッシーの手から携帯電話を奪い取り、まじまじと見た。

「ああ、そんな」とアリシアは言い、ミッシーはくすくす笑った。

「わかるわ！　クレアがどんなにがっかりすることか！」

16

「クレアがいなくなった！」〈悔恨の小道〉から山荘へもどってくるアリシアとミッシーの姿をとらえるなり、リネットが叫んだ。

ふたりとも暑さで顔がほてり、アリシアはこの日すでにマラソンを走ったような気分だったが、その言葉で一気にアドレナリンが噴きだし、ペースをあげて急いでリネットのそばへ駆けつけた。

「どういうこと？」と言って、リネットを追って山荘から出てきたペリーに目を向けた。

「いまもういっぺんクレアの部屋に行ってきたよ」ペリーも息を切らしている。「部屋にはいない。どこにもいないんだ。でも最悪なのはそのことじゃない」リネットを小突く。「最悪の部分はきみから言って」

「なんであたしが！　言いだしっぺはあなたでしょ、彼女にサイモンを探らせようって」

「サイモン？」アリシアは言った。「なにがどうなってるの、ふたりとも」

ペリーがごくりと唾をのむ。「サイモンもさがしたけど見つからないんだ。彼もいなくなった」

「そして六人になった」とミッシー。だがその顔には笑みのかけらもなかった。

フローは自分の部屋の小さなバルコニーにすわって、館内の騒動をいっさい遮断しようとしていた。ロニーから逃げるだけでもひと苦労だった。幸い友人は散歩に出かけたので、しばらくはもどってこないだろう。彼女はフローに張りつこうと決めたらしい。突然倒れるのではないかと心配しているみたいに。あるいはもっと悪い事態を。

そうはいかない、まだやることが残っている。

それでも、あの騒ぎのなかで集中するのはむずかしかった。最初はペリーが飛びこんできた——クレアを見なかった？　次にリネットが同じことを訊きにきて、そのあとまたペリーが来て、今度はサイモンのことであれやこれや訊かれた。たまりかねたフローはドアに鍵をかけて引きこもり、彼らを締めだすことにした。

あの若者たちときたら本当にいつも走りまわっている。疑り深い人たちで、頭のなかは四方八方に取り散らかり、まるで素人ポワロよろしくふるまっている。人生なんて結局はなんとかなるものだ、それを彼らが知ってくれてさえいたら。若くてきれいならたいていはなんとかなる。まあ、絶対とは言い切れないけど……

人生はいまフローを急き立てにかかり、死がドアをやかましく叩いている。フローはリネットのことを思って微笑んだ。たしかにあの子は若くてきれいだ。と同時に愚かでもある、さっき言ったように。道を誤ってしまう前に、自分の人生をきちんと考えてくれればいいのだけれど。取り返しのつかない事態を招いてしまう前に。

それにしてもリネットのなんと賢いこと、この隠し事を見抜くとは！　ロニーさえも出し抜いて。病状の悪化や吐き気や食欲不振を隠し通してきた自分も賢いとフローは自負していた。体力はまだ意外なほど残っているが、そう長くは持たないだろう。すでに主治医からも告げられていた。まず運動機能が衰え、次に脳がやられる。いちばん恐れているのがそこで、だからこそ急がねばならない。よく孫たちから〝早くして〟と言われるように。

〝早くして、おばあちゃん！　日が暮れちゃうよ！〟

彼ら若い人たちはいつも急いでいる、そうじゃない？　いつだって恐ろしいほどにあわてている。もっとも、自分のまちがいはそこにあったのかもしれない。たぶんこれはもっと早くにやるべきだったのだろう。

フローは〈ライルズ山荘〉の名入りの便箋を取って手紙を書きはじめた。みんなに宛てた素敵なお別れの手紙を……

ブッククラブの初期メンバーはまたしても施錠された部屋になだれこんだ。今度はクレアの部屋で、そこは予想どおり、すべてのものがあるべき場所におさまっていた。もちろん当のクレアを除いて。

「彼女がいそうな場所ってどこ？」ミッシーが言って、ぴしっと整えられたベッドを乱さないよう端っこに腰をおろす。

「論理的に考えてみましょう」アリシアは言った。疲れ果てて机の前の椅子にへたりこんでいた。「クレアを最後に見たのはだれ？」

「ぼくらみんなだね」とペリー。「ほら、さっきはそれぞれ別の方向に散ったよね？　きみたちは遊歩道に向かって、リネットはフローと話をしにいって、ぼくは図書室にもどってロニーにいくつか質問した」

「ロニーはなんて言ってた？」ミッシーの質問に、アリシアは片手をあげた。

「調査結果を報告し合うのはあとでいいわ。とにかくまずはクレアの所在を突きとめたい。しかもサイモンまでいなくなったってどういうこと！」落ち着こうと息を吐きだした。「要するに、みんなばらばらになって、クレアはサイモンの正体を調べにいった」そこで目を見開く。「サイモンの部屋は調べたのね？」

　リネットとペリーがうなずく。「応答なし」

「だめか」

「さっき調べたことを話したほうがいいと思うんだけど」とミッシー。「それが鍵になるかも」

「それってブレイクのこと？」リネットが訊いた。「彼が〈ＬＬＥ〉で働いてるとか言わないでよ。お願いだからそれだけはやめて」

「ちがうの、ポッサム（オーストラリアに棲む樹上生息有袋類の総称）、ブレイクはメディアの仕事をしてるのよ。彼は新オーナーじゃなくて、リニー、ジャーナリスト」

　リネットの口があんぐりとあいた。

「考えてもみなかったな」とペリー。

「わたしは考えてた」アリシアは言った。「というか、そう言ったでしょ？　そのあとあなたがブレイクとドナル・マーフィーは関係があるとかなんとか言いだして話がどんどん脱線しちゃったのよ。結局ブレイクがここへ来たのは、〝大火〟から五十年の節目に記事を書くための取材が目的だったわけ。ときにはね、みなさん、怪しく見えて怪しいふるまいをしている人がやっぱり怪しいってことも……」そこで首を傾げる。「どっちにしても、この話は全然クレアを見つける役に立ってない！」

今度はリネットが片手をあげた。「悪いけどちょっと待って。あたしはもう少しこの瞬間を楽しませてもらってもいいと思うな」得意げな笑みを浮かべてペリーにぴしゃりと言う。「つまり最初からあたしの言ったとおりだったってこと？　ブレイクは頭のいかれた殺人者なんかじゃないって言ったよね、ちゃんと正当な目的があってここへ来てるんだって」

「正当かどうかはともかく」アリシアは反論した。「わたしたちを利用してここへ来て、あちこちつついて下品な記事を書こうとしてたのはたしかよ。ジャクソンが『デイリー・テレグラフ』紙の彼の上司と話をしたの。それによると、ブレイクはだれかの、もしくはなにかの暴露記事を書こうとしてたらしいわ、それ以上詳しいことはわからないけど。この件では危ない橋を渡ってて、なにか大きなことを暴こうとしてたの」

「衝撃的なことをね！」とミッシーが言い添える。

「最悪なのはそこじゃなくて」アリシアは続けた。「だれもブレイクからいまだになんの連絡も受けてないってこと」

「いまだに？」リネットの得意げな表情はもう消えていた。

アリシアはうなずいた。「あそこで炎上してたのは彼の車だったけど、本人の痕跡がどこにもないの。忽然と消えてしまった。クレアもね。だからこそ、まずは彼女を見つけることに集中しようとしてるわけ」

「でもちょっと待って」とリネット。「ブレイクが新オーナーじゃないとしたら、だれ？ ロニー？」まさかという顔でペリーを見ると、彼は首を横に振った。

「さっきふたりでじっくり話したけど、ぼくが思うに彼女はこの件とは無関係だね。〈LLE〉となんのつながりもないのはたしかだよ。財産のことを言わなかったのは、そういう話は無作法だからってことらしい。そういう世代なんだろうね」

「あたしだってお金の話をするのはいやだわ」とミッシー。

「それはきみがお金持ちじゃないからだよね、ハニー」残念そうな笑みを向けて言った。「ということで、残るはサイモンとフローか」

「フローはちがう」とリネット。「結局、死を話題にするのも無作法ってことなんだろうね」

そこでフローの余命のことを伝え、みんなをますます暗い気持ちにさせた。

「ああ、リニー」アリシアは頬杖をつきながら言った。「わたしなら絶対気づかなかった。よく気づいてくれたわね、リニー。ほんとにほんとにお気の毒だわ」

「なんでフローは言ってくれなかったの？」ミッシーが目に涙をためながら言う。「あたしには話してほしかった！」ティッシュに手を伸ばすのと同時に涙があふれだした。「あたしほんとに……フローが、大好きなのに！」

アリシアはミッシーを抱き寄せ、ペリーはミッシーの腕をさすった。

「正直に言ったら状況が変わっちゃうとフローは思ったんだね」リネットは言った。「クラブにいられなくなるのを心配してた。最後の冒険をしてみたかっただけだって」

「そう、いまそれをしてるのはたしかね」その言葉にみなしんみりとして黙りこみ、アリシアは椅子の背にもたれた。「聞いて、フローのことはすごく悲しいけど、わたしたちまた脱線してる。クレアを見つけなくちゃ。フローが〈ＬＬＥ〉とかかわってないとしたら、残るはサイモンでしょ」

ミッシーに顔を向けた。「だいじょうぶ？　あなたが見つけたものをみんなに見せてくれる？」

ミッシーはうなずいて涙をぬぐうと、携帯電話を取りだして画面をスワイプし、問題のページを表示した。それは〈ＬＬＥ〉のオフィシャルサイトのスクリーンショットで、経営陣の名簿も載っている。ミッシーは《最高経営責任者／オーナー》の文字を拡大した。スワイプして次の写真を出す。経営学士、サイモン・バリア氏の写真だった。高級スーツを着て短く整えたあごひげがあるが、浅黒い端整な顔は見まちがえようもない。

サイモン・クリートの顔だった。

みんなでどやどやと廊下をサイモンの部屋へ向かいながら、ペリーは内心でずっと自分を責めていた。

「サイモンの部屋はもう調べたと思ってたけど」ペリーの後ろについていきながらアリシアは言った。

「ノックしただけ。それもごく礼儀正しくね。今度は返事がなくても引きさがらないぞ！　サイモンは絶対なかにいる。ほかに行くところなんてないんだから。賭けてもいいよ、クレアはあいつにつかまって一緒に部屋のなかで身をすくめてるんだ」

目の前に浮かんだクレアのイメージにアリシアはひるんだ。サイモンのベッドに鎖でつながれ、汚れたスカーフでさるぐつわをかまされ、そこへあの詐欺師《さぎし》がきらりと光る注射器を手にぬっと現われて……。アリシアの足は速まった。

サイモンの部屋のドアまで来るとペリーが急ブレーキをかけてとまり、残る三人はつんのめって倒れそうになった。ペリーが深呼吸をひとつして、片手をあげるとドアをがんがん叩いた。今回はノックしながら声をあげた。

「開けろ！　そこにいるのはわかってるんだ、ミスター・バリア！」得意げな笑みを浮かべて三人を振り返る。「いますぐ開けないと、ドアをぶち破るよ！」そこでドアが硬い木なのを考慮して、こう言い直した。「というか少なくともバルコニーからはいる手もあるからね！」

全員で一分ほど待ってからペリーがもう一度ノックしようとしたとき、カチッという小さな音がしてドアが開き、なかからクレアが顔をのぞかせた。にこやかな笑みを浮かべて。

蛍光ブルーのジンはこの場にはあまりに華やかで、それをトニックウォーターで割ると赤みがかったピンクに変わるのでなおさらだった。それと同じ色合いがクレアとサイモンの頰にも広がっており、ふたりはいま水のようにその酒を飲んでいる。

そろそろ夕食の時間だったが、だれひとり食欲はなく、それはクレアも同様で、彼女がみんなをバーへ誘導し、心を落ち着かせるジントニックと説明の機会を求めたのだった。最前は、サイモンの部屋にいる現場を見つかって死ぬほど恥ずかしい思いをしたが、クレアの赤面ぶりはサイモンのそれに比べたらものの数ではなかった。クレアの震える手のなかに自分の財布があるのに気づくなり、サイモンはドアに鍵をかけて、ベッドにどさりとすわりこみ、がっくりうなだれてひたすら謝罪した。クレアの意図はすぐにわかったので、彼女を責めることはなかった。

「話すべきだった！　もちろんそうすべきだった」とサイモンは言った。「ただ、人が立て続けに亡くなったり山火事が広がったりしたことで状況が少しずつ狂いはじめた。でも、わたしはそのどちらにもいっさい関与していない。それは信じてくれていい！」

クレアとしては信じるしかなかった。事情をすっかり聞いたあとではなおのこと。そしていま、仲間にもその話を聞いてもらおうと決めた。できれば飲みながら。ペリーがどうせならその飲み物は〝最高級品〟にしようと言い張り、〈ペンフォールズ〉のグランジ・ハーミテージは彼のなかで永久に汚されてしまったので、〈ハスク・ディスティラーズ〉のインク・ジンに手を伸ばしたのだった。

「ここの連中がこの酒の分までぼくらに請求なんかしてきたら、訴えてやる」と言ってから、その連中がじつは自分たちのなかにいるのに気づいて、こう言い添えた。「飲んでもかまわないよね？　あんたの名前がなんだろうと」

「名前はサイモン・バリアで、ああ、飲んでかまわない」サイモンは答え、ボトルをペリーのほうへ押しやった。「よかったら一本空けてくれていい。じつはきみたち全員のこの週末の宿泊費を返金するようすでに手配してある。こんなことになって、本当に、心から申しわけなく思っている」

「ふんっ！」と言ってペリーは自分のトニックにジンを注ぎ足した。

「それと、最初にサイモンの部屋に来たときに返事をしなくてごめんなさい」とクレア。「まだ彼が事情を説明している途中だったし、わたしもその話をちゃんと理解する必要があったの」

「もしも彼が正直に話してるならね！」ペリーが嚙みついた。

「ペリー……」クレアが言いかけると、サイモンが彼女の腕に手を置いた。

「いいんだ、クレア、彼が腹を立てるのは当然だよ。きみたち全員が。わたしのためにきみがあやまる必要は少しもない。みんなの信頼を完全に裏切ったのはこのわたしなんだから」そこで廊下のほうに目をやった。「フローとロニーが来るのを待ってからこの話をしたほうがよくはないだろうか」

「いいえ、ミスター・シークレット」とリネット。「この二日間あたしはずっとブレイクを擁護してきた、嘘をついてたのはあなただったのに。あなたの言い分を聞かせてもらおうじゃないの」

「でもね、リニー」ミッシーが鼻にしわを寄せて口をはさむ。「それを言うなら、ブレイクだって嘘をついてたわ。記者だなんてあたしたちのだれにも言わなかった。あなたには〝ビジネスマン〟って言ったのよね、アリシア？」アリシアに目を向けたが、リネットの突き刺すような視線が飛んできたので、こほんと咳払いをした。「でもまあ、それはいまどうでもいいことよね、リニー。話してくれる、サイモン？」

サイモンはうなずいた。「嘘をつくつもりはなかった、まったく。最初はちゃんと筋の通った話だった」

「じゃあ、最初から話してみて」アリシアは言った。まだ釈然としなかった。

サイモンは飲み物をごくりと飲んで、大きくひと息つくと、口を開いた。「そもそものはじまりはきみだったんだ、アリシア」

「わたし？」アリシアは困惑した。

「そう、きみがブッククラブで予約を入れたとき」手のなかでグラスをまわしながら間をおいた。「いや、それはちがうな。はじまりはもっと前だ。うちの会社、〈ＬＬＥ〉は少し前にこの山荘を購入したんだが、ここをどうするか決めかねていた。本格的に大規模な改築をするか、それとも穏やかに手を入れてかつての荘厳な姿にもどすか」

「開発許可申請書はもう見たよ」とペリー。「どっちの方針をとるつもりかわかってるから、余計な話はしなくていい」

サイモンの額にしわができた。「あれはわたしのビジネスパートナーの願望でね。わたしのじゃない。彼は会議でどこまで押し通せるか試したがっている。わたしはどちらかといえばあまり費用をかけない選択肢のほうに傾いていた。まだなにも確定してはいない。最終的な拒否権はわたしにある」

ペリーは信用できないという顔で目をむいたが、サイモンはかまわず話を進めた。

「そんなときにこの計画を思いついた。投資の一環としてこの物件を購入したとき、わたしはニューヨーク支社にいたので、オンラインでしか見ていなかった。だから自分で直接体験したかった。それもVIPとしてではなく。こちらがだれだかわかったら、通常の待遇はまず受けられない。それじゃ本物の体験はできない。だからお金を払う宿泊客としてこっそりここへ来たかった。この山荘の雰囲気をつかんで、実際の宿泊客がどう思っているのかをたしかめる――取り返しがつかないほど変わってしまう前に」

ペリーがまた鼻を鳴らすと、サイモンは顔をしかめて、説明しようとした。

「以前の投資でひどい目にあったことがあるんだ、じつは。ビジネスパートナーのトモに任せたら、すべてが一変してしまった。建物の個性は完全に消えて、客層もがらりと変わって、それでよくなったとはとても思えなくてね。みんなも聞いたことがあるかもしれないが、ブルーマウンテンズにあるリゾートホテルだ」首を振った。「まあ、それはどうでもいい。いま大事なのは、アリシアから予約の問い合わせがはいったことだ。ブッククラブでここに泊まりたいので予約がとれるかどうかと訊いてきた」

「きみは〈LLE〉に予約を入れたのに、会社の名前を覚えてなかったの?」ペリーがあきれたように言うので、アリシアは急いで首を振った。

「ちがうの。山荘のサイトの予約フォームに記入して、そのときにブッククラブのことも書き添えて、読書会ができるような個室があるかどうかを訊いた。わたしがしたのはそれだけ」

「ヴェイルがそれを受け取ったにちがいない」サイモンが話をもどして続けた。「彼は一般客の予約をまだ受け付けていいのか、あるいはもう正式に閉鎖したほうがいいのか迷って、わたしの個人秘書のクイーニーに転送してきた。彼女がそれを見せにきて、その瞬間、わたしは絶好のチャンスだと思った」

「ぼくらに嘘をつく?」ペリーがまだむくれながら言った。

「さっきも説明したとおり、わたしは客としてこの山荘に泊まってみたかった」また顔を赤らめて、こっそりクレアを見る。「本音を言えば、きみたちのブッククラブの響きがとても気に入ったのもある。これは本当だ。こういう場所にはじつにふさわしいような気がした。そこでクイーニーと一緒に、わたしが偽名を使って参加する計画を練った。そうすれば、物件を隅々まで確認して、聞くだけですばらしいものになりそうな週末を堪能して、そのあいだに読書会というちょっとしたお楽しみもある。この一年は本当に大変だったから……」

「はいはい、よしよし」そうしたおだてには乗らないリネットが言った。「あたしたちをだしにして楽しんでたのはたしかね」気持ちとしてはペリーの側で、いまの話をどう考えたらいいのかまだ決めかねていた。開発プロジェクトの調査にしてはやけにまわりくどいやり方にも思える。宿泊客にアンケート調査でもすればすむ話なのに。「で、あなたはサイモン・エドワード・クリート——シークレットの名前を考えついて、ブッククラブに潜入した。なんて賢いんだろうって思ってたんでしょうね」

「じつはその名前も全部クイーニーが考えたんだ。アガサ・クリスティの熱烈なファンでね。彼女がこのクラブに加わったら最強だろうな、実際。あの作家について彼女が知らないことはほとんどないと言っていい」視線がアリシアに移る。「あのすばらしい手紙はクイーニーが書いたものだ。わたしの代わりに。おかげでみごとに成功した」

アリシアはうなずいた。それなら納得がいく。

「クイーニーはわたしよりずっと賢い」サイモンは続けた。「彼女がなにをしたのか、わたしはまったく気づいてなくて、読書会できみたちがU・N・オーウェンの名前を話題にしたときに、はじめてぴんときた。彼女があんなおかしな偽名をつけたことに気づきもしなかったとは！　あのときはとにかく気恥ずかしくて、きみたちに見抜かれてふざけたやつと思われはしないかすごく心配だった」

「まあ、それはそのとおりだったね」とペリー。

「策をめぐらそうとかそんなつもりはなかった、本当に。ただ予約するときにサイモン・バリアや〈LLE〉の名前をいっさい出したくなかっただけだ。ヴェイルと直接会ったことはなかったから顔は知られていないはずだが、名前で気づかれたら、さっきも言ったように、扱いが変わってしまうのではないかと思った。そうしたらクイーニーが新しい名字を提案してきた。

たぶんきみたちがそこに気づくとは思ってなかったんだろう」

「こっちは〈マーダー・ミステリ・ブッククラブ〉なのよ、おあいにくさま！」とミッシーは言ったが、アリシアは首を振っていた。

「ヴェイルはなにか疑っていたんじゃないかしら」アリシアは言った。〝詐欺師〟という言葉を使ったとき、ヴェイルはサイモンのことを話していたんだろうか、ブレイクではなく。

サイモンが酒をぐいっとあおり、アリシアはこの開発業者をじっと観察した。少ししわの見える顔には威厳があるものの、じつは口がうまいだけなのかもしれない。この人は真実をすべて話しているのか、それともこちらが聞きたがっていることを話しているだけ？　あの開発許可申請書は本当に彼のパートナーのやったことなのか、それとも自分たちを追い払うために作り話をしているのか。そして、なにより重要なこと、この人にふたりも人を殺すことができるだろうか。正体を隠して開発を強行するために？

それはかなり無理があるように思えるが、もはやだれを、なにを信じていいのかわからなかった。

アリシアは言った。「わかったわ、じゃあ、バリアさん、ひとつ教えて。ヴェイルが殺されたとき、オーナーだと名乗り出なかったのはどうして？」

「あと電話が使えなくなったときと、火災が発生したときも」とペリー。

「それを言うなら、かわいそうなフラナリーさんが見つかったときも」とリネットも付け加える。

サイモンはひとりひとりのとがめるような視線を受けとめた。「わかっている、そうすべきだった。何度もそうしかけた。これはもう全部クレアにも説明したことだ。黙っていたことをいまは心から悔やんでいるが、ヴェイルの死に事件性があるとは思わなかったし、そのあと火災が発生してフラナリー夫人が見つかって……なにもかもあっというまだった。きみたちはにわかにわれわれ新入りのことを罪人を見るような目で見るようになっていたし、偽名を使っていたと告白することで自分の立場がよくなるとはとても思えなかった」

「あなたの立場なんかどうだっていい！」とリネット。「それがみんなで無事にここから脱出する助けになるかもしれないのに！」

サイモンはなだめるように片手をあげた。「みんなにこれだけは言っておきたい。クイーニーが状況をきちんと把握していて、必要とあらば全員を吊りあげて救出できるように〈LLE〉のヘリを待機させている。そのために屋上でいろいろ準備もしていた。瓦礫を片付けたり、いざというときヘリのパイロットに見えるようにもっとも安全な目標地点にペンキでしるしをつけたり」

「屋根の上でずっと作業をしていたのはそ、う、い、う、ことだったの？」クレアが訊いた。

サイモンはうなずいた。「数キロ圏内でヘリが近づけそうな場所はここしかないが、理想的とは言えない。張りだした枝が無数にあるし、近すぎてやや不安な電柱もある。しかもそのヘリでは一度にふたりずつしか運べないから、消防隊がその前に到着して、みんなで一緒にここを出られることをずっと願っていた。それが——ちゃんとした避難経路を確保することが——

わたしの最後の任務で、終わったらなにもかも話すつもりだった。本当だ」

「ちょっと遅いんじゃないの？」とペリー。「火災はまだ続いてるんだよ。ぼくらはあとひと晩おとなしくここにいるしかないんだ」

「火災はだいぶおさまってきたし、雨の予報も出ている。恵みの雨だな。わたしの読みでは、明日の午前中にはここから出られるだろう」

「こっそりあの崖まで行って消防団のベンソンと話してたのね」アリシアは言った。

「電話はかけていたが、消防団にじゃない。さっきも言ったとおり、クイーニーがわたしの情報源だ。定期的に連絡をとっていて、彼女がシドニーですべての状況を監視している。天気予報では早朝に雨が降るらしい。それで鎮火するだろう、まあ見ててごらん」

「なるほどね、じゃあ、きっとクイーニーがあなたのことをベンソンに話したのね」アリシアは言った。「だって、ジャクソンはベンソンから聞いたんだもの、オーナーがわたしたちと一緒に山にいるって」

　サイモンははっきりと首を横に振った。「ベンソンが言ったのはわたしのことじゃない、それは断言できる。ここにいることは個人秘書しか知らないし、彼女は絶対に秘密をもらさない、わたしの許可がないかぎり。クイーニーは今回の計画のことをトモにすら話していない、ついでに言えばヘリのパイロットにもだ。彼はどこかの宿泊客を吊りあげるために待機していると思っている。繰り返しになるが、最高経営責任者ではなくただの一般人に対して、業務がどのように遂行されるかを確認するのがわたしの任務なんだ」

「ただの一般人なんて呼ばれるのはあんまりうれしくないね」とペリー。

「あなたのちょっとした実験の操り人形になるのもあんまりうれしくない」とリネット。

「あらあら、なんだかちょっと深刻な感じねえ」ドアのほうからしわがれた声がして、みんなが振り向くと、フローがはいってきた。薄手のショールを肩にはおり、震える手で塗ったのか、ピンクの口紅の輪郭がぼやけている。「どうかしたの？」

「ううん、どうもしない！」リネットが一瞬サイモンに顔をしかめてみせて、バーのスツールから降りた。「あなたのほうは、フロー？　気分はどう？」

「いいわ、リネット、そんなに気をつかわないで」

「椅子にすわりましょうか」サイモンが言った。

「それよりダイニングルームに行きましょ」とリネット。「シチューを用意する。あたしたちに必要なのはおなかになにか入れること、嘘やだましじゃなくてね」

厨房《ちゅうぼう》へ向かうリネットから、サイモンは最後にもうひとにらみされた。

ブッククラブのメンバーがダイニングテーブルを囲んですわると、アリシアはフローの手を取ってそっと握った。「リネットから話を聞いて、本当に、心から残念でならないわ」

「いやだわ、もう！」フローは言って、手を引き抜いた。「話さないでとリネットには言ったのに。なんて悪い子かしら！　お願いだから、死ぬとかそんな話はこれきりにして、食事を楽しまない？」

「もちろんよ」アリシアは答えて、廊下にちらっと目をやった。「ロニーも来るんでしょう?」

このところロニーがフローに張りついていたのはそういうわけかと、ようやく腑《ふ》に落ちた。具合の悪い親友の体調を気づかっていたのだ。

「ええ、先にはじめてほしいと言っていたわ。じきに来るでしょう」フローは明るく言って、リネットがテーブルの中央に大きなキャセロールを置くと、両手を打ち鳴らした。「すごくおいしそうなにおいねえ、リネット!」

「それはほんとにおいしいからよ、フロー」リネットは答え、おたまを老婦人に向けた。「だから今夜は少しでも食べてね、いい?」

フローはからからと笑い、皿を差しだした。


それからの三十分は、全員がフローの希望どおり、濃厚なビーフシチューを楽しみ、あたりさわりのない会話に終始した。けれど、だれもが頭のなかで疑問と不安が渦巻くのをとめられなかった。

ミッシーは、お気の毒なフローがもう長くないことになぜ気づいてあげられなかったのかと悶々としていた。大好きなあの女性には、思いきって打ち明けてほしかった!

アリシアは、サイモンが嘘をついているのではないかとまだ気にかかっていた。ブレイク同様、サイモンも正体を隠してブッククラブに入会してきたし、ブレイク同様、彼の業界にも暗部がある。この開発業者を本当に信用していいのだろうか。

クレアは、サイモンの部屋でみんなに見つかる前にふたりで交わした会話の残りの部分について考えていた。みんなの前では繰り返さなかった会話。それは当面ふたりの胸にしまっておこうということになった。友人たちが嘘をつかれることをどれほど嫌がっているかは重々承知している。それでもいま明かすことはとてもできない。それに、そもそもそれほど重要なことだろうか。

そしてペリーは、スノーウィーのことを考えているうちに突然はたと思いだした。口を開こうとして、それからフローに言われたことを思いだしてやめた。死とかそんな話はもうしない。でもこれは別に死にまつわる話じゃない。ただの暇つぶしのゴシップ、だよね？

「どうかしたの、ペリー？」フローが言った。「なにか言いたそうな顔をしてるわね」

みんながなんだろうと見守るなか、ペリーは口に手を当てて食べていたものをのみこみ、それから言った。「ごめん、ぼくとしたことが、みんなに話すのを忘れてたよ！　クレアの件でばたばたしてるうちに頭からすっぽり抜け落ちてた。スノーウィーがだれなのか、きみたちには絶対わからないだろうね。百万年たっても」

全員がこちらを見つめたままだれも答えようとしないので、ペリーは思いきって発表した。

「ジャック・ライルだよ！　創業者のアーサー・ライルの息子」

「だれですって？」とフロー。

「なにそれ？」とリネット。

「スノーウィーは、じつはライル家の一員なんだよ！」と繰り返し、手を大きくひと振りした。

「ここは彼の家なんだ！」

「まさか！」とミッシー。

みんなの反応がおもしろくてペリーは含み笑いをした。「わかるわかる！　驚きの新事実だよね！　ライル家の本に載ってた昔の写真を見て、ロニーが教えてくれたんだ」

「ロニーの勘ちがいってことはない？」アリシアは訊いた。なぜスノーウィーはなにも言わなかったんだろうと思いながら。

それは最初の疑問にすぎなかった。彼が森のなかで世捨て人みたいな暮らしをしている理由も知りたかった。自分の所有していた山荘が、少なくともあとひと月はここにあり、予備の寝室や設備の整った浴室がいくらでもあるというのに。食料がたっぷり備蓄された厨房は言うにおよばず。

「ロニーはあの真っ白《スノーウィー》なもじゃもじゃ頭を覚えていたんだ」ペリーの声がした。「それがニックネームの由来だって。奥さんのリディアと一緒に写ってる写真で、ずいぶん昔のものだから、髪の感じは変わってる、でも長身でがりがりのところはいまもおんなじ。スノーウィーのことは遠くからしか見てないけど、ぼくには同じ人物に見える。ライルトンのスノーウィーがほかに何人もいると思う？」

ミッシーがうんうんと激しくうなずきはじめた。「独特の体形だったものね！　彼が山荘に来たことがあるのもわかってる。たぶんあたしたちのために用意されてたクリスティ本をそのとき一冊持っていったんだと思うわ」

サイモンはミッシーを見ながら考えこみ、それからアリシアに顔を向けた。「たぶんその人、のことだろう、消防団長が山の上にいると言ったオーナーは。おそらく本来の所有者という意味だ、わたしのことじゃなくて」

「たぶんね」いろいろなことが腑に落ちてきて、アリシアは唇を噛んだ。ライル家の本やペーパーロードのことを教えてくれたのはスノーウィーだった。ということは、あきらかに自分のまだ知らないことを彼は知っているはずだ。「サイモン、本来の所有者がこの山に住んでることは知ってたの？　崖のそばに住んでるって」

サイモンははっきりと首を横に振った。「知っていたら、名乗ってあいさつしていたよ」

「でも、彼を見かけてはいたでしょう？」クレアが水を向けると、今度はうなずいた。

「ああ、探索の途中で、ここに着いた直後に。てっきり無断居住者だと思った、忌憚なく言わせてもらえば」

「どう考えても変よね」とクレア。「ジャック・ライルがどうして森のなかで世捨て人みたいな暮らしをしているの？」

「心を病んでしまったのかも」とリネット。「それか、何年も前に持ち株をほかの家族に売っちゃったとか？　山荘には死んでも行きたくないって、本人はそう言ってた。たぶん静かに暮らしたいだけなんじゃないかな」

「むさ苦しい古い小屋で？」とペリー。「まるで隠遁生活だね」

「むさ苦しくなんかないわ、ペリー」アリシアは言った。「それどころか、なかはすごく居心地がよかった。この山荘と同じ家具が置かれていて、それも当然ね。ヴェイルが彼に食べ物を届けていたのもこれで説明がつく。きっとヴェイルにとってスノーウィーはまだご主人だったのよ」

控えめな咳払いが聞こえて、みんながおしゃべりを中断し、そこではじめてフローが自分たちを見ているのに気づいた。心配そうに顔を曇らせている。「あなたたちがなんの話をしてるのかよくわからないわ。話が全然見えないんだけど、それよりわたし、ロニーのことがちょっと心配なの」腕時計をとんとん叩く。「まだもどってこないなんておかしいし、森のなかにそんな浮浪者みたいな人がいるとしたら、ねえ……」

アリシアは身を乗りだした。「ロニーは森にいるの？」

「ええ、そうよ、そう言わなかった？」

いいえ。そんなことは言わなかった。

「だれかと話しにいくって、そう言ってたわ。あのちっちゃな携帯電話を持って」

「ああ、それならきっと甥ごさんたちに電話しにいったんだ」とサイモン。「すごく仲がいいようだし。ここに着いたときからずっと連絡をとろうとしていたから」

「きっとそうね！」とクレア。「そろそろ帰ってくるでしょうし、万一スノーウィーとばったり出くわしたとしても、彼が危害を加えるなんて絶対にありえない、そうでしょ？」

全員がうなずいたが、あまり確信のなさそうな者がひとりいた。

ロニーは暗い小屋のなかにすわって身をすくめていた。スノーウィーはわめいたりうめいたり、暴れまわってものをはたき落としたりしている。リディアの写真が床に落ちたとき、ロニーは本気で恐ろしくなった。

急いで逃げたほうがいい？　助けを呼びにいく？

それとも、彼に頼まれたとおり、静かにすわって、耳を傾けて、待つべきだろうか。やがて終わりが来て、それが壮絶なものになると知りながら？


食事が終わり、みんなが厨房で後片付けをする段になってようやく、アリシアは自分の懸念をほかの人たちに話す機会を得た。ロニーのことがだんだん心配になってきていた。電話をかけにいっただけなら、いまだにもどってこないのはどうしてだろう。でもその前に、サイモンにまだ訊きたいことがいくつかあった。

サイモンが率先して洗い物をはじめると、アリシアは訊いた。「じゃあ、あなたの会社は本来の所有者がまだここに、近くの森のなかに住んでることを全然知らなかったの？　ライル家は売却するときにそのことを伝えようとしなかったの？」

「断言してもいい、アリシア、わたしはなにも聞いてなかった。でも……」顔が曇った。「パートナーのトモがなにも知らなかったとまでは言い切れない。彼はあの崖を開拓する気満々で、あそこをこの開発地全体の〝目玉〟と呼んでいるくらいだ。その情報を伏せていた可能性はある。あいつならやりかねない。その古い小屋が登録遺産に含まれている可能性もある。彼の計画には痛手かもしれない」

「そもそもなんでそんな人と組んでやってるの?」とペリー。「ろくでもないやつに聞こえるけど」

サイモンは肩をすくめた。「いろいろ複雑でね。わたしにわかっているのは、この山荘は家族信託で管理されていて、うちの会社が売買契約をした相手は、シドニーに拠点のあるアレックス・ライルという若者だということ。たしかその本来の所有者の甥の息子だとか。もしかしたらジャック・ライルはその家族信託からすでにはずされているのかもしれない。アレックスはジャックおじさんのことなんかひとことも言ってなかった。ジャック――スノーウィー――は彼の大おじさんにあたると思うんだが。いまはちょっとはっきりしない」

全然はっきりしない、とアリシアは言いたかった。「なるほど、つまりあなたはスノーウィーがライル家の一員だとは知らなかったし、彼もわたしたちにそんなことはひとことも言わなかった。でも、こう考えずにはいられない。この山荘が売却されて、彼が自分の居場所と呼ぶまさにその場所に、あなたたちが豪華な別荘群を建てようと考えていることを、スノーウィーはどう思うだろうって」

「彼があそこに住んでいると知っていたら、そんなことは絶対に許さなかった」とサイモン。

「そうね、でもそれはもともと開発許可申請書に書かれていたことでしょう?」

「なにが言いたいのかな、アリシア」

「こう言いたいの、もしスノーウィーがあの申請書を見たとしたら? それが彼を激高させたとしたら？　あなたに拒否権があることなんか彼は知らない。スノーウィーにしたら、自分にとって唯一の故郷を追いだされようとしてるってこと。だからつい考えてしまうの……」

　アリシアはそこで口をつぐみ、またしても不安を覚えた。スノーウィーのことがだんだん好きになっていた。アリシアには誠実で善良な人に思えた。オーヴンに寄りかかってさらに思いをめぐらせたが、結局はひとつのことにもどった。

「つい考えてしまうの」と繰り返した。「もしもスノーウィーが今回のことになんらかの形でかかわっていたらって」

「どんなふうに？」厨房のカウンターをふいていたクレアが顔をあげて訊いた。

「もしも……わからないけど……彼が開発計画のことを耳にして腹を立てたとしたら。もしも、都会の開発業者がやってきて一家の遺産をめちゃくちゃにされるくらいなら、いっそ焼き払ったほうがましだと考えたら？」

「すごいね」とペリー。「ぼくらはクリスティの小説より早く容疑者をどんどん洗いだしてる！」

「たしかに、アリシアは半分正しい」冷蔵室から出てきたリネットが言った。「あたしが思うに、スノーウィーはこの山荘自体がどうなろうとかまわない——ここは大嫌いだって本人も言ってたし。だけどあの崖のことはまちがいなく愛してる。この山を離れるのは棺にはいっていくときだって、そう言ってたもの」

　アリシアは顔をしかめた。「わたしが心配してるのはまさにそこ。彼が火事を起こしたのかもしれない。最初からそのつもりだったのかも」

「だけど……」せっせと皿をふいていたミッシーが言いかけた。「スノーウィーがそこまであの場所を愛してたのなら、なんで燃やしちゃうの？」

アリシアはスノーウィーがこうも言っていたのを思いだした。〝観光客どもに一等地を独占させるいわれはないだろう？〟。他人に明け渡すくらいなら破壊するほうを選ぶのでは？

「でもちょっと待って」クレアも負けじと参加した。「その論理でいくと、スノーウィーがヴェイルとフラナリーさんを殺したことになってしまうわ。そんなのありえない！　ふたりは彼の友人だった。あのふたりが彼の面倒をみていたのよ」

アリシアは唇を片側に寄せた。そう、そこの辻褄を合わせるのはもっとむずかしい。

クレアがサイモンのほうを向いた。「売却が完了したあと、そこのスタッフはどうなるの？」

「これまでほとんどのスタッフには、うちが持っている別のリゾートホテルに働き口を用意してきた。だから、ヴェイルとフラナリー夫人にも同じようにした。既存の物件を再開発するときは、常に元のスタッフを再雇用するようにしている」

「聖人だねえ」とペリー。

サイモンがペリーを見た。鋭く。「いずれはわたしを許そうという気になってほしいね、ミスター・ゴードン」

ペリーは目をそらした。内心ではもうサイモンを許していた。しつこくねちねち言うのを楽しんでいただけだ。それはこの界隈で起こっていることからの恰好の気晴らしでもあった。

サイモンが話を続けた。「ヴェイルとフラナリー夫人には、さっきちらっと話していた、うちが改装したブルーマウンテンズのリゾートホテルへの一時出向を提案した。ここの改築が終わったあかつきにはぜひもどってきてほしいとね。ヴェイルは三十年ものあいだここをきちんと管理してきて、勤務歴は五十五年ほどになる。彼のそうした経歴と経験を手放すつもりはなかった」

「それでどうなったの?」とクレア。

「ふたりともここへもどることは辞退してきた。フラナリー夫人はブルーマウンテンズへの永続的な転勤を希望したので書類を待っているところだった。ヴェイルは退職したいと言ってきて、それも無理はないと思う。ここで立派に勤めてきたが、体力のいる報われない仕事だし、もう定年はとうに過ぎている。どうしてこれほど長くとどまっていたのかわからない、はっきり言って」

「ここにとどまったのはスノーウィーのためよ」アリシアは静かに言った。

「それなら、どうしてそのスノーウィーが彼を殺したりするの?」とクレア。「筋が通らないわ」

「ふたりが自分を見捨てようとしていると思ったのかも、彼らは悪の側に寝返ったと」アリシアはサイモンに申しわけなさそうな笑みを向けた。「あなたのことよ、悪の側っていうのは。気を悪くしないで」

サイモンは笑みを返した。「しない」

「長い歳月を共にしてきたのに裏切られたと感じて、スノーウィーはふたりを攻撃し、そのあと火をつけることでこの山全体に怒りをぶつけたのかも」

「アリシア、彼はもう九十近いんだよ！」とペリー。

「だから？　マッチをすったり、注射を打ったり、赤ワインのボトルを頭に振りおろしたりするのは無理だっていうの？　現にけさはクーパー交差点まで歩いて行ってきたって言ってた。きのうも行ってて、そのとき火をつけたんじゃないって言い切れる？　歳はいってるかもしれないけど、活動的だし、身体もぴんぴんしてるように見える」

「それにすごくいい人！」とリネット。「あたしにはすごく優しかった」

「そうね、彼がわたしたちに危害を加えようとしてるとは思わない」アリシアは言った。「ペーパーロードのことを教えてくれたし、そんなつもりがないのはたしかよ。でもそれは、わたしたちが彼の正体を知らなかったからとは考えられない？　その事実がわたしたちを守ってくれたのかもしれない」そこではっと息をのんだ。「待って、ペリー。ロニーが写真を見てスノーウィーだと教えてくれたって、そう言わなかった？」

「言ったよ、なんで？」

「そのあとあなたはなんて言ったの？　スノーウィーがまだ生きてて森のなかで暮らしてること彼女に話した？」

「もちろん、でも――」ごくりと唾をのんだ。「どうしよう。まさかロニーが彼と話をしにいったと思ってるんじゃないよね？」

「ロニーはだれかと話しにいったって、フローはそう言ったの。あれは甥っこたちのことじゃなかったのかも。スノーウィーにもう一度会いたかったのかもしれない。ふたりは以前に関係があったんじゃない？」

ペリーは青ざめていた。「ああ、どうしよう。ロニーは言ってたよ、一九六九年に〝絶対に一緒にはなれない青年〟と過ちを犯したとかなんとか。彼女が言ってたのはスノーウィーのことかな」ごくりと唾をのんで、アリシアを見た。「彼はロニーを傷つけたりしないよね？」

アリシアは顔をしかめた。「ロニーが彼の正体を知ってることを話せば、そしたら……たぶんね」アリシアはダイニングルームのドアの向こうをちらりと見た。「ただの散歩だとしたら、こんなに暗くなってももどってこないのはどうして？」

全員が答えを求めて厨房の窓の外に目をこらしたが、そこには渦巻く影があるばかりだった。

山荘の懐中電灯は明るかったが、それでサイモンとペリーがスノーウィーの小屋に向かって〈悔恨の小道〉を歩くのが楽になるわけではなかった。そのうえ煙ったような雲の陰に月が隠れてしまい、生い茂る枝葉の隙間から小屋の明かりはちらりとも見えない。

それがふたりを不安にした。

サイモンとペリーがロニーの捜索救助に志願してくれたことでアリシアはほっとした。リネットのシチューがみんなを元気づけてくれたとはいえ、アリシアの両脚はもう今夜はベッド以外どこへも行こうとしなかった。

「あそこだ」ペリーは言い、ろうそくの明かりすら見えないことに驚いた。

思わず背筋がぞくっとした。小屋に電気が来ているのは知っている——昼間に来たとき送電線をこの目で見た——が、どうしてスノーウィーは明かりをともしていないのだろう。ロニーが訪ねているのならなおさらだ。途中でロニーとはすれちがわなかったから、ここにいるとしか考えられない。彼女がまだ無事でいることを祈るしかなかった。

「武器を持ってくることを思いつかなかったのが悔やまれるよ」ペリーは言った。「もうふたりも死んでる。三人目になるのはごめんだね」

「ロニーが三人目かもしれない、急ごう」とサイモン。

空き地に足を踏み入れると、ふたりは立ちどまって耳をすましたが、周囲の樹木の不気味なざわめきと遠くで鳴いているスズメフクロウの声以外なにも聞こえない。話し声も、笑い声も、かつての恋人同士がむつみあう声も。

ふたりは用心深く顔を見合わせ、ゆっくりと歩を進めて玄関ドアの前に立った。ここでもふたりを待っていたのは恐ろしいまでの静寂だった。

「懐中電灯をかまえて」ふたりできしむドアを開けながらペリーはささやいた。必要とあらば武器代わりに使えるように。

なかは真っ暗で、少し時間がかかったが、ようやく目が慣れたとき、ふたりは同時に息をのんだ。小屋のなかにはほかにふたりの人間がいた。ひとりはベッドの上で丸くなり、もうひとりはその脇で揺り椅子にすわっている。

どちらもぴくりとも動かず、どちらの目も閉じていて、だれがだれで、なにがどうなっているのか、ペリーにはよくわからなかった。

そのときゆっくりと椅子のきしむ音がして、すわっていた人間が身を起こし、ぞっとするような笑みを浮かべてペリーを見た。

17

ライル家の本をめくりながら、アリシアは思わず頰をゆるめた。ロニーのことが心配でどうにも落ち着かないので、なにか気晴らしが必要だと考えて、手早くシャワーを浴びたあと、ペリーのバッグからその本を取りだしていたのだ。いまは図書室の長椅子に身体を丸めてすわっており、隣にはクレア、反対側にはミッシーもいる。古い写真の数々は、まるで夢を見ているように、まったく異なる時代の、まったく異なる山荘の、まったく異なる物語を教えてくれた。

「全盛期は本当に素敵だったのね」とクレア。「サイモンにはここをできるだけ保存してほしいわ」

「その前にヴェイルとフラナリーさんの痕跡を消さないといけないでしょうねえ」ミッシーの言い方はフローにそっくりだった。「スノーウィーの写真はどこ？　若いころの彼を見てみたいわ。自分じゃ想像できないもの」

アリシアはページをめくっていって、それを見つけた。説明文には《ジャックとリディアと子供たち》とあり、当時は新車だった古い型の車の横に立つ夫婦と、背後にはぼんやりと山荘も写っている。リディアの膝のあたりに巻き毛の女の子、オープンカーのなかにそれより幼い男の子がいて、その脇にぎこちなく立っている長身瘦軀の男性は、もじゃもじゃの白い髪だった。

スノーウィー。

ニットのベストとそろいのニットのハンチング帽をかぶっていて、帽子はブレイクが姿を消す前にかぶっていたものと似ている。リディアがもはや聞こえないなにかを叫び、子供たちはカメラに笑顔を向け、スノーウィーは妻を見ながらとまどったような表情を浮かべている。

「リディアはスノーウィーよりもだいぶ若そうね」とクレア。

「それに雰囲気がリネットにそっくり」とアリシアは言い添えた。「彼がリネットを魅了したのもなんとなくわかる」

「リディアと子供たちはどうなったの?」ミッシーが訊いた。「書いてある?」

「ちょっと待って」アリシアは文章をざっと読んでいった。「ここにはこう書いてある。ライル家の子供たちは火災のあとまもなくシドニーへ送られた。寄宿学校が云々……」流し読みしていく。「両親のことははっきりとは書いてないわね、でもこの写真を見て」指で叩いて示した小さな写真には、シドニーのオペラハウスの前で手を振っている女性が写っていた。「リディアよ」ページをめくって続きを読んでから言った。「なるほど、つまりリディアはシドニーの北海岸に引っ越して……やだ、嘘でしょ。ねえ、これはちょっと興味深いわよ」

「なんなの?」とクレア。

「スノーウィーのことはなにも書いてないけど、リディアは一九七五年に再婚して、さらにふたり子供をもうけたって」アリシアはふたりの顔をじっと見た。「火災がストレスになって結婚が破綻したのかもしれないわね」クレアがスノーウィーはそれがきっかけであの小屋に移ったのかもしれないわね」

「スノーウィーの新しい写真を指で叩くと、そこには生え際が少し後退した姿があり、隣にはよく似た顔立ちのもう少し若い男性がいた。「こっちは弟のハリー。ハリーがこの山荘を引き継いで、スノーウィーは隠遁生活にはいったのかもしれないわ。火災で人命が失われて、そのうえ家族まで失った傷を癒やすために」

「引きこもったままでいられなかったのは残念ね」ミッシーが写真を凝視しながら言った。「そもそも、あたしたちどうしてここへ来ることになったの？　頭のおかしな人がいるような僻地《へきち》に」

ふたりはそろってクレアに目を向けた。

「やだ、そんな目で見ないで！　人里離れた場所がいいと言ったのはアリシアでしょう、そのほうがお互いによく知り合えるからって」

「はいはい、その点は申しわけないと思ってる」アリシアは言った。「このクラブの過去の実績からしてよくよく考えるべきだった。だけど、スノーウィーの玄関先へわたしたちを導いたのはわたしじゃないわよ。悪いけど、クレア、それはあなたでしょ。〈ライルズ山荘〉を選んだのはあなたで、今回はとんでもない場所を選んじゃったってわけ」

クレアは首を振った。「ここを選んだのはわたしじゃない」ごくりと唾をのんで、身を乗りだし、繰り返した。「ここを選んだのはわたしじゃないの！」

「じゃあだれ？」とミッシー。

クレアは青ざめながら答えた。「ロニー。この山荘はロニーが言いだしたのよ！」

「彼はようやく逝ったわ」そう言いながらロニーは背もたれに身体をもどした。その動きで椅子が不気味なサウンドトラックのようにまたきしんだ。「しばらくかかったけど、最後はそこに落ち着いた」

ペリーとサイモンは警戒して目を見交わし、その視線をスノーウィー老人の遺体に移した。寝具の上に胎児の姿勢で横たわっており、横にプラスティックのバケツが置かれている。ロニーが立ちあがってランプのところへ行き、スイッチを押すと、小屋のなかはやわらかいオレンジ色の光に包まれた。

「どこにも手を触れるなと言われたけど」とロニー。「彼はもういないんだし、明かりをつけてもかまわないでしょう」

サイモンは今度は驚愕の視線をペリーと交わした。ベッド脇の戸棚の上に注射器とガラスの小瓶があるのがはっきりと見えた。その後ろに銀色のフレームにはいった美しいブロンド女性の写真があり、ひび割れたガラス越しでさえ、まばゆいばかりの笑みを浮かべているのがよくわかる。

「ここでなにがあったんだ、ロニー？」サイモンは説明を求めた。

「わたしが見つけたときはこの状態だった」ロニーは答えた。

「ベッドで死んでいた?」

「いいえ、断末魔の苦しみを味わってた」あまりにもさりげない、あまりにも淡々とした言い方だったが、ふたりの衝撃がようやく伝わったのだろう、舌を鳴らし、少し強い口調で言った。「わたしがここに着いたときはもう死にかけていたのよ、そう言ってるでしょう」ふたりがまたしても視線を交わすと、ロニーはしかめ面になった。「ちょっと待って! まさかわたしがこんなことをしたなんて思ってないでしょうね」

「具体的に言うと、なにがあったのかな」サイモンは重ねて訊いた。非難がましくならないよう努めていつもどおりの口調で。もしもスノーウィーの死の責任がロニーにあるとしたら——この状況はあきらかにそう見える——彼女を刺激したくなかった。

「この人は蛇の毒を自分で注射したのよ」ロニーは答えて、戸棚のほうに手を振った。

「蛇の毒を?」ペリーは唖然として言った。

「ええ、蛇の毒を。少なくとも本人はそう言ったわ」ロニーは深い吐息をついた。七十二という年齢が全身に現われていた。「本当に長い夜だったし、もうくたくたよ。お願い、もどってからなにもかもきちんと説明させてちょうだい」

男たちはふたたび顔を見合わせながら、ロニーのあとについて小屋を出た。注意深く距離を保ちながら、懐中電灯をかまえて山荘へとのろのろ引き返すあいだも、ふたりの心は重く沈み、頭のなかはいくつもの疑問でざわついていた。

「全然意味わかんないんだけど、クレア」そのころ図書室では、ミッシーがのんきにそう言っていた。「なんでロニーが〈ライルズ山荘〉を薦められるの？　ロビーに足を踏み入れるまでここのことなんか覚えてもいなかったのに」

「でも本当にそうなのよ！」いまやクレアは立ちあがって歩きまわっていた。「ロニーがメールに添付してきたの。それはたしかよ。ああ、なんてことかしら！」ふと立ちどまって周囲を見まわす。「この場所は彼女が言いだしたの！　わたしはリンクをクリックしただけ、そこではじめてこの山荘のことを知った」

アリシアは眉根を寄せて身を乗りだした。「最初から話して、クレア。どういう経緯だったのか正確に教えて」

そこでクレアは説明した。ブッククラブを代表して、バルメイン女性支援クラブ気付でフローとロニー宛てに手紙を送ったこと。ふたりの老婦人をブッククラブに勧誘し、最後に自分の連絡先を書き添えておいたこと。

「〈ライルズ山荘〉のことなんてわたしはひとことも書いてないわ。その時点では聞いたこともなかったし。ただ、初回の読書会をどこか居心地のよい場所で開きたいと思っているって書いただけ。どこか人里離れた場所で」

そこで足をとめて、はっと口に手をあてた。後悔のにじむその表情は、先ほどアリシアが浮かべたものと同じだった。「一週間たってもふたりからはなんの音沙汰もなくて、興味がないんだろうって思っていたら、ロニーからメールが届いて、ふたりとも誘いを受けると書いてあったの」

「ロニーからだったのはたしか？」

「ええ、百パーセントたしかよ！　フローはネットを使わないし、その手の〝いまどきのくだらないこと〟はしないと書いてあった。とにかく、そのメールに〈ライルズ山荘〉のリンクが張られていたから、ロニーのお薦めの場所なんだと思ったの。それでここのことを知って、調べてみたわけ。それからあなたに提案したのよ、アリシア、そしてあなたが予約を取ってくれた」

「全然意味わかんないんだけど」ミッシーがさっきの台詞《せりふ》を繰り返した。「ロニーの態度はあきらかに、ここに来てはじめてこの山荘のことを思いだしたって感じだった。自分が薦めた場所なのに、なんでここへ来たのがうれしい偶然みたいなふりをしたの？」

アリシアは下唇をしきりに噛んでいた。

たしかに、なぜ？

ロニーもなにか隠しているのだろうか。ブッククラブはずっとまちがった場所に目を向けてきたのか？　今回のことはすべて、大規模な改築工事ではなく、若き日のロニーと既婚男性との情事に関係があるのだろうか。きらめく青い瞳と雪のように白い髪をした男性との？

「スノーウィーが亡くなったの」ロニーが大きな声でゆっくりと言った。みんなにその恐ろしいニュースを消化する時間を与えようとするみたいに。

いまは全員が図書室に集まり、フローが手早く作ったクリーミーなホットチョコレートをちびちび飲んでいて、そこには彼女の〝神経を落ち着かせる秘密の成分〟――だれも詳しく尋ねる気力はない――が少量加えてあり、とてもおいしかった。でもそれでなにかが落ち着くことはなかった。

ロニーを見つめるみんなの目には、悲しみと、心配と、純然たる不審が入り交じっていた。さらには衝撃と苦悩もたっぷり。

「かわいそうなスノーウィー」最初にリネットが口を開いた。「ほんとに、ほんとにかわいそう！」

その言葉にだれかが舌打ちしたが、アリシアはなにがあったのか知りたかった。「どんな状況で亡くなったの、ロニー？　どうやって彼を見つけたの？」

ロニーは指を一本立て、みずからを鼓舞するようにホットチョコレートをひと口飲んだ。シチューはいらないとすでに断っていたが、それでリネットが気を悪くすることはなかった。ロニーはいまにも倒れそうに見えた。

もうひと口飲んでから、ロニーは震える手でカップを置き、咳払いをした。「わたし散歩に出ただけだったのよ。甥っこたちに電話しようと思って。うちの家政婦さんが留守なので、代わりに猫たちの世話をしてくれているの。だから……どんな様子かたしかめておこうと思って……」首を振ると、それきり自分の考え事にふけってしまった。

「じゃあ、もとからスノーウィーを訪ねるつもりじゃなかったんだね？」と言ってペリーが話を誘導した。

「ええ、もちろん。そう言ったでしょう。あの人のことはほとんど知らないもの。五十年ほど前のダンスパーティーでほんの短時間会っただけなのよ。だからわたしが彼を殺すなんてありえないわ」目が細くなった。「あなたたちがどう思っているか、ちゃんとわかってますからね、もう一度よくよく考えてごらんなさい！」

「待って、ロニー、そんなこと思ってないわ」旧友の隣にすわっていたフローが声をかけたが、ロニーは首を振ってはねつけた。

「もちろん、あなたは思ってないでしょう、フローレンス。でもね、ほかの人はみんなそう思ってるのよ！」

「ごめんなさい」そう言われてもしかたがないと思い、アリシアはあやまった。「ストレスの多い週末だったし、みんな疲れ切ってるの。お願い、そのあとなにがあったのか話して」

ロニーはうなずいた。「いいわ」もう一度うなずく。「ペリーから聞くまでスノーウィーがまだこのあたりにいるなんて知りもしなかったけれど、知ったからといって彼を訪ねるつもりなんてさらさらなかったわ。甥のセバスチャンとおしゃべりしていたら、スノーウィーの小屋があるのに気づいて、でもそれはうめき声が聞こえてきたからで……」思いだして身を震わせた。

「すごく低い苦しそうなうめき声。最初は手負いの動物かと思った……」

ロニーは話を中断してハンカチをさがしたが、見つからないようなので、ミッシーが急いでサイドテーブルにあるティッシュペーパーの箱を取りにいった。ロニーはありがたく一枚取って手早く洟をかむと、話を続けた。

「それで、セバスチャンに電話をかけ直すと伝えて、わたしは小屋を見にいったの。そうしたら、かわいそうに、あの人がベッドに倒れてのたうちまわっていたのよ。ええ、それはもう悲惨な光景だったわ」椅子のなかですわり直す。「ものすごく苦しそうで、ほんとに……とても……」また洟をすすった。「頼むからそばにいてほしいって、そう言われたの。手を握っていてほしいって」

ミッシーが自分のためにティッシュを一枚取っているあいだに、アリシアは訊いた。「彼はあなたがだれだかわかってたの？」

「わかるわけないでしょう？　何度も言ってるように、お互いのことはほとんど知らなかった。そうじゃなくて……彼は……ただだれかに最期を看取ってほしかったのよ、それだけ。だからそうしてあげたの」

ロニーは椅子のなかで居心地が悪そうにまたすわり直し、その姿は有能な元看護婦というより戦いに疲れた兵士のように見えた。目の下にくすんだ大きなたるみができ、額と眉間には軌道のようにくっきりとしわが刻まれている。フローが優しく手をぽんぽんと叩いたが、ロニーはその手を引き抜いて腕組みをし、突然守勢をとった。あきらかに動揺しており、それは今夜の体験のせいばかりではなかった。ロニーはみんなの非難がましい質問や怯えたような表情に気分を害していて、無理もないとアリシアは思うものの、ほかにどう考えたらいいのだろうか。

「さっき、彼は自分で蛇の毒を注射したと言っていたね」ペリーはその点もまだどうしても納得できなかった。「蛇の毒だったのはまちがいない？」

「だから言ったでしょう、ペリー、本人がそう言ったのよ！」ロニーは何度か深呼吸をした。

「ものすごく苦しそうで、話も要領を得なかったけれど、なにが起きたのか一目瞭然だったわ。ベッドのそばに注射器が見えた。毒がはいってたと思われる小瓶も。自分でたしかめたければ、まだ全部そのままになってるわ。わたしには彼の言葉を疑う理由なんてひとつもない。あの死に方、嘔吐《おうと》、苦痛……」

「どれくらい時間がかかったんだろうか」サイモンがさっきより穏やかに訊いた。

ロニーは肩をすくめた。「毒の種類によるわね、たぶん。なかには比較的早く効くものもあるわ。前にも咬まれたことがあったとしたら――長年あそこで暮らしていたのならその可能性はかなり高いわね――免疫ができていたかもしれない。でも、彼も腕が腫れていたわ、ヴェイルのときとまったく同じ」

そこで言葉を切り、険しい顔で一同を見まわした。リネットの目が大きくなる。

「じゃあ、スノーウィーがヴェイルに蛇の毒を注射したと思ってるの、ロニー？」

ロニーは肩をすくめて目をそらした。

「彼がそう言ったの？」リネットはなおも訊いた。「ヴェイルとフラナリーさんに危害を加えたようなことを言ったの？」

ロニーはなにか言いかけて、考え直し、まつげを激しく震わせた。どこまで明かすか決めかねているみたいに。それから膝の上で手を組み、深いため息をついた。「ええ、じつは。そうなの」

ロニーがごくりと唾をのみ、ほかの者たちはあっけにとられて彼女を凝視し続けた。「スノーウィーはすべてを告白したわ。人を殺《あや》めたこと、火事のこと。なにもかも全部。彼が犯人よ」

「本当に？」アリシアは少しばかり大きすぎる声で言った。

ほかの者は言葉もなくただロニーを見ている。

「彼は正確にはなんて言ったの、ロニー？」

そんなことはどうだっていいというようにロニーは肩をすくめた。「とてもまともに話せるような状態じゃなかったのよ、アリシア。彼は……壮絶に苦しんでいたわ。こんなふうなことを言うのがやっとだった。〝あいつらを殺して火をつけた、だからもう死にたい〟って」

「びっくり」ミッシーが大きく息を吐きだしながら言った。「なんだか怪しげな人だとは思ってたけど……それにしても、ほんと、びっくり。じゃあこの件は解決したってことね！」満面に笑みを浮かべたが、笑顔で応じる者はひとりもいなかった。

リネットとしては、どうにも腑《ふ》に落ちなかった。「でも……でもどうしてかは言ってた？長年の友人をふたり殺した理由についてはなにか言ってた？」

ロニーは肩をすくめた。「さっきから言ってるように、ものすごく苦しんでいたのよ。そこまでは問い詰めなかったわ。そのまま逝かせてあげた。わたしも本気で知りたいとは思わなかったし、あなたたちだってきっとそうでしょう」

リネットは顔をしかめた。むしろ本気で知りたかった。それはサイモンも同じで、彼の意識はすぐさま自分の会社とその責任へと飛んでいた。

サイモンは身を乗りだし、祈るような形に手を組んで顔の前においた。「山荘の改築のことはなにか口にしていたかな。〈LLE〉のこととか。あの崖の開発計画のこととか」

ロニーはぽかんとしてサイモンを見返した。「なんの話？　いいえ……まったく……そんなことはひとことも」

サイモンは息を吐いて身体をもどし、青ざめた顔にも血の気がもどっていた。自社の開発計画があの老人を追い詰めて凶行に走らせたのではないかと心配していたのだ。

「一九七〇年の火災とか、あのとき亡くなった男性のこととかは？」リネットはロニーに厳しい顔を向けたまま執拗に訊いた。

「いいえ！」ロニーの頰が紅潮した。「あたしはドナルの件と関係があったんじゃないかと——」

「いいえ！」ロニーの頬が紅潮した。「それとはなんの関係もないわ」弱々しくため息をつく。「いい、あきらかにわたしたちのあずかり知らないことがここで起こっていたの。もうすんだことよ、みなさん。そっとしておきましょう」

「それって――」リネットは言いかけたが、ロニーが目に怒りをたたえて両のてのひらを向けた。

「いい加減にして！」その剣幕に何人かがびくんとなった。ロニーは気を落ち着けようと何度か呼吸した。「ごめんなさい。悪いけど、もう疲れたし、わたしがあなたたちに話せるのはあの人が口にしたことだけ。彼は死んだの。もういない。もう終わったのよ。わたしたちには答えがある。お願いだから、みんなひと晩くらいは穏やかな夜を過ごさない？」

「もちろんだ、ロニー」サイモンが毅然とした顔でリネットを見ながら言うと、ロニーは苦労して立ちあがろうとした。

「だいじょうぶ、ロニー?」フローが声をかけてしわだらけの手を差しのべたが、ロニーはあっさりその手を払いのけて、ふらつきながら部屋を出ていった。残された者たちの胸には悲しみと疲労感と後悔の念が入り交じっていた。

しかしこのとき、そこには相当な疑念もまた渦巻いていた。

18

ぽつぽつというかすかな音が聞こえて一同ははっとなり、何人かが勢いよく立ちあがって窓辺に駆け寄ると、雨がぱらついていた。

「ついに！」とミッシー。

「これで安心ね」とクレア。

「火を消したいなら小雨程度じゃなくてもっと降らないとね」というのがペリーの言い分だった。

「せっかくの恵みにけちをつけるものじゃないわ、お若い方」フローがぴしゃりと言いながら、よっこらしょと腰をあげた。「わたしも休ませていただくわ。さんざんな週末になって残念だったわね。おやすみなさい、みなさん」

リネットが急いで立ちあがってフローに手を貸しにいき、ほかのメンバーはそのまま図書室に残って、やかんにお湯を沸かしたり、冷蔵庫をあさったりした。

アリシアは長椅子にすわったまま、まだ困惑していた。リネット同様、ロニーの話をどうにか納得しようとがんばっている。胸をなでおろしてもいいはずだった。なにもかもきれいにすっきりと決着がついた。まあ、かならずしもすっきりではないが、それでも自白は得られたのだ。

なのに、ちっとも心が休まらないのはなぜ？　ちっとも終わった気がしないのは。

たったいまロニーから話を聞いて、スノーウィーの罪が暴かれたにもかかわらず、彼が人を殺《あや》めるような人間だとはアリシアにはどうしても思えない、それはたしかな実感だった。それに自殺願望があるようにもまったく見えなかった。

スノーウィーと何度か話をして、彼は運命に身を委ねているような気がした。いつものベンチに腰かけて、〝母なる自然〟が良きに計らってくれるのを待っているような。自分からそこに手を貸すつもりでいるとは思えなかった。特にあれほど残酷で時間のかかる方法では。蛇の毒を選んだことも奇妙に思える。小屋のドアからほんの数メートルのところに愛してやまなかった崖があるのに。あの崖からあっさり身を投げて終わりにしなかったのはどうして？

しかも、なぜいま、なのか。自分たちのグループがこんなに近くにいて、しょっちゅう崖のあたりをうろついては携帯電話を確認しているというのに。

「ほっとしてないの？」アリシアの眉間のしわが深くなっていくのに気づいて、クレアがペパーミントティーのカップを差しだしながら言った。「犯人は亡くなって、雨が降りだした。わたしたちの願いがかなったのよ」

アリシアはお茶を受け取って、あいまいに微笑んだ。まだほっとする気分ではなかった。他人の悪夢に誘いこまれて反対側から吐きだされたような気分だ。アリシアには釈然としないことばかりだった。どうしていま、この週末だったのかと考えずにいられない。なにもかもがひどく行き当たりばったりという気がする。ヴェイルやフラナリー夫人とスノーウィーの問題がなんであれ、山荘に宿泊客がいるときに忍びこんで犯行におよんだのはなぜ？　注意をそらすために自分たちを利用し、見知らぬグループに責任を負わせようとしたのだろうか。だとしたら、どうしてわざわざ死の床でなにもかも白状したりするのだろう。

アリシアは身を起こした。ちょっと待って。見知らぬグループじゃない、少なくとも全員がそうだったわけじゃない。それにこの週末を選んだのも無作為じゃなかった。

カップをどんとテーブルに置いて立ちあがった。「願いはかなったかもしれない」とクレアに言う。「でもすべての疑問が解けたわけじゃない。まだ」

くるりと向きを変えると、アリシアは図書室から飛びだしていった。

アリシアが追いついたとき、ちょうどドアを閉めようとしていたロニーは、首を振った。

「お願い、アリシア、わたしもう疲れてくたくたなのよ」

「わかってます、ロニー、ごめんなさい。どうしても答えてほしい質問がひとつあるの」

老婦人は大げさにうめき声をあげつつも、手振りでなかに入れてくれて、そのあとしっかりとドアを閉めた。もしかしたら、自分はいま殺人犯と一緒に部屋に閉じこもってしまったのだろうかとふと思った。が、さしあたりそのことは考えまい。どうしても真実を知る必要があり、目下わかっている唯一の真実は、ロニーが嘘をついていたこと、しかもライルトン行きの列車に乗るずっと前から嘘をついていたことだ。

老婦人がベッドにどさりとすわって靴を脱ぎはじめたので、アリシアは机のそばの椅子に腰かけて、相手がひと息つくまで待った。

それからさっきのミッシーの質問をそのまま口にした。「わたしたち、どうしてここへ来ることになったの、ロニー？　どうして、この週末に、この山荘へ来ることになったの？」

ロニーは質問の趣旨を誤解して答えた。「そうね、運が悪かったということかしら」

「もしくは、運がよかった？」アリシアの言葉で老婦人の顔があがった。「クレアの話だと、〈ライルズ山荘〉を薦めたのはあなただった。すべてはあなたが言いだしたことだった」

ロニーは面食らった顔になった。「あら、それはちがうと思うわ、アリシア。正式に招待されるまでこの山荘のことは聞いたこともなかったし、聞いたときもこの名前には覚えがなかった。前にも言ったように、わたしが知っていたころは〈狩猟山荘〉と呼ばれていたから。実際に来てみてはじめて見覚えがあるとわかったのよ」

いいえ、あなたがそう言ってるだけ、とアリシアは思った。「クレアはあなたからメールを受け取ってるの、ロニー。そのメールには〈ライルズ山荘〉のサイトのリンクが張ってあった」

「そうだったかしら」ロニーは急におろおろして、いかにも耄碌《もうろく》したおばあさんのようだったが、そんなことは出会って以来はじめてで、アリシアには通じなかった。

「どういうことなの、ロニー？　なにか話したいことがあるんでしょう？　今回のことはあなたとスノーウィーに関係があるの？　昔あなたがつきあった相手は彼だったの？　それが原因で大変な事態になってしまったの？」

そこでロニーは心底驚いたようにアリシアを見つめた。それから首を振って、靴下を脱ぎはじめた。新たな嘘をひねりだすために時間稼ぎをしているのだろうかとアリシアは思った。しばらくしてようやく口を開いた。「メールになにかのリンクを張ったなんて本当に覚えてないのよ。でもあなたがそう言うなら、きっとそうしたのね。わたしは忘れてしまった、それだけのことよ。近ごろ物忘れが激しいと言ったでしょう」

ロニーは靴下をくるくる丸め、アリシアは目をくるりとまわしたくなるのを懸命にこらえた。これもあきらかに嘘だった。

「まだわたしたちに話してくれてないことがあるのはわかってるの」アリシアはねばった。「スノーウィーが献身的なスタッフふたりを成り行きで殺して、そのあと自分で毒を注射したなんて、わたしは信じない」

ロニーが保湿クリームの容器を手に取って両腕に塗っているので、アリシアは話を進めた。「わたしたちをここへ誘導したのは、そうすればスノーウィーと再会できるから？　そしてそれがとんでもない事態になってしまったの？」

ロニーはクリームを塗る手をとめて、微笑みそうになった。「何度言えばいいのかしらね。あの人とはほんの短時間会っただけ、それも大昔にね」

「ペリーに言ったでしょう、絶対に一緒にはなれない人と過ちを犯してしまったって――」

「言ったわ！　ディーターとかなんとかいう奥さんのいる男性とこっそり会ったのよ。素敵なオランダ人だったわ、どうしても知りたいなら言うけど。当時わたしはバートと婚約したばかりで、あんなこと絶対にしてはいけなかった。わたしの栄光のときなんかじゃないの。でもたいして意味もないことだったから、相手の名前なんてろくに覚えてもいなかったわ。本当よ、アリシア、あなたはその関係にどうしても固執《こしつ》したいようだけど。わたしがここへ来たのはただ週末を過ごすためよ。いったいどんな理由があって、わたしがわざわざみんなをここへ誘導したあげくに次々と人を殺したりするというの?」

「別にそんなことは――」

「言ってるじゃないの!」ロニーの声はいまや雷鳴のようになっていた。「わたしの言葉を信じてないのは見ればわかるわ。わたしもうくたくたなのよ、正直もうどうでもいいわ。なんとでも好きなように思ってちょうだい。わたしはスノーウィーの死とはなんの関係もなくて、ただ彼の手を握って最期を看取ってあげただけなの。みんなにもそうしてほしいとは思わない。あなたにそんなふうにほのめかされるのは、はっきり言って不愉快だわ」

「ロニー――」

クリームの容器をベッド脇のテーブルに叩きつけるように置くと、ロニーはアリシアの言葉をさえぎった。「わたしがここで、この週末のあいだにやったことはすべて、ブッククラブを守るためだった。スノーウィーがああするしかないと感じたことは心から残念に思うし、そもそもそんな状況になったことに腹も立つわ。でもね、それに対しては、わたしたちのだれにも、できることはなにもないの。なんにも! わたしの言ってることがわかる? もう考えるのはやめて前に進むの、それがわたしたちのすべきことよ」

それは警告のように、やんわりとした脅しのようにアリシアには感じられたが、ロニーの話はまだ終わっていなかった。「お願いよ、アリシア」今度は語調がいくらかやわらいでいた。「もうすんだこと、とにかくその事実に目を向けて。あしたには消防団が到着するでしょう、そうしたらわたしたちはみんな無事にここを出られるわ。じゃ、そろそろ休んでいいかしら」深々とため息をつく。「本当に悲惨な夜だったし、ひとりになりたいの。もう精魂尽き果ててしまったわ」

アリシアはうなずき、叱られたような気分で腰をあげた。

なんと言えばいいのかわからなかった。ロニーにあやまりたいし、あなたを疑っているわけじゃないと請け合いたいが、あらゆる状況が彼女を示していた。看護婦をしていた経歴があるし、毒物の管理や入手方法を知っているであろう唯一の人だ。この山荘とつながりがあるのは彼女だけで、みんなをここへ誘った張本人でもあり、その件についてまだあきらかに嘘をついている。

廊下に出てドアを閉めようとしたとき、ロニーの小さな声がかろうじて聞こえた。「いつかあなたもわたしを許してくれる……」

アリシアが振り返ると、ロニーは寝息をたてていた。

サイモンは私道のはずれに立つクレアを見つけた。両腕でしっかりと身体を抱いて、煙ったような景色を眺めている。あるいはあまりにも悲惨な夜のせいで煙って見えるだけかもしれない。

「だいじょうぶ?」と声をかけると、クレアはうなずきながら今度は空を見あげた。

「雨がやんだわ」

「心配しなくていい。そのうちまた降りだす。明け方にはもっと降るという予報だ」サイモンはそばに行った。「嘘をついていたこと、本当に申しわけない」

クレアは首を振った。「今回のことでは、わたしも正直とは言い切れないわ」

「その件は……いつみんなに話すつもり?」

クレアは身を固くした。「わからない」

「みんな許してくれる。わたしのことも許してくれた、よそ者も同然なのに」

「みんなが許したのは、あなたがよそ者だからこそよ、サイモン。みんなどう思うかしら、わたしが最初からずっとみんなをだましていたなんて言ったら。ここへ来たのはわたしが仕組んだことだなんて言ったら」

「別に仕組んだというわけじゃない、クレア——」

「身勝手だし、ずるいやり方だったわ」ため息をついて景色に目をもどす。

「この山荘にはもう嫌気がさした?」答えは聞きたくないと思いながらサイモンは尋ねた。

「いいえ、まさか」クレアは答えて、サイモンのほうへ手を伸ばした。「ますますここが好きになったわ」

アリシアがどっぷり考えこみながらブレイクの部屋の前を通りかかると、なかからかすかな足音が聞こえた。心臓が飛びはね、胃がすとんと落っこちた。

あのタブロイド紙の記者は、まだ生きてるの？　まさかずっと自分の部屋に隠れていたとか？

ドアがわずかに開いていたので、そっと押して、おそるおそるなかをのぞく。最初に気づいたのは部屋が整然としていることだった。脱ぎ散らかしてあった汚れた服がどこにもない。机に目をやると、だれかがすわって書類をぱらぱらめくっている。

「やだ、リニー！」なかに踏みこんでアリシアはドアを閉めた。「心臓がとまりそうだったわよ！　放蕩記者がもどってきたのかと思った」

リネットが顔をあげた。「ごめん。ちがうよ、いつものあたし。あしたに備えて早めに荷造りしておきたくて。みんなで救助されるって前向きに考えてるんだ。ブレイクの荷物もまとめておいてあげようと思ってね。わかんないけど、彼が生きてるのか、それとも……」語尾を濁した。「だれかがこのぐちゃぐちゃの部屋を片付けないと」

アリシアはうなずき、ベッドの端に腰をおろした。「だいじょうぶ？」

リネットは肩をすくめた。「うん、あたしはだいじょうぶ。ただ……」部屋のなかを見まわして、姉に目をもどす。「ロニーの話、ちょっとおかしいって思わなかった？　スノーウィーが自白したなんてちょっとできすぎじゃない？　だって、あたしはほんの短い時間しか会ってないけど、自殺願望がある人にはとても見えなかった」

「人は見かけによらないってことも……」

「そうだけど、でも聞いて――先週ここは空っぽだった。きょうゲストブックを調べてみたの。見るかぎり予約は一件もはいってなかった。ヴェイルとフラナリーさんを殺すならなんでそのときにしないの、自由に山荘に出入りできるときに。なんで人がぞろぞろいるときにするの？あたしたちに罪を着せるつもりだったとしたら、なんでロニーに自白するの？」

アリシアは会心の笑みを浮かべた。「それこそわたしが考えてたことよ、リニー。どうしてもなにか釈然としないの」

妹のこういうところをアリシアはこよなく愛している。ふたりは常に同じページを見ている。というか少なくともこれまではそうだった。リネットの手のなかのメモ帳に気づいて、アリシアは訊いた。「で、そこに持ってるのはなに？」

リネットは下を見てまた顔をあげた。「正直よくわからない。ロニーの話がすべてじゃなくて、もっとほかになにかあるんじゃないかって、そんな気がしてならないの」顔をしかめた。「ロニーが嘘をついてるって言ってるんじゃなくて、はっきりとはね、だけどスノーウィーは嘘をついてたかもしれない。もしかしたら……」

そこで間をおき、またしても疑念のこもる目で姉を見た。「ブレイクがいけ好かないやつなのはわかってる。あたしたちをまんまと利用したことも、全部わかってる。だとしても、彼がここでなにかをつかんでたのもたしか。バーで一緒に飲んだ夜、なにか大きな仕事を成し遂げようとしてるみたいなことを言ってた。キャリアが一気に好転するようなことを。そのときはなんの話かわかんなかったけど、全部ドナル・マーフィーに関係してるような気がするんだ」

リネットの目が細くなる。「さっきあたしがドナルの名前を出したとき、ロニーがすごい勢いで否定したのに気づいた？　顔が赤くなってた、それは断言してもいい。ああいうのはごまかせないよね」

アリシアはうなずいた。そう、自分も気づいていた。

リネットが言った。「たぶんブレイクはドナルに関してなにか重大なことをつかんだんだと思う。でもって、その情報は彼の資料のなかにあるんじゃないかな」机の上のメモ帳をとんとんと叩いた。また渋い顔になる。「問題は、彼のメモが全部まるで象形文字みたいなこと。一語だって読めやしない」

「見せて」アリシアはメモ帳に手を伸ばした。そのページにざっと目を通し、次のページも見た。「ああ、これは速記ね。ジャーナリズムの授業で少し習ったけど、使う必要は全然なかった。まだ覚えてるかな……」

リネットは立ちあがり、両腕を高くあげて伸びをした。「姉さんがそっちをやってるあいだに、あたしは荷造りを終わらせちゃうね」浴室のほうへ行き、数分後に大声で言った。「彼、アフターシェイブ・ローションの趣味はなかなかいいね、これは渡してあげなきゃ」

でもアリシアは聞いていなかった。反訳している内容のことで頭のなかがめまぐるしく回転していた。

「なんだった？」〈ヒューゴボス〉のオー・ド・トワレを手にして部屋へもどってきたリネッ

トが訊いた。

アリシアは顔をあげた。「あなたが考えてたとおり――ドナル・マーフィーに関するメモだった」

「なんて書いてある？」

アリシアはまた下を向いて、メモ帳を指でとんとん叩いた。「これによると、というかわたしが解読できたかぎり――速記の腕がすっかり錆びついちゃってて――ドナルはここにいるあいだにだれかと関係を持った。でも、これはまちがいない、ブレイクが書いてる相手の名前はリディア」

リネットが目を大きく見開き、姉の隣に来て腰をおろした。「リディア・ライル？　オーナーの妻の？」

「スノーウィーの妻のね」とアリシアは指摘した。「ほかにも書いてあって、たとえば狩猟ツアーのこと、一連の日付も……」続けて目を通していく。「一九六八年の日付が三つ、一九七〇年の日付がふたつ、火災のあった年ね」

ページをめくり、ブレイクの手書きの速記に目をこらす。「トム・なんとかっていう名前が書かれてる。オブライエンかな」リネットに目を向けると、彼女が肩をすくめたので、また目をもどした。「オーケイ、えーと、引用符のついた一文があって、これはたぶんこのトムって人が話した内容ね。こう書いてある。〝リディアとドナルはお盛んだった、まるで……ワサギみたいに〟」

「ワサギ？」

アリシアは目をこらしてよく見た。「ウサギ！」苦笑した。「ふたりはウサギみたいにお盛んだった。うわあ、それはまずいわね。それからこうも言ってる……」言葉を切って目を細める。「〝スノーウィーは奥方を崇拝していた。このことは……まちがいなく……彼に大きな打撃を与えただろう。もしも事実を知ってしまったら、彼はおそらく……〟この単語はなに？　打ちのめされた？　たぶん打ちのめされた、だわね」アリシアは顔をあげた。「ブレイクは〝もしも〟のところに下線を引いてる」

「じゃあ、スノーウィーが実際に知ってしまったかどうかは書いてないってこと？」

アリシアは肩をすくめながらページをめくった。「なるほど、つまりスノーウィーの妻は不倫をしていた。別に意外じゃないわね。写真で見るかぎり、ふたりはかなり年齢差がある。つまりね、スノーウィーも素敵な人だけど、リディアは完全に別世界の人」

「ドナル・マーフィーもね」リネットはオー・ド・トワレを置いて、ファイルから一枚の顔写真を抜き取った。

ふさふさのゆるやかな巻き毛、きれいに日焼けした顔、明るく生き生きとした目の若者だった。写真では肩の上部までしか見えないが、たくましく小麦色に焼けているのがはっきりわかる。いまの時代に生きていたら〈ヒューゴボス〉のモデルになれただろう。

「ほんと、たしかにゴージャス」アリシアも言った。「それに若い。二十歳《はたち》そこそこって感じ」

リネットはうなずいた。「しかもセクシーなハンターだった、覚えてる？　これに抗《あらが》うのはむずかしかったろうね、うんと年上の退屈な夫が山荘の経営で忙しかったりしたらなおさらだし、ペリーが言ってなかったっけ、スノーウィーは町長もやってたとかなんとか。それで鬼のいぬ間に……」両の眉を吊りあげる。「もしかしてブレイクのメモに書かれてた日付は、リディアとドナルが密会してた日なのかも――狩猟ツアーのあった週末、ただしやってたのは狩りだけじゃなかった」

眉がさがった。「スノーウィーは知ってたんだと思う？　密会の現場を押さえたとか？」

アリシアは肩をすくめた。「もしかしたらね。たしかにこの若者のことは好きじゃなかったみたい、わたしにはそんなふうに聞こえた。それより大きな疑問は、もし彼が知ったらどうしただろうってこと。それに、どうしていまさら、何十年もたってからその件が表に出てきたの？　ブレイクがあちこちでうるさく訊いてまわって寝た子を起こしたの？　わたしたちが見つけたように、ブレイクもスノーウィーの小屋を見つけて、彼を問い詰めて嫌な記憶を呼びさましてしまったの？」

リネットは考えこんだ。「だとしても、スノーウィーがヴェイルとフラナリーさんを殺した理由は説明がつかない。それになんで山に火をつけたりするの？」

「人生がこんなふうになってしまったことに腹を立ててたのかも。火災のあとスノーウィーの結婚生活は破綻したみたいだし。リディアはこの山を捨てて出ていき、子供たちもいなくなって、それがきっかけでスノーウィーは社会から離脱してあの小屋に移り住んだとしか……」

また頭がくらくらしてきて、それは疲労感とはなんの関係もなかった。答えはすぐ手の届くところにあるような気がする。ただそれをつかめないだけで。

ドナル・マーフィーはあきらかに〝生意気で鼻につく野郎〟だったとスノーウィーは評していた。ドナルは週末の狩猟ツアーに案内人としてやってきて、そのついでに雇い主の妻に手を出した。少なくともブレイクの証人はそう断言した。ならば、そのドナルがどうして〝大火〟の消火にあたることになったのか。ほかの全員が助かっているのに、どうして彼だけが死ぬはめになったのか。そしてなぜそれがいまになって表に出てきたのか。

スノーウィーの最後の言葉が不意にアリシアの目の前に躍りでた。

〝過去が急速に迫ってきている、どうやら償《つぐな》いのときがきたようだ〟

アリシアははっと息をのんだ。「スノーウィーがドナルを殺したんだとしたら?」

「えっ?」

「あの火災は、実際に起きたことを隠すための口実だったとしたら。スノーウィーはドナルがリディアとベッドにいる現場をつかまえて、彼を殺して、あの崖のそばに埋めたとか? それこそがいまになって表に出てきた理由、彼が開発計画の話を聞いてじっとしていられなくなった理由かも、ドナルの遺体が掘り起こされてしまうから!」

リネットは首を振りながら一冊のファイルに手を伸ばした。「その仮説はなかなかいいと思うよ、姉さん、ほんとに。でもね、ドナルの遺体は収容されて故郷に送られたっていう記事がどこかにあったはず」ファイルをめくりはじめた。「葬儀と、ささやかな追悼式も行なわれたって……」

妹がファイルを調べているあいだも、アリシアは引きさがらなかった。「そう、でもスノーウィーがドナルを殺して遺体を火のなかに捨てたんじゃないってことにはならない。ブレイクがその真相を探りだして、五十年の節目にそれを記事にして事件を蒸し返すと脅していたのかもしれない。だからスノーウィーはいま、わたしたちみんながここにいるのに、自殺したのよ。彼の頭のなかでは、ブレイクはシドニーにもどって暴露記事を書こうとしていた。ヴェイルとフラナリーさんも真相を知っていて、だからふたりも殺さなきゃならなかったとか？」

アリシアは肩の力を抜いて、うなった。ちがう、それじゃ辻褄が合わない。そこがいつもひっかかるところだ——何十年も一緒に生きてきて自分の秘密を委ねてきたふたりの人間を、どうしてスノーウィーが殺そうなんて思うだろう。

「ひょっとしてブレイクは、秘密を明かしてくれたら大金を払うとヴェイルとフラナリーさんに持ちかけたのかも」アリシアは考えを声に出しながら、そこでまたうめき声をあげた。「五十年前の秘密を守るために何人も殺すなんて、しかもこんなに時間がたっていたらたぶん証明もできない秘密なのに。おまけにドナルの遺体はもう骨になって故郷にもどされているのに。そういえば彼の故郷ってどこなの？」

リネットは聞いておらず、小さな写真が添えられた記事を読んでいる。「これ見て、アリシア。この報道によると、ドナルには姉妹が何人もいたって」顔をあげて姉を見た。「ロニーがドナルの姉ってことはあると思う？　だから彼女はあたしたちをここへ連れてきたのかな。弟を殺した男に復讐を果たすために？」

アリシアは青ざめた。そのほうが辻褄が合うのではないか……

リネットが記事を読み続けているので、アリシアは部屋のなかを見まわし、また目をもどした。「どこかにA4の封筒はない？　表に《家系図》って書いてあるやつ」

「うーん……よくわかんないけど」リネットはあいまいに答えた。「封筒ならいくつかかばんの横のポケットに突っこんだよ」記事から目を離さずに手を振って示した。

アリシアはそちらへ走って、ブレイクのかばんをあさり、最初にこの部屋へはいったときに見たあの封筒を見つけた――マーフィー家の家系図。内容はすっかり忘れてしまった。封筒に手を入れて、あのとき目にした紙を取りだす。最上段にはエイモン・ジョゼフ・マーフィーとメアリー・ルイーズ・オコナーという名前がタイプされている。その下の枝にはエイモンとメアリーの六人の子供の名前がある――娘が五人と息子がひとり。

かすれた赤インクの丸で囲まれた名前がひとつあり、それはドナルではなかった。

その名前を見たアリシアの息がとまり、頭のなかがひっくり返った。一方リネットは粒子の粗い一枚の白黒写真を凝視しており、そこにはぽっかり空いた地面の穴を囲んで身を寄せ合う黒ずくめの女性の一団が写っていた。女性の数を数えたリネットは、血管のなかを冷たいものが走るのを感じ、そのあとドナルの故郷の町の名前を見て息をのんだ。

姉妹は同時に顔を見合わせた。目をむき、絶句しながら。

やがてリネットは、記事をテーブルにぴしゃりと置いた。「あのとんでもない大嘘つき」

19

図書室のドアの前でリネットは逡巡《しゅんじゅん》し、アリシアはそのすぐ後ろにいた。事前にふたりで相談して、リネットが話をすることになっていた。ぜひそうしたいと本人が言ったのだ。その勇気があることを証明しなければならないと――姉に対してもみずからに対しても。でも、なによりもそうしなければならないのは、まどわされ、もっとも多くの嘘をつかれたのが自分だったからだと。

「あくまでも冷静にね、感情的になっちゃだめよ」アリシアは妹に言った。これもまたジャーナリズムの授業で教わった秘訣だったが、ミス・マープルとポワロ探偵から学んだ教訓でもある。

ふたりで互いを励ますようにうなずき合い、なかにはいって革張りの長椅子のところへ行くと、だれかがすわって身をかがめ、目の前に広げた『ライル一族の栄華』と題された白い薄い本に見入っていた。

「どうも、フロー」リネットが声をかけた。「おじゃましてもいい?」

老婦人は驚いて顔をあげ、ふたりを見た。「あら! どうも、お嬢さんたち!」

そこでふたりの表情を――やや緊張した硬い表情を――見て取ると、微笑んでこう言った。

「ああ、それじゃあ、あなたたちは大団円のために来たのね！」

「まあそんなところ」とリネット。でもその顔に笑みはなかった。フローが手にしている本を指さした。「ペリーがフィクションの棚で見つけた本ね。この山荘の周辺で多くの嘘が飛び交ってたことを思えば、ぴったりの場所かも」

老婦人の笑みがしぼんだ。「そうね、ええ、はじめたのは彼らよ。不名誉なことだわ、本当に、ドナルにほとんど言及しないなんて。ひどいショックを受けたわよ。弟はこの山荘のために命を捧げたというのに、たった一文を記す価値もないなんてね。お茶でもいれたらどう、おふたりさん」

どちらもあっけにとられた顔をしているので、フローはくすりと笑った。「ちょうどお湯が沸いたところだし、今夜は長い夜になりそうな気がするの。あなたたちも楽にしてくつろいだほうがいいわ。ポットにお茶でもいれてきたら。あそこにおいしいカモミールティーがあるわよ、アリシア。不眠症に効くんじゃないかしら」

「いいえ、だいじょうぶ」アリシアは答えて、リネットとしかめ顔を見合わせた。

「だったら好きになさい」フローは自分のカップに手を伸ばした。「さてと、わたしがなぜあんなことをしたのか、あなたたちはそれを訊くために来たのね。あのばあさんはいったいなにを考えているんだろうって」ふたりに目を向けると、どちらもひるむまいとしっかり見つめ返した。フローは肩をすくめた。「弟のことを考えていたのよ、もちろん。ドニーのことを考えない日はなかった」

そこでカップのお茶をひと口飲み、会話が終わったかのようにひと息ついた。

姉妹はまたしても顔を見合わせ、フローの向かいの長椅子に並んで腰をおろした。リネットが深呼吸をして、口火を切る。「弟さんが死んだことをどうしても乗り越えられなかったのね、フロー」

「あの子が殺されたことをね！」フローは訂正し、華奢《きゃしゃ》な指を一本あげた。「そう、わたしは乗り越えられなかったの、あなたがとってもじょうずにたとえてくれたとおり——車で簡単に越えられる路上の段差みたいには。それでもわたしはちゃんと前に進んだわ、リネット。そうしようとがんばったの。容易なことじゃなかったわ、当然ながら。わたしにはかわいい弟だった。うちの家族の中心だった。あの子はひとり息子で——」

最後の言葉で声を詰まらせ、感情的になった自分にうんざりしたように、顔をしかめて咳払いをした。「最初はとても生きていける気がしなかった。でも、わたしを支えてくれたのはなんだと思う？　生きる支えになったたったひとつのものは」本に目を落とす。「ドニーはみんなを救おうとして命を落としたんだという、その想いよ。あの子は輝かしい栄光に包まれて世を去ったんだという。あの子は英雄として永久に記憶されるんだという想い。それなのに、あの人たちときたら、あの子に関する記憶をきれいに消してしまったのよ、はじめから存在さえしなかったみたいに」目を細くして顔をあげた。「どうしてそんなことをするのかわかる？」

「彼がスノーウィーの妻と関係を持っていたから？」リネットが答えると、フローの目つきが険しくなった。

「たったそれだけのことよ、たかが浮気！　くだらないちょっとしたお遊びでしょう！　そのせいで死んで当然だと思う？」

「全然思わない」リネットはなだめるようにてのひらをあげた。「だけど、ヴェイルとフラナリーさんだって死んで当然だとは思わない」

「あら、そう、そこは意見が合わないわね」フローは口角をさげて腕組みをした。「あんなことをするつもりは毛頭なかった、ほんとよ。ともかく最初はね」

姉妹が懐疑的な視線を交わすと、それを見てフローはかぶりを振った。

「それは本当よ。わたしはただこの山荘に来るという考えを吹きこんだだけ、それを推し進めたのはあなたたちでしょう」

なにもかもこっちが悪いと言わんばかりだ。

その言い方にかちんときたリネットが反論しようとしたので、アリシアは妹の手を取ってぎゅっと握った。これまでも何度か自白に立ち会った経験から、真相にたどりつく方法はひとつしかないとわかっていた。平静を保ち、容疑者に話し続けさせること。アリシアからも訊きたいことがひとつあり、それはロニーがきちんと答えてくれなかったことだった。

アリシアはその疑問を口にした。「ロニーの書いたメールの最後にこっそり〈ライルズ山荘〉のリンクを張ったのはあなたね、フロー。ロニーは最初そんなことはしてないと言って、そのあとで、自分が忘れてしまっただけだっていうふりをした。でも、あれはあなたをかばうため、そうなんでしょう？　彼女はいつからあなたを守ってきたの？」

どうでもいいというように、フローはふーっと息を吐きだした。「ロニーは仲間内で最先端の機器を使えるのは自分だけだと思ってるらしいわ、ほかのみんなはそういうことに疎《うと》いって。だからわたしも調子を合わせたの。その思いちがいは好都合だった。彼女に週末旅行を承諾するように言ってから、メールを送る前に内容を確認させてほしいと頼んだの——ふたり宛てに来た手紙の返信だからと言って。それで彼女も同意した。そしてロニーが目を離した隙にリンクを張って、気づかれる前に送信ボタンを押したのよ。あとはあなたたちが全部やってくれた。まるで夢のようにうまくいったわ！　あなたが全員の予約を取ってくれて。ほんとに驚きだわ」

「わたしたちが予約を取ってなかったら？　別の場所を提案していたら？」

「そうしたら、こんなことにはならなかったでしょうね、お嬢さん」

またしてもフローがこちらに責任を押しつけようとしているように思えて、今度ばかりはアリシアもかちんときた。老婦人は微笑んだ。

「まあ、そんなにかりかりしないで、ふたりとも。人生なんてそんなもの、ちょっとしたことで、そう——風向きが変わるのよ。だれかの思いがけない幸運が別のだれかの不運になる。それはだれにもどうすることもできないの」

「弟さんは身をもってそれを学んだわけね」リネットがさっきより冷静になって言うと、フローはうなずいた。「要するにあなたは、あたしたちを利用してここへ来て、復讐を果たしたわけ？」

「あら、だれかを殺すつもりなんてさらさらなかったわ。そんなことわたしの計画にはなかった！　わたしはただ最後の冒険がしたかっただけ、そんなときにクレアが手紙をくれて、みんなでどこか人里離れた場所へ行こうと考えていると教えてくれた。すぐに〈狩猟山荘〉のことが頭に浮かんだわ」

　フローの目が楽しそうに室内を見まわす。「ドナルは昔からここが大好きだった。わたしたちはみんな、あの子が射撃の腕を披露するためにここへ来るんだと思っていたの。ここではたいした人気者だったのよ。英連邦競技大会《コモンウェルスゲームズ》でメダルを取ったこともあるの、知ってた？　いえ、あなたたちが知るはずないわね」

　苦々しい顔でまた本をちらりと見る。「あの子の話は全部抹消されてしまったわ。はじめから存在しないみたいに。でもね、あの子は定期的に呼ばれてここへ来ては、狩猟ツアーの案内人として都会の人たちにちょっとしたことを教えたりしていたのよ。結局は別の目的もあったんだけれどね、どこかの尻軽女という」

　毒を吐きだすように最後の言葉を口にすると、フローはまた唇を微笑の形にした。「一度ここを訪れたいとずっと思っていたの、あの騒動はいったいなんだったのかたしかめたくて。でもそんな勇気はとてもなくて、ひとりではとうてい来られなかったでしょうね。ブッククラブとして来るのなら、そうよ、それはすばらしい考えに思えたわ。たった一度、お別れを言う最後の機会がほしかったの、それだけだった」

　フローの平然とした態度に、リネットのいらだちは募るばかりだった。「悪いけど、フロー、そんなの信じられない。あなたは毒と注射器を持参してきた。自分がなにをしてるか正確にわかってたはず。あなたは最初から仕返しするつもりだった」

「ああ、あれは彼らのために持ってきたんじゃないわ！　自分のためよ」

「自分のため？」

「そのことではあなたに嘘はついてないわ、リネット。わたしはもう長くないの、どこかの殺風景な病院でモルヒネを打たれて朦朧《もうろう》と過ごすなんて耐えられない。ええ、そんなのはお断りよ」

「介護施設に行くつもりなんかなかったのね」

「介護施設？　だれが行くもんですか！　だからこの計画を立てたのよ。〈ライルズ山荘〉から二度ともどるつもりはなかった。弟のそばに行きたかった、最初はそれだけだった」お茶のカップを手に取って口元へ運びながら、フローは暗い窓をじっと見つめたが、そこに映るのは悲しげな自分の姿だけだった。「ずっと不憫でならなくてね、ドニーの魂がこの山に置き去りにされているかと思うと。ひとりぼっちで、あんな場所に」

お茶を飲んで、カップを置いた。また腕組みをする。

「遺体が見つかったのは、わたしたちが最初の日に歩いたあの遊歩道の先なの、そのことは知ってた？　ブレイクのメモに書いてあるのを見たかしら。彼らはあの子を見つけるのに一週間かかったの。一週間もよ！　そのあいだじゅうこんなに近くにいたのに。ドナルは大きな木の枝で背中を折られて死んだって、わたしたちは世間にそう言ってて、それは本当なの。あの子は落ちてきた枝のせいで死んだ。でもそれはガラーガンボーンで起こったんじゃない。ここで起こったことよ。火のついた枝が上から落ちてきてね、消火活動をしてる最中に。彼らの火事なのよ、あの子が消火する必要なんてなかったのに！」

身をかがめて、さっきミッシーが置いたティッシュの箱から一枚引き抜いた。力任せに洟をかむ。「彼らは、ライル一家は、ドナルの遺体をうちに送ってきたわ、謝罪の言葉ひとつ添えずに。あの子はうちの敷地に埋葬されたけど、あそこに眠っているのはあの子じゃない、そうじゃない。あの時分は遺体を目にすることも多かったから、わたしにはわかる。あれは魂の抜けたただの骨よ」

ティッシュを外の暗い森に向けて振った。「ドニーの臨終の地はここで、あの子の魂が生きているのもここ、だからわたしもこの地で臨終を迎えたかった。わたしたちの魂が再会できるように。何年もかかったけど、やっとあの子のそばにいてやれると思った。そのために、ここへ着いた日にあなたたちと散歩に出たのよ。素敵な死に場所をさがすために」

その言葉はあまりに衝撃的で、あのとき自分が蛇や落石の心配をしたり、フローに怪我はないかと案じたりしたことを思いだして、アリシアは大きく身震いした。もしもあのときこの人を助けていなかったら、こんなことはいっさい起こらなかったかもしれない。

リネットが訊いた。「じゃあ、気が変わった理由はなに？」

「不眠よ、リネット、それとよくあるちょっとした幸運」フローは微笑んだが、今回のそれは意地の悪い笑みだった。「みんなにも話したとおりよ。最初の晩はすっかり目が冴えてしまってね。あなたがバーであの愚か者のブレイクといちゃついてたとき、わたしは部屋のバルコニーでドニーのことを考えていたわ、たびたびそうしているように。そのときよ、ヴェイルがあのおかしなバッグを持って、通行禁止のはずの遊歩道を急ぎ足でのぼっていくのが見えた。いったいなんだろうと思ったわ。スノーウィーがあの上に住んでるなんて夢にも思わなかった！　みんなと同じで、彼はとうの昔にいなくなったものと思っていたの。ヴェイルがもどってきてはじめて、わたしはその事実に気づいた。いえ、ブレイクが、と言うべきね」

フローの眉が愉快そうに持ちあがる。「あなたはベッドに引きあげたけど、リネット、ブレイクはロビーでぐずぐずしながらパソコンでこっそりなにか調べたりしていたの。彼がなにをするつもりなのかわからなくて、それでわたしもぐずぐずしていた。でもこっちのほうがうわてだったわ。彼は全然気づいてなかったけど、わたしはそばにいたのよ。風に揺れる影みたいにね……」

にやりと笑った。いかにも誇らしげに。「ヴェイルが帰ってくる音がして、男たちはふたりで話しはじめた。というより言い争いね。ブレイクが昔の火事のことでヴェイルを質問攻めにしていて、それでたぶん彼は記者にちがいないとわかったけど、ヴェイルはもう知ってたみたいね、うっかり秘密をもらしたところを見ると。ばかな男」小さくけらけら笑った。「ヴェイルは、マスコミがうろついてるから口を閉ざしておくようスノーウィーに警告してきたと言ったのよ。わたしはヴェイルが〈悔恨の小道〉をのぼっていくのを見ていたし、ブレイクもそう、だからふたりともあれこれ考え合わせて結論を出したの。スノーウィーは山の上にいるにちがいないって！」

またけらけら笑った。ヒバリみたいに楽しげに。「ああ、あのときのヴェイルの顔、あなたたちにも見せたかったわ！　彼はスノーウィーを蛇の餌食にしたも同然だった。だってあれは蛇みたいな男だったでしょ、リネット。ぬめぬめしてつかみどころのない蛇」

リネットはここで大きく深呼吸をした。餌に食いつくものかと。まだ答えを訊きださねばならない疑問が山ほどある。「それからどうしたの？」

「ヴェイルは出ていけと言ったけど、ブレイクは取り合わなかった。こっちには証人がいるから喜んで事実を証言してくれると言ってたわ。一九七〇年にかの有名なジャック・ライル氏がわたしの弟を引き立てていって死に追いやったという事実を」

異論はあるかとばかりにフローはにらみつけてきたが、リネットはただ手を振って先をうながした。

「ほかのみんなは安全な山荘内にとどまるように言われたのに、ジャック・ライルはわたしの弟を燃え盛る森へ連れていって、消火にあたれと言ったの。それは死刑宣告も同然だった。実際そのとおりの結果になったわ」

目に涙があふれると、フローは乱暴にそれをぬぐった。一生分泣いたからもうたくさんだとばかりに。「ほんと言うとね、それほど驚きはしなかったの。当時からそんな噂は飛び交っていたから。でも、わたしは決してそんな噂にはまどわされなかった、少しも。ライル家がそんなひどいことをするはずがないし、弟は英雄として死んだんだって、その事実にしがみついたの」

フローはあらためて薄い本に目を向けた。「ライル家もその後いろいろ苦労したとわかって、そのことも助けになった。噂では、リディアは夫を捨てて、夫は山荘を弟に譲ったとかなんとか……なのに、その男がまだここにいて、この山を楽しんで、わたしの弟の聖域に住んでるですって？　ほんと、がっかりなんてものじゃなかったわよ！」

そこでリネットに鋭い視線を投げかけた。「たしかに蛇のような男だったわ、あなたの彼は。でもなかなか利口な人でもあった、それは認めてあげる。彼がいなかったら、わたしはなにも気づかないままだった。ここで静かに死んで弟のそばに行って、そのかたわらでスノーウィーはのうのうと生き続けて、この素敵な場所を楽しんでいたでしょうね、なんら罪を償《つぐな》うこともなく」

「彼は罪を償わされた」リネットが言うと、フローはうなずいた。「ほかの人たちは？」

「あのふたりも同罪よ、リネット。食事を与えて、彼をかばっていた。殺人者を生かしていたの。彼らも死刑に値するわ」

ふたりが殺されたのは、ある男に食事を与えていたから？　どう反応したらいいのかリネットにはわからなかった。この女性はモンスターだ。血も涙もない冷酷なモンスター。リネットの苦悩が深まるのを感じたアリシアは、もう一度ぎゅっと手を握った。妹が見返してうなずいたので、その先の尋問を引き継いだ。

「あなたはまずヴェイルに毒を打った」アリシアは言った。「どうやったの、フロー」

「あら、今度はあなたの番なのね、アリシア」フローがいたずらっぽく目をきらめかせる。

フローがこの尋問を楽しんでいるのはあきらかだった。それでも、いまいましいほどに絶え間なくあふれる涙が、ただ楽しんでいるだけではないことをふたりに物語ってくる。どれほどけらけら笑って意地悪な言い方をしようと、どれほど復讐を実行するのを楽しもうと、この話題はいまもひりひりと痛む傷であり、彼女の最愛の弟はいまも土の下に眠っているのだ。

「どうやったの?」アリシアは重ねて訊いた。

「いたってシンプルに、本当よ。ヴェイルが寝入るのを待った。彼は男だし、年寄りだし、あれだけの距離を歩いてきたばかり。ぐっすり眠りこむのはわかってたわ。良心の呵責《かしやく》なんてかけらもなしにね。彼が二階にあがっていくのを見届けた。あとはドアに鍵をかけないことを祈って、その点は運がよかった。天は今度もわたしに味方してくれたわ。一時間待って、それから部屋に忍びこんだの」

穏やかに微笑んだ。「ヴェイルの腕はちょうどいい位置にあって、どうぞ打ってくださいと言わんばかりだった」自分の腕を使って、肘の内側の血管が見えるように差しだした。「注射器は前もって用意していたから、それを打って、ベッドにもどった」

「打ったのは蛇の毒?」

「ロニーの見立ては正しかったわ。インランドタイパンの毒。世界でも最強の毒を持つ蛇よ。猛毒。言ったでしょ、もともと自分で使うつもりだったって。死を長引かせたくなかった。ヴェイルも長くはかからなかったはずよ、残念ながら。一時間以内に終わったでしょう」

「彼はひどく吐いてたわ、フロー。恐ろしい一時間だったはずよ」自分も感情を極力抑えながらアリシアは言った。フラナリー夫人にはヴェイルのうめき声が聞こえなかったのだろうか。硬い木の壁——すべて美しい〝緑の金《グリーンゴールド》〟だ——が声をかき消したにちがいない。のちに判明したことだが、夫人はその夜、睡眠剤を二錠のんでいて、ヴェイルには端《はな》から望みはなかったのだ。

「ヴェイルの苦痛なんてなにほどのものでもないわ、弟の壮絶な死に比べたら」フローは言った。「燃え盛る森のなかで、ひとりぼっちで、そう思わない？」目がうるんで血走っている。「あの子は即死だったと言われたけど、そんなことがどうしてわたしたちにわかるの？」

フローは言葉を切り、息をあえがせ、声を詰まらせた。「あの子が苦しまなかったなんて、どうしてわかるの……もしかしたら恐ろしい……耐えがたいほどの苦痛を……味わったあげくに……あげくに……」

フローがまた目をこすって涙をぬぐうと、姉妹の心にはじめて同情の気持ちが湧いたが、アリシアとしてはここで流されるわけにはいかなかった。軌道をはずれないようにしなくては。

「じゃあ、フラナリーさんのときは？」

フローは嗚咽をこらえて咳払いをした。「ああ、彼女の部屋は鍵がかかっていたの、面倒なことにね！　そうよ、天は必要なときに味方してくれるとはかぎらない。夕食のときに彼女がブレイクに言った言葉は忘れないわ。弟のことをさも不快げに口にしていた、あの子がただの厄介者みたいに。偉大な〈ライルズ山荘〉の評判に傷がつくと言わんばかりにね。どうしても聞き捨てならなかった」

「ああ、フロー」またしてもどっと気持ちが沈んだリネットは、もう黙っていられなかった。「あんなの軽い気持ちで言ったことでしょう！」

「軽くあしらわれたのはわたしの弟なのよ！」フローは言い返し、細かいしわのある頬に涙がとめどなくあふれた。「あの子を死に追いやっておいて、虫けらみたいに扱ったのよ！」

「だけど、そもそも彼女は当時ここにはいなかった——」

「あの悪党のために何十年も毎日栄養満点の料理を作ってやってたのよ。うちのドニーが食べたこともないような。たぶん洗濯もしてやって、靴下も繕ってたはずよ！　あの男の世話をしてたんだから、あんな目にあうのは当然だわ！」

「わかった、わかったから」アリシアは今度も懸命に感情を抑えながら言った。「じゃあ、フラナリーさんのときはどうやったのか教えて。彼女は朝食のあと地下の貯蔵室に行った、料理用ワインがあるかどうかたしかめに。そうよね？」

厨房《ちゅうぼう》のカウンターに買い物リストとほとんど空になったワインのボトルがあったことをアリシアは覚えていた。フラナリー夫人はライルトンの町へ行く前にたぶん在庫を確認しようとしたのだろう。

どうでもいいわというようにフローは肩をすくめた。「地下に下りた理由なんか知らないけど、せっかくのチャンスを逃すつもりはなかった。彼女が危険を察知したかどうかも怪しいわね。わたしは階段の下まで行って、手近にあったボトルをつかんで、彼女の頭に叩きつけた」力なく微笑む。「その点もロニーの言うとおりね。正しく振りおろせばそれほどむずかしくはないのよ」

アリシアもリネットも胃がむかむかした。特にあの親切な老料理人のことを思うと。スノーウィーは責められるべきかもしれない、もしかしたらヴェイルも。だけどフラナリー夫人があんな目にあういわれはまったくなかった。

リネットが咳払いをして、あとを引き継いだ。「で、あなたはその点を追及すべきときではない。でもいまはその点を追及すべきときではない。

リネットが咳払いをして、あとを引き継いだ。「で、あなたはフラナリーさんのヴァンに乗って、彼女が出かけていったように見せかけた。あれはかなり危険だったわ、フロー。ペリーがもうちょっとしっかり見てたら、気づいたかもしれない」

「ええ、でも彼はそんなことしないってわかってたわ、そうでしょ？　その点はわたしにとって有利だった」またけらけら笑って、リネットの眉をひそめさせた。「ああ、あなたはまだ若くてきれいだから、リネット、でもね、そのうちすぐに学ぶでしょう」アリシアを一瞥《いちべつ》する。「たぶんあなたはもう学びつつあるわね、アリシア。ある程度の歳になると、女は大半の人にとって、男の人にとっては確実に、見えない存在になるのよ。あのおかしなピアスをつけたペリーみたいな男性にとってさえね」

まるで彼が害虫みたいに苦々しげにペリーの名を口にした。「フラナリーのベッドに置いてあったバッグのなかから車のキーを見つけたの。彼女の帽子も拝借した、必要になったときのために。もしだれかが見たとしても、記憶に残るのは、つばの大きな帽子をかぶってハンドルを握ってるばあさんというだけ」

フローがお茶をもうひと口飲み、こうなるとアリシアも一杯もらっておけばよかったと思った。今回のことではほとほと疲れた気分だった。目の前のこの病気の女性にとって、これがどれほど体力を消耗するものだったか想像もつかない。復讐に伴うアドレナリン効果でまだ興奮状態にあるのだろうか。

フローは言った。「そして、そう、わたしは読書会の前にこっそり抜けだしたのよ。ヴァンで幹線道路を下りていって、乗り捨てる場所をさがした。そのとき古い消防道を見つけたの。その道は二方向に通じていて、一方は下り、もう一方は山荘の西側に向かってのぼる道だった。その道に出るにはもちろん古いゲートを強行突破しなくてはならなかった。たぶんバンパーにすごく大きなへこみができたんじゃないかしら、それはわたしの部屋代につけて請求してくれればいいから」

フローがウィンクし、リネットはしかめ面で応じた。この人は冗談を言ってる？　ありえない。

「きっとそれがスノーウィーの言ってたペーパーロードね」アリシアは言った。

フローは肩をすくめた。「草木にすっかり覆われていたけれど、どうにか通り抜けて走り、藪《やぶ》のなかに車をとめたら、たまたまそこは菜園の裏手だったの。あの場所にとめたのはほんとに幸運だったわ！」

リネットは身を乗りだした。「それであのハーブガーデンを見つけたわけね」

「そうなの！　ほんとに素敵なガーデンよ。ちょっとだけ土いじりをして、それからみんなと合流して読書会がはじまった。すべてがすんなりとうまく運んだ。アガサ・クリスティも大いに感心してくれるんじゃないかしら」

またけらけらと笑ったが、アリシアはまだ困惑していた。

「火をつけたのはどうして？　あれはどういうこと？」

「わたしじゃないわ、アリシア。少なくとも最初の火、電話線を切断した火事は。あれもね、すごい幸運だったのよ！　気づいたのは最初にヴァンで出発するときだった。尾根のずっと下のほう、ライルトンの町のすぐ外側だったけど、火はまだ小さかったし、ほんと言うとたいして気にもとめなかったの。だれかが野焼きでもしてるんだと思った」

「またなの、フロー、そんなに〝うれしい〟偶然が重なるなんてちょっと信じられないんだけど」アリシアは言った。

「信じるかどうかはそっちの自由よ。全部本当のことだわ。いまさら嘘をつく理由なんてないもの。最初の火をつけたのはわたしじゃないけど、そのおかげで名案が浮かんだの。ほら、あなたたちがヴェイルの死体を見つけて、ブレイクが車で町へ行くと宣言したあと、そう、行動を起こさなくてはならないとわかった。まだスノーウィーのところに行ってない！　ヴェイルとフラナリーが償いをしなくてはいけなかったのなら、あの男だって同じことよ。やるしかないわ！」

「そうか、それで二番目の火をつけたのね、クーパー交差点で」とリネット。「時間稼ぎをしようとして。あなたは山荘のヴァンを回収して、町に向かったブレイクのあとを追った」

「そのとおり。ほらね、あなたは賢いって言ったでしょ！　もっと自分を信じなさい、リネット。ブレイクは口を閉じておくべきだった。あれほどひとりよがりな人じゃなかったら、わたしもあとを追ったりしなかったのに。彼は機動隊を連れてもどると言って、それがどういう意味かわたしにははっきりとわかった。そう言ったとき彼はまっすぐにわたしを見たの。わたしの身元をもう調べあげていて、警察を連れてくるつもりだったんだと思うわ」

リネットはうなずいた。「彼の荷物のなかにあなたの家の家系図があったし、それに彼はあの晩、フロントのパソコンを使って〈アンセストリー・ドットコム〉であなたのことを調べたんだと思う」

「ここでそんなことを？　まあ、なかなか抜け目がないわね！　いずれにしても、まだおとなしくつかまるわけにはいかなかった。もう少し時間が必要だったのよ、わかるでしょ。〈悔恨の小道〉をのぼっていってあの人殺しの悪党と対決する時間が。なのにあなたときたら！」そこでアリシアをにらみつける。「あの恐ろしい遊歩道をひっきりなしに行き来するんだもの。いっそあそこでキャンプでもしたらって思ったわよ、あんなに足繁く通うくらいなら！」

アリシアは思わずひるんでうっかりあやまりそうになったが、ヴァンがずっと山荘の裏手にあったという事実は看過できなかった。「いまはどこにあるの？　あのヴァンは」

「藪のなかにもどしたわ、菜園の裏手の、最初に置いたところ。いまだにだれもあれを見つけられないなんてどうかしてる。あなたたちは自分で思うほど有能でもないのね」

その意見にリネットは目をむいてみせたが、アリシアは感心せずにいられなかった。たしかにこれは恐るべき女性だ。彼女の言うとおり、自分たちは危険な状況にあると知りながら、彼女を見くびってきた。みんなが彼女を見過ごしてきた。目に見えない存在であるかのように――せいぜい毛糸の帽子を編んだり昔を懐かしんだりするくらいで、それ以上のことなどできない人間だと。

リネットとミッシーが、フローだって容疑者の可能性はあると示唆《しさ》したときでさえ、だれも真剣には受けとめなかったし、だれも彼女がそんなことを企むとは思わなかった。自分たちなりのやり方で年齢差別をしてしまっていたのだ。

「そんなわけで」とフローが話を続けた。「ヴェイルの死体が見つかったあと、あなたたちがフロントであたふたしてるあいだに、こっそり厨房から抜けだしてヴァンのところにもどり、ブレイクを追って山を下りたの。もちろん彼はずっと先へ行ってて、クーパー交差点まで行ったときにはとっくにそこを通り過ぎてたから、わたしは車をとめてもう一件の火事を起こしたの」そこでウィンクする。「ガラーガンボーンにいたとき消防団でいろいろ訓練を受けたのよ、そのことはたしか話したわよね？　なんなら樹皮と乾いた小枝だけで立派な火を起こすことだってできるわ」

リネットが息をあえがせていた。「ブレイクは行方不明になってんのよ、フロー！　あなたがつけたその〝立派な〟火で生きたまま焼かれちゃったかもしれないのに！」

フローははじめて痛恨の表情を見せ、震える手を喉元にあてた。「きっと風が強まって、それでふたつの火事が合わさってしまったのね。ブレイクに危害を加えるつもりなんて毛頭なかった、それだけは信じてちょうだい。生意気なぼうやだったけど、彼は記事を書いてくれてたの、そうでしょ？　弟の身に起きたことや、ライル家が隠蔽したことについて真実の物語を。ここを出るときに彼が言ってたこと、覚えてる？　ボスに連絡するつもりだって。わたしにはその意味がわかったし、彼の記事はぜひとも世に出してほしかったわ！　ただ、もうしばらくここを世間から孤立させておきたかっただけ。あの火事が手に負えないほど広がるなんて知らなかった。まさかブレイクが巻きこまれるなんて夢にも思ってなかったの」

リネットはまたむかっ腹を立てたが、どうにか落ち着いて、姉に視線を送った。あと一回でも彼のことを生意気なんて言ったら、長椅子の向こうに両手を伸ばしてこの女の首を絞めてやる。

アリシアは心得顔でうなずき、ふたたび身を乗りだした。「じゃあ、スノーウィーのことを話して。どうやって彼に注射を打ったのか。あなたに言わせると、きょうはわたしがあの遊歩道でキャンプしてるも同然だったのに」

「わたしが打ったんじゃない。ロニーが言ったでしょう——あれは自殺」

リネットが大げさに鼻で笑い、アリシアも首を振ったが、フローは大まじめな顔だった。

「本当よ。ゆうべみんながベッドへ引きあげたあと、彼の小屋まで行ったの。必要な道具を渡して、あとは本人が片をつけた。彼に同情なんかすることないわ、あなたたちはそんな目をしてるけどね！　最後に選択肢を与えてやったのよ、彼がわたしの弟には決して与えなかった恩恵を」

じつはスノーウィーもドナルに選択肢を与えてはいた。ドナルは、スノーウィー同様、みずから罪を償ったのだ。でもフローがそれを知ることはなかった。生き残っている証人がいずれ証言するだろう。

「じゃあ、あなたはふらりと訪ねていって、スノーウィーに自殺しなさいと言った。ずいぶん簡単ね」

「それほど簡単でもなかったわ、アリシア。歩いていくだけでもへとへとよ！　夜は足元がよく見えないし。一度はあやうく足を滑らせそうになったわよ」けらけら笑う。「そんなことになったら大変！　まだ片付けなくちゃならない仕事がひとつ残ってるのに。それにわたしが来るのをスノーウィーが予期してないともかぎらない。実際は、どうしてこんなに時間がかかったのかとふしぎがってたわ」

このときはふたりとも鼻で笑ったので、フローはしわがれた声で言った。「それがね、お嬢さんたち、本当なの。記者がここに来てあちこち嗅ぎまわってることはもうヴェイルから聞いていて、だから古傷がこじ開けられようとしていることを彼は知っていた。あなたからヴェイルとフラナリーが死んだと聞かされて、あれこれ考え合わせたんでしょうね。あのふたりの死を願いそうな人間はひとりしかいないとわかっている。いえ、実際は五人ね――生きてるマーフィー家の姉妹よ」

フローの顔がふたたび曇る。「姉や妹たちは本気で気にかけてはいないの、正直なところ。わたしのようには。たしかに、みんなドニーを愛していた。そうじゃなかったとは言わない。だけど、みんなあの子が死んだことで……どこか解放されたように感じてもいた。みんな農場から出ていきたくてうずうずしてたの、少なくとも妹はそうだった。でもわたしはちがうわ！　あの農場の本当の価値を知っていた。あれは代々うちの家族のものだった。生まれながらに権利があったのよ！」

洟をすすり、もう一枚ティッシュを引き抜いた。それからまた咳払いをする。「でもドナルの死はわたしたち全員からそれを奪った。弟がいなければ、わたしは農場で働くこともできない、そういう時代だったの。いまどきなら、そうね、姉妹で農場を経営していてもだれもなんとも思わないでしょう。そんな話を全部スノーウィーに聞かせたら、彼も納得した。理解した。彼はあの日うちの弟を殺しただけじゃない。わたしの夢や希望や未来までも殺したのよ」

言葉を切り、洟をかんでから言った。「お水を一杯もらえないかしら。すっかり喉が渇いてしまったわ」

アリシアがリネットに目をやると、フローに劣らず消耗しきった様子なので、「わたしが持ってくるわ」と伝え、妹にも声をかけた。「さあ、あなたもお茶を飲んだほうがよさそう」

フローから真実を引きだすことは体力を消耗するだけでなく、気の滅入ることでもあった。少なくとも姉妹の片方にとっては、とことん気力をくじかれることだった。


図書室の片隅の簡易キッチンから、リネットは水を飲むフローを見守り、アリシアはそんな妹を見守っていた。

「だいじょうぶ？」と声をかけると、リネットが振り向いて眉根を寄せた。

「あたしはだいじょうぶ。姉さんはどう？」無理をしているように聞こえたので、アリシアは妹をハグしようと自分のほうへ引き寄せたが、身を引かれてしまった。

「ごめん」リネットは言って、両腕を自分の身体にまわした。「あたし……なんて言っていいか。ただ早くこれが終わってほしい。うちへ帰っていつもの暮らしにもどりたい。嘘やごまかしはもうたくさん」

「そうね。恐ろしいことだったし、簡単じゃないけど、あなたはよくやってる。あと少しで終わるから」

リネットはどうでもいいというように肩をすくめた。「強いて言えば、あとは彼女が一刻も早く逮捕されてほしいだけ。それですっきりする」

アリシアはひとしきり妹を見つめた。「フローのことが大好きだったものね、リネット。彼女があなたと友だちになれたのはよかった」

「なれてない！　あたしだってなれてない！」リネットは言い放ち、お湯の沸いたやかんに手を伸ばした。

ふたりでむっつりと黙りこんだまま、リネットはふたり分のペパーミントティーをいれる用意をしたが、手を動かしながら頭をよぎるのはフローに最初に会ったときのことだった。

アリシアの言うとおりだ。あの老婦人のことはたしかに好きだった。自分が外見で判断されるのを嫌っていながら、まさにその見かけで判断して〝カーディガンをはおったおばあちゃんたち〟がクラブに入会することを渋っていたリネットだが、ふたりのどちらともすぐに親しくなった。とりわけフローと。フローは厨房で料理を手伝ってくれたし、きょうは病気を打ち明けられたことで絆ができたと思ったのに、実際は彼女のことをなにもわかっていなかったのだ。

自分たちのだれひとり。

週末を一緒に過ごしたってなにもわからない。そんなことはまったく関係ない。見知らぬ他人も同然だった。自分は賢いとはもはやまったく思えない。

「さあ」リネットは言った。「これを終わらせてしまおう」

長椅子にもどると、フローは依然疲れた様子だったが、それでも話を続ける決意をしていた。

「えーと、どこまで話したかしら」声もまだしわがれていた。「ああ、そうそう、ジャック・ライル。スノーウィーじいさん。ゆうべ彼に会いにいったの。ふたりであれこれ話をして、彼が罪を悔いているのはわかった。でもそれじゃ甘すぎるし、遅すぎる。それでドニーがもどってくるわけじゃないのよ」

反論できるならしてみろと挑発するように姉妹をにらんだが、どちらも疲れた顔で静かにお茶を飲んでいる。

フローは言った。「だから彼に選ばせてあげたの。わたしが注射を打つか、でなければ自分で打つか。彼は後者を選んで、わたしもそれがいいと思ったわ」

「そもそも彼がそんな提案を受け入れるってどうして思ったの?」リネットが訊いた。「あなたを取り押さえようと思えばできたはず。逃げることだってできた」

「罪悪感よ、リネット。結局、彼はけりをつけたかったんだと思うわ。さっき言ったように、弟の魂はここにある。あれ以来ずっと彼に取りついていたんでしょうね」その響きが気に入ったみたいに、突然けらけら笑った。

アリシアは顔をしかめた。「あなたがどうやって毒を手に入れたかまだわからないんだけど」

「蛇の毒？　あら、言わなかったかしら。姉の孫息子から手に入れたのよ。役に立つ身内がいるのはなにもロニーだけじゃないんですからね！」また楽しそうに笑う。「ベティはダボにある農場に住んでいるの。その孫息子が毒蛇を飼っていてね。そこから思いついたのよ。アンガスは生物医学部の仲間のために毒を抽出しているの。蛇の毒を抜き取って、冷凍して発送する。労力に見合うだけの報酬を得ているわ。たぶんそれを使って抗毒素を作るんでしょうね。ともかくそれを二本ばかりくすねたのよ。簡単だったわ」

「ああ」とリネット。またひとつピースがはまった。「先月あなたが家族にお別れを言いにいったときにくすねたってわけね」


フローはうなずいた。「いちばん毒性の強いインランドタイパンを選んだわ。苦しいけど、早く片がつく。忘れないで、もともとは自分で使うつもりだった。苦しいのは怖くないけど、別にマゾヒストでもないから」


そう、あなたはサディスト、とリネットは言いたかったが、アリシアはすでに首を振っていた。

「そもそも毒を自分で使うつもりだったなんてどうかしてるわ、フロー」アリシアは言った。

「あまりに残酷だって、自分でもわかってるでしょう。妹さんが子供のとき蛇に咬まれて大変な目にあったのを見てたはずよ。最初から復讐することを考えてたとしか思えない」

フローは口を引き結んで顔をそむけた。徐々に弱ってきているようにも見えて、彼女の潜在意識をあれこれ探っている時間の余裕はないとアリシアは判断した。今夜のうちに洗いざらい話してもらう必要がある。警察が到着して弁護士たちがうろつきはじめたら、フローがどこまで黙秘するかわからないから。

「じゃあ、あなたはスノーウィーに注射器を渡しただけ？」リネットが訊いた。「で、彼は自殺に同意した？」

「ええ、でも実際はずいぶん時間がかかったようね、そうでしょう？　注射器を渡したのはゆうべよ！　それでもようやく勇気を奮い起こしたのね。実行したのはロニーが現われる直前だったにちがいないわ」

フローの顔が急にげっそりして、急にしょんぼりとなった。「ロニーが彼を見つけるなんて、思いもしなかったわ。わたし……彼女にあんなことをさせるつもりなんてこれっぽっちもなかった。ロニーがあそこに着くころにはもう終わってると思ったの。決して……そうよ、決して、大好きな古いお友だちにあんなことは望んでなかった。彼女は絶対にわたしを許してくれないでしょうね、それも当然よ」

アリシアの目はまた細くなった。「悪いけど、蛇の毒のことがわたしまだ理解できない。スノーウィーがそこまで苦痛をもたらすようなものを自分から進んで打つなんて。たしかに彼が贖罪《しょくざい》を求めていたのは知ってるけど、でも——」

「贖罪！」フローが声を張りあげ、すぐに咳きこんで唾を飛ばし、グラスに手を伸ばした。水をごくごく飲んで、咳払いをする。「あの悪党がうちのドニーにしたことをなにかで償えると本気で思ってるの？　今回のことは全部あの男の責任よ。ほんの小さな過ちの代償として弟を燃え盛る森のなかへ追いやったりしなければ、こんなことにはならなかった。たしかにドナルは彼の奥さんと不倫をしてたわ。それがなに？　あんな正義の形は不公平よ、どう考えても。〝目には目を〟じゃなくて、目の代償が全身だなんて！　いえ、それ以上よ！　目の代償として農場もわたしたちの生活もすべて奪われた。不公平にもほどがある！」

また咳きこみ、手で顔をあおいだ。水をもうひと口飲んで、深呼吸をひとつする。「だからスノーウィーの結婚も破綻したんだと思うわ。リディアは夫のしたことを知って許せなかったんでしょう。彼の子供たちもね。それはライル家の秘密、一家全員を破滅させた忌《い》まわしい小さな秘密だった。ヴェイルとフラナリーが守った秘密でもあった。だからスノーウィーは森のなかに、あの粗末な小屋に身を隠したんだと言っていたわ。弟にあんなことをしてしまった以上、もう上流社会にいる価値はないとね、まったくそのとおりよ！　〝自分なりに罪を償ってきた〟と言ったけど、そんな言葉わたしは信じない。ただの臆病者の悪党だし、それならあのときに白状すべきだった。もっと前に弟の魂を安らかに眠らせてやるべきだった」

突然リネットが鼻を鳴らして笑いそうになったので、アリシアはぎょっとした。フローも。

「なにを笑ってるの？」老婦人が詰問した。「なにがそんなにおかしい？」

「ごめんなさい、フロー」リネットが口元を押さえながら言った。「でも、あなたが魂について信じてることがもし本当なら……魂が臨終の地でほんとにさまよっているとしたら。もしそうなら、あなたにこんなこと言いたくはないけど、スノーウィーはまだここにいる。それを言うならフラナリーさんとヴェイルもね」

リネットが窓の向こうの移ろいゆく暗闇を指さすと、突然の稲妻が視界を明るく照らし、老婦人を飛びあがらせた。「あなたのおかげで、フロー、あの三人も弟さんの仲間になって、永遠にこの森をさまようことになる」

その考えにアリシアは思わず息をのみ、フローも同様だった。何分か取り乱した様子で、それからなにかがその表情をよぎり、苦悩は表われたときと同様すぐに消え去った。

フローはゆっくりと肩をすくめ、リネットに向かって小さな心許ない笑みを浮かべた。「ええ、そうね」と静かに言い、少し咳きこんだ。「でもドニーは死んだとき若くて健康だった……彼の魂も。あの子がちゃんと彼らに当然の報いを受けさせてくれる――三人全員に。そうならなかったら、わたしがどうにかするわ」

「あなたが？」とリネット。「どうしようっていうの？」

「もうはじまってるのよ、リネット……」フローの声が次第に小さくなる。

姉妹は困惑して一瞬目を合わせ、その視線をテーブルへ、ティーポットとカップと空になった水のグラスへと移した。受け皿にいままで気づかなかったなにかがあった。ガラスの小瓶。それも空だった。

リネットが飛びあがった。「ちょっと、やだ！　なにしたの？　フロー！　なにをのんだの？」

「助けを呼ばなきゃ！」アリシアは半狂乱であたりを見まわした。「抗毒血清がどこかにあるかも」

けれども、フローは力のはいらない手をふたりのほうへ差しだしていた。「無駄よ、ふたりとも。蛇の毒じゃない。これ……これは……救急用品の棚で……見つけた。すぐだから……お願い行かないで。ここにいて」

姉妹は愕然として顔を見合わせた。どうしたらいいのかわからない。

「お願い」フローが重ねて言う。「ロニーがしたように、わたしのそばにいてちょうだい」

「ロニー！」アリシアは叫んだ。「ロニーを呼ぶわ。どうしたらいいかわかるはず」

「だめ……お願い。もう充分につらい思いをさせた。いいから……来て。一緒にすわって。この意地悪ばあさんの最期につきあって」

姉妹は警戒してまた目を見交わしたが、やがてリネットの顔をなにかがよぎり、その表情が不意に少し落ち着いて、あきらめの色がにじんだ。背筋を伸ばすと、リネットはフローの隣にすわり、片方の手を握った。

しばらく妹を見守るうちにアリシアの目から涙があふれだし、やがて自分も、死にゆく女性の反対側にすわると、もう一方の手を握った。そうしてしばらく三人で静かにすわっていると、フローがまた咳きこんだ。

「まだ言いたいことがあるの」かろうじて聞こえる声だった。

「フロー」リネットが言いかけたが、フローは首を振った。

「お願い……黙って聞いて。あなたから……あなたからロニーに伝えて」ごくりと唾をのんで、大きく息をつく。「あなたたちのだれも傷つけるつもりはなかった。そんなつもりは決して。ただ……ここへ来たのはドニーのため……なにもかも……あの子のためにやったこと。あなたたちは……だいじょうぶ」

「あの火事でみんな怖い思いをしたのよ、フロー」アリシアはまだ妹ほど許す気にはなれなかった。「寝てるあいだに殺されるんじゃないかと思った」

「ごめんなさい。ほんとに……ほんとに……許して」呂律《ろれつ》が少し乱れた。「だから……テーブルをきれいに飾って……素敵にしようとしたの。決して……」また呟きこむ。「怖がらせるつもりなんか……ただ居心地よくしようとしたの」

そこで言葉を切って、突然にっこり笑い、顔全体が明るく輝いた。「ああ……雨の音が聞こえる。火はもうすぐ消えて……なにもかも終わって……助けが来るわ……」

姉妹の耳にたしかに雨の音が聞こえ、それは先刻より大きな音で、雨はバケツのなかに降り注ぎ、窓ガラスに打ちつけ、頭上の雨どいにやかましく叩きつけていた。アリシアは、これほど悲惨な天候をこんなにうれしく思ったことはかつてなかった。フローを振り返ると、白目をむいており、一瞬逝ってしまったのかと思ったが、やがてまぶたが震えて開き、彼女は言った。

「リネット？　そこにいるの、リネット？」

リネットは手をぎゅっと握った。「ええ、フロー。ここにいる」

フローは咳をした。「よかった」また咳きこむ。「約束して……どうか……あとひとつだけ」

この女性の厚かましさにリネットはあやうく笑いそうになる。この人は山に火をつけ、人をふたり殺し、別のひとりを墓場へ追いやり、さらにブレイクの身にもなにがあったかわかったものではない。その女が、今度は頼みをきいてほしいって？ ありえない。

老婦人がリネットの手をしっかりと握った。こちらに向けられた笑顔は幸せそうに輝いていた。「あなたはほんとにきれいよ、リネット」長椅子に頭をもたせかけて静かに言った。「ドニーが生きていたら……あなたに恋したでしょうね……あの子のタイプにぴったり」

なんと答えていいのかわからず、リネットは笑みを返した。

「お願い」また唾をのんで絞りだすように言った。「真実を伝えて……弟の真実の物語を伝えて。どうか……世間に知らせて……」

そこでフローのあごががくんと胸に落ちた。

それから十分という長い時間、姉妹は亡くなった女性の手を握ったままその場から動かず、ふたりの頬に流れ落ちる涙は、すぐそばの窓を流れる雨を映しているようだった。アリシアは喉にこみあげてくるものをこらえきれず、リネットのほうも荒い息をついている。機能するのを拒んでいるのはフローではなく彼女の肺であるかのように。

しかし最後にはどちらも握っていた手を放して立ちあがった。ふたりは向き合い、しっかりと抱き合った。

「ごめんね、あたしこのところちょっと変だった」リネットが口を開いた。

「ううん、こっちこそごめんね、あなたが仲間はずれにされたみたいに感じてたなら。もしくは見下されてるとか、ばかにされてるとか。あなたがばかだなんて思ってない。一度も思ったことないからね！」

「わかってるってば！　あれはあたしの勝手な思いこみ」洟をすすり、姉をいっそう強くハグした。「大好きだよ、姉さん。これからもずっと」

アリシアは微笑んだ。「よかった。でもあんなことは絶対にしないようにね」亡くなった女性をちらりと見おろす。いまは驚くほど穏やかな顔をしていた。「わたしの身になにがあろうと、わたしの名を使って他人に危害を加えたりしないこと。わたしのために自分の人生を捨てるのもだめ。ほんとよ、わたしはそれほどのものじゃないから」

その言葉にふたりして笑い、気持ちよく身体を離すと、背を向けて部屋から廊下に出た。

「ロニーを起こしてくるわ」アリシアは言った。「彼女もそれを望むだろうから」

リネットはうなずき、ふたりはもう一度ハグを交わして、アリシアは客室のほうへ向かい、リネットはロビーに向かった。屋根に叩きつける雨音が激しくなり、リネットは笑みを浮かべると、外の日除けの下まで出て、土砂降りの雨を眺めた。この週末ではじめて寒気を感じたので、両腕で身体を抱いて、消火水をぶちまけたように降りしきる恵みの雨をひとしきり眺めてから、雨の向こうにある暗く鬱蒼《うっそう》とした森に目をこらした。かすかな震えを感じ、それから小さな願いごとをした。

フローの言動の数々、あらゆる悪事と恐怖にもかかわらず、リネットは彼女の持論が真実であることを祈らずにはいられなかった。

いろいろあったけれど、フローが待ちわびた愛する弟との再会を果たせますようにと。

エピローグ

結局のところ、ドナル・マーフィーの物語と、彼が一九七〇年の〝大火〟の際に、妻を寝取られたある男によって否応なく死に追いやられたことを、リネットが世間に話す必要はなかった。ブレイク・モローが近くの病院に収容されていたことがわかったのだ。一命は取りとめたものの、全身の五十五パーセントに火傷《やけど》を負っていた。彼は近隣の消防団に発見されたあと、ただちに人工的昏睡状態に置かれた。死なずにすんだのはベンツの車内に毛布があったおかげだった。それにくるまって生き延びたのだ。

退院までには何カ月もかかると思われ、持ち前のハンサムな風貌も、傲慢《ごうまん》で生意気な性格も、これで永久に失われることになるだろう。でもリネットは意に介さず、先日コンコード病院にいるブレイクを訪ね、そこでは彼の皮膚の移植手術が順調に進んでいた。

「ブレイクはまだドナル・マーフィーの物語を書く気でいる」とリネットがみんなに話したのは、次の読書会に集まったときで、今回は都心近くにあるリネットとアリシアの自宅の居間で安全に開かれていた。「彼の上司が時間をくれたの、当然だよね。でもくれたのはそれだけじゃない。彼にはいま目標がある、そのために生きようって思えるものが。まさかあんな結末になるとは予想もしてなかっただろうけど、いずれ具合がよくなったら、あたしたち全員にインタビューしたいって。もうただの記事じゃなくて、一冊の本にまとめようとしてる」

「なんだかんだ言って、彼は大成功をおさめそうな感じだね」とペリー。

「そう、でもその代償は？」とリネットは答えた。

〈ライルズ山荘〉での週末のあと、リネットはミシュランの星つきレストランの料理人になるという夢はひとまず忘れて、地元のカレッジでビジネスと接客を学ぶことにした。ミシュランの星はいまでもほしいが、いつか自分の店でそれをかなえたい。他人から褒《ほ》められるのを待つのではなく、自分で自分を信じてもいいころだ。そのためにはもっと賢くなる必要がある。

「すべてが明るみに出たら、とんでもない物語になりそうだわね」ロニーが言った。第二期〈マーダー・ミステリ・ブッククラブ〉の新メンバーのなかでいまもグループに残っているのは彼女ひとりだった。

サイモンは一般客として〈ライルズ山荘〉を下見するために入会しただけであり、いまは改修プランを練るのに大忙しで、活動を続けるのは無理だという。ビジネスパートナーのプランは白紙にもどして、目下ふたりで慎重に話を進めているそうだ。リネットが用意したミント入りパイナップルパンチを飲みながら、クレアがそうした話をみんなに伝えた。

「サイモンが言うには、〈ライルズ山荘〉をかつての華やかなりし時代にもどそうとしているそうよ。寄せ木張りの床とか、正式なダイニングルームとか。三カ月に一度ダンスパーティーまで開くんですって、ちょうどリディア・ライルがやってたみたいに」

「まさか狩りまで再開するつもりじゃないよね？」ペリーの言葉にクレアはノーと首を振った。

「ハンティングロッジじゃなくてエコロッジにするつもりなの、ありがたいことにね」
「あと五十歳若かったらねえ」とロニーが切なげに言った。「またあそこに行って素敵なオランダ人男性と夢のようなひとときを過ごすのに！」そこで意味ありげににやりと笑う。「で、あなたはどうなの、クレア？　どうするつもり？　〈ライルズ山荘〉のお仕事を受けるつもりなの？」

それこそがクレアの大きな秘密、怖くてみんなに話せずにいたことだった。それをついに打ち明けたのは、地元消防団が——ベンソンを先頭にジャクソンがしんがりを務めて——突入してきたあとだった。アリシアのほうはその場でこう決意していた。もう二度とこの恋人をのけものにはするまいと。そしてクレアは、あの美しかった亜熱帯雨林が見る影もなく焼け焦げた残骸に言葉を失いながら山を下りていくうちに、ようやくこれまで隠してきたことを告白する勇気を見出したのだった。

〈ライルズ山荘〉は、なにも知らないロニーのメールにフローがこっそり添付したものだったとはいえ、それはクレアをとりこにした。リンクをクリックした瞬間に心を奪われた。そしてサイトにじっくり目を通していくうちに求人広告にたどりついた。〈ライルズ山荘〉は新しい支配人を募集していて、クレアはそこに応募書類を送ったのだった。それが〈リビング・ラージ・エンタープライズ〉のサイモンの個人秘書クイーニーに直接届くとも知らずに。

サイモンがブッククラブに入会したとき、じつにそそられる履歴書を送ってきたクレアが、ブッククラブのメンバーのクレアで、自分がひと目惚れした女性だとは思いもしなかった。それがようやく判明したのは、サイモンの部屋にこもってふたりで話をしたあの午後のことで、クレアはアリシアと一緒にライルトンにもどるしんみりとした道中でその経緯をすっかり打ち明けた。許してもらえるとは思わなかったが、サイモンから提示された仕事を自分がなぜ引き受けたのか、それは理解してくれるだろうと思った。

「あの小さなヴィンテージ服のお店は大好きよ」とクレアはみんなに言った。「でもうちのお店の古着みたいに自分もなんだか古ぼけた気分なの。新しいことに挑戦したくてうずうずしてるのよ」

「その気持ちすっごくわかる」とリネット。

「あたしも」とミッシー。「あなたを見送るのはさみしいけど、ポッサム、変化は休暇と同じくらいいいことよ、ってうちのドーラおばさんがいつも言ってる。でも……」ごくりと唾をのむ。「心配じゃない？　ほら、いまあそこにはいろんな魂がいるでしょ？」

クレアは笑った。「あんな話、わたしは信じてないわ、ミッシー」

「じゃあ、山火事は？」ペリーがポットの横に並べられたごちそうのなかから卵とクレソンのサンドイッチを取りながら訊いた。

また森林火災が起こることを考えて何人かが身震いし、さすがにクレアの笑みも揺らいだ。

「そっちは心配だし、そのことはちゃんとわかってる。でも、あの週末の火災はどっちも人為的なものだったと聞いてふしぎと元気が出たの――それなら回避できるから。最初のは野焼きが手に負えなくなってしまった。それがもう少しで鎮火するというときにフローの起こした火事が山を下りてきてまた燃え広がった。だから、そうね、そこまで心配はしてないし、サイモンの話では、いまあちこち整備をしているらしいの——特に消火道をね。それから山荘近くの山も切り開いて平地にして、ヘリポートを造るそうよ、万一に備えて。そうすれば、縁起でもないけど、また同じ状況になったときに避難しやすいでしょう」

「それなら安心ね」アリシアは言った。「で、いつ現地に行くの?」

「改修工事は今月中にはじまる予定だから、わたしも現地に行って手伝うつもりよ。ヴィンテージの家具や設備の件でアドバイスがほしいってサイモンに言われてるの」にっこり笑う。「うちのお店をいたく気に入ってくれて、〈ライルズ山荘〉の内装もああいう雰囲気にしたいって」

「あのお店は売るの?」ペリーが訊くと、クレアはきっぱり首を振った。

「手放すつもりはないわ、まだね」恋愛に失望させられた経験のあるクレアは、以前ほど恋愛に重きをおいていなかった。「でも変化が必要なのよ。どうしても! サイモンがいま特別な住居を建ててるの、わたし用の、というか支配人用の。ヴェイルが許されていたよりもっとプライバシーが確保できるような」

「名案ね」ロニーはベッドに寝かされていたヴェイルを思いだしながら言った。「スノーウィーの小屋は? あそこはどうなるの?」

「取り壊す予定よ、残念だけどね。白蟻が棲みついているし」

「よくない魂もね」とミッシー。フローの持論にすっかり洗脳されている。

クレアは聞き流した。「〈悔恨の小道〉も補修して、崖には小さな展望台を設置するの。豪華な別荘を建てる計画は断念して。サイモンはだれもが楽しめるようにしたいって。あそこからの眺めは本当に最高だもの」

「〈悔恨の小道〉と言えば」とペリー。「きみとフローがあやうく殺されかけた例の落石は、だれの仕業かわかったんだっけ、アリシア？　あれは計画的なものだったの？」

みんなから注目されて、アリシアは肩をすくめた。「わたしもずっと気になってるの、あれはヴェイルが言ってた詐欺師《さぎし》の件と関係があるのかどうか。ヴェイルが言ってたのは、ブレイクのこと？　署名を見て記者のブレイクだと気づいて、それでこっそり禁じられた遊歩道に行って石を落として彼を追い払おうとして、でも代わりにわたしたちに当たりそうになったの？それともヴェイルはフローに見覚えがあったの？　フローのなかにドナルの面影を見たとか？わたしにはわからないし、たぶんこの先もわからないでしょうけど、でもヴェイルがやったとは思えないのよ。彼がドナルの死に関与していたかどうかもわからないし――いずれブレイクが解明してくれるでしょうけど――宿泊客に危害を加えるなんてホテルマンの理念、つまり彼の本質に反することだと思う。おまけにあの尾根にいた怪しげな人影を思いだすたびに、スノーウィーのことが頭に浮かぶの」

「スノーウィーが石を落としたと思ってるの？」ミッシーが訊いたが、アリシアは首を振った。

「だれかが石を落としたんだとしたら、たぶんサイモンかも、最初に散歩に出たときにうっかりして。でもスノーウィーはあのあわやという場面をたまたま目にして、遊歩道が日ごとに危険になってきてると悟ったのかも。いずれはあそこを立ち退いて、新しいオーナーに補修させる必要がある、その事実は動かしようがない。彼らの開発計画がどんなものだとしても、それはもう避けられないことだった」

リネットに視線を送ると、彼女が話しだした。「ジャクソンが〈シェイディ・ヌーク〉の経営者に話を聞いた——例の老人介護施設、フローが山荘のパソコンで調べてたんだってあたしが思いこんでた。じつは〈シェイディ・ヌーク〉はライルトンにあって、ヴェイルがあの晩そこにメールを送ってた。スノーウィーが入居できる部屋がないか問い合わせるためにね。スノーウィーには自殺願望なんかなかった。少なくともフローに見つかるまでは」

リネットは悲しげに微笑んだ。「ふたりが——ヴェイルとスノーウィーが、最後に会った晩のことをどうしても考えてしまう。ヴェイルはスノーウィーに、食べ物と、それにたぶん、あたしたちが課題書にしたあの本を持っていったんだと思う」ミッシーに向かってウィンクする。「ジャクソンが言ってたけど、スノーウィーの持ち物のなかに『そして誰もいなくなった』の最新版があったんだって」

「消えた九冊目の本！」とミッシー。

リネットはうなずいた。「あれはヴェイルからの贈り物だったんじゃないかな、年老いたスノーウィーがこれから聞かされる話から気を紛らすための。タブロイド紙の記者がうろついてることとか、過去が背後から迫ってきてることとか。そのときに、あそこから立ち退くことをふたりで話し合ったとしか思えない」

「だけど、絶対にあの山を離れないって、スノーウィーはあなたに言ったのよね」とミッシー。「あの山を離れるのは棺にはいっていくときだって」

「そう、あの山を」とリネット。「そしてライルトンの町も山の上には変わりない、山の中腹だけど。スノーウィーは〈シェイディ・ヌーク〉に移ろうとしてたんだと思う。つまりそういうこと」

「で、きみは」とペリーがクレアのほうを向いて言った。「山に引っ越したらどうするの？　サイモンの会社はシドニーにあるんだよね？　きみたちはもうつきあってるんだと思ってた」

「そうなの」クレアは女子学生みたいに頬を染めた。「でも、まだつきあいはじめたばかりだし、ゆっくり進めるつもりよ。改修工事のあいだは毎日会えるから、どう進展するか様子を見るわ」

「賢いやり方ね、クレア」とロニー。「自分の人生をひとりの男性に完全に委ねてはだめよ。フローはそこでまちがってしまったの。たしかにドナルは大事な弟だったかもしれない、でも弟のために彼女は人生を捨ててしまった。あの事件をどうしても乗り越えられなかった。結局は彼女も亡くなってしまったけれど、本当の意味で生きてるとは言えなかったわ、一九七〇年のあの週末からずっと」

「崖の展望台に銘板を設置することになってるの」クレアがロニーに告げた。「ドナルを記念して」

「そう、それはいいことだけど、あまりにもささやかだし、あまりにも遅いわ」ロニーが不満げに言った。「ライル家が何十年も前にそれをやってくれていたらねえ、こんなことにはならなかったかもしれないのに」

もしもそうだったらと考えて、一同はしみじみとした沈黙に包まれ、やがてリネットがロニーに声をかけた。「あなたはあれからどうしてた?」

フローがみずから命を絶ったことは、リネットとアリシアにとっても充分に大きな心の傷となった。スノーウィーの最期を看取ったロニーの心情は察するに余りある。老婦人は退けるように手をひと振りした。

「わたしならだいじょうぶよ、リネット。忘れないで、これでもかなり有能な看護婦だったんですからね、バートがそこからさらっていくまでは。スノーウィーのことはしばらく忘れられそうにもないわ、もちろん。でもね、あそこで彼を看取ってよかったと思ってるの。彼に罪がないわけじゃないのはわかってるけど、それでもあんな目にあって当然とは思えなくてね」

「スノーウィーはどうして崖から身を投げなかったの?」アリシアは訊いた。「なぜ毒を打ったの?」

ロニーは肩をすくめてあっさり答えた。「贖罪《しょくざい》」

その言葉がみんなの周囲に定着すると、ロニーは目を伏せた。

「ごめんなさい、みんなに嘘をついたこと」しばらくしてそう言った。

それはだれもが触れずにいた話題だった。

「もういいのよ」クレアが言いかけたが、ロニーはきっぱりと首を振った。

「いいえ、これだけは言わせて。はっきりさせておきたいの」スカートを撫でおろしながら、次の言葉を口にする心の準備をした。「わたしたちグリーフ・カウンセリングで出会ったの、フローとわたし。そのことは話したかしら。ほんの十年前よ、もっと昔のような気がするけれど。わたしはバートを亡くしたばかりで、彼女は夫のイアンと弟のドニーを亡くしたと言った。ドニーはどこかの山にある高級ホテルで消火活動中に命を落としたと聞いたの。彼女はまだ深い悲しみに暮れていたから、そのときはてっきり最近の出来事だと思ったわ。まさか大昔の一九七〇年だなんてね！」

そのときのことを思いだしてロニーは首を振った。「ともかく、わたしたちは、フローとわたしは友だちになったの、そしてわたしは女性支援クラブにはいらないかと誘った。弟さんのことはそれ以上深く考えたことがなかった。正直なところ、まったく。フローも話したがらなかったしね。だからその話題はそれきりになったわ」

ロニーの目が楽しそうに一同を見まわす。「そしてわたしたちはこの素敵なブッククラブと出会って、あなたたちが親切にも、クラブにはいって週末の読書会に参加しないかと誘ってくれた。わたし〈ライルズ山荘〉のことは本当にロビーに足を踏み入れるまですっかり忘れていたのよ。ドナル・マーフィーのことも正直まったく覚えてなくて、最初の晩に夕食の席でブレイクが言ったことも、なんとなくどこかで聞いたような話だわと思っただけ——若いハンターが山火事で亡くなったっていう話。ふとフローの顔を見たら、顔面蒼白になってたのを覚えているわ。気絶するんじゃないかと思ったくらい。そして翌日の朝食の席でまたその話題が出て、今度もフローはぎょっとした顔をしていた。平手打ちされたみたいにカップをガシャンとおろした。でもブレイクはドナルの名前を一度も口にしなかったから、わたしもあまり深くは考えなかったの。ヴェイルがあんなことになったあとでさえ、わたしは……ええ、ふたつの出来事がまったく結びつかなかった」

申しわけなさそうな笑みを浮かべる。「機転のきく女にしては鈍いわね。昔のゲストブックを読んでいたら、ドナル・マーフィーの名前が何度か出てきて、そこではじめて疑念がふくらんでいったの。フローの旧姓がマーフィーで、ドニーという弟がいて、火災で亡くなったことを思いだした。でも……信じたくなかったんだと思う。そしたら……フラナリーさんがあんなことになって」

アリシアに顔を向けた。「よほどあなたに話そうかと思ったわ、本当よ。でもあなたの頭のなかがどんなに忙しいかたびたび聞いていたから、これ以上負担を増やしては悪いと思ったの」

「フローにその話題を持ちだしてみた？」アリシアは訊いた。

「いいえ、直接には」両のてのひらをあげた。「臆病者と思われるでしょうけど、あんまり突拍子もない話に思えてね、フローがあんなことをするなんて！　彼女の犯行だという確信もなかったし、どうせなら賢くやりたかった。フローが犯人だとしたら、もう正気じゃないということよ！　正面から対峙したらどう反応すると思う？　わたしたち全員が、あの山で身動きのとれない状態だった。火災は猛威を振るってる。避難できる見込みはない」

ロニーは身を震わせた。ため息をつく。「その件について何度か遠まわしに話してみたの。

彼女はわたしが知ってることを知っていた。いまならそれがわかるわ。いずれにしろ、彼女がわたしに伝えていたメッセージはあきらかだった。ブッククラブのメンバーのことは心配いらない。彼女はそう伝えていたの、何度も何度も。そしてわたしには、そっとしておいてと。だから……もし彼女が復讐を考えているにしても、それはわたしたちとは無関係なことだと信じるしかなかった。だれも彼女の弟を知らなかった。わたしたちは無事だと思ったの」

「それでも、あなたは影のようにフローにつきまとった」イチジクの木の下にすわっていたロニーの姿を思いだしてリネットは言った。

ロニーはうなずいた。「目を離さないようにしないと、念のために。でも彼女が犯人だとしたら、もうやり終えていたわ。すっかり終わっていたはず」ペリーに顔を向ける。「そのあとあなたが、スノーウィーはまだ生きていて崖の上に住んでると教えてくれて……」喉元に手を押しつける。「それを聞いてぞっとしたわ！　そんなこと考えてもみなかった！　そのときわかったの、フローはまだやり終えてないって。わたしはできるだけ早くスノーウィーの小屋へ行ってみた……でも間に合わなかった」鼻を鳴らし、無理に笑みを浮かべた。「だから、彼の手を握って看取ってあげられたことはよかったと思っているの。わたしにできるせめてものことだったから」

「彼の臨終の告白のことであなたは嘘をついた」アリシアは言った。そこに批判めいた響きはなかった。「フローを守るために」

「あなたたちを守るためよ、決まってるでしょう！　あなたたち全員を。スノーウィーはなにがあったか話してくれて、フローをあまり責めないでほしいと言った。でも、みんなにはそんなこととても話せないわ！　フローはわたしたちと一緒にそこにすわっていたのよ！　彼女の怒りを煽《あお》ることになりかねないから、あなたたちはなるたけ知らないほうが安全だろうと思ったの。あそこで幕引きにして、みんなをあのいまいましい山から下ろして、彼女から引き離したかった、わたしが友だちだと思いこんでた人から。わたしは決して……決して、彼女が犯人だなんて夢にも思わなかった。いくら証拠が積みあがってきても……決して」

いっせいにため息をついて全員が椅子のなかですわり直し、やがてリネットが訊いた。「彼女が、フローがもう長くないことは知ってたの？」

ロニーは空中で手を振った。「本人は一度も言わなかったけれど、具合がよくないのはあきらかだったわ。錠剤の詰まった化粧ポーチが寝室にあって、どれがなんの薬かわたしにはわかった。でもその割にはまだ元気で、あれには驚かされたわ。わたしのメールにこっそりリンクを張ってみんなをあの山荘へ誘導したと聞いたときも驚いた。まさかパソコンが使えるなんて思いもしなかった！　あの件でもわたしは嘘をついたわ、アリシア。本当にごめんなさい」

「わかってる。フローが話してくれたから。あなたを疑ってるみたいに思わせたならごめんなさい」

「現に疑ってたでしょう、あれはひどいわ！」と言ってロニーは微笑んだ。「でも無理もないわ。これがミステリなら、わたしは理想的な容疑者だもの」

「ミステリで思いだしたけど」ペリーがまたため息をつきながら言い、一冊の本に手を伸ばした。「そろそろ次の課題書の話に移らない？」

　ペリーが指でとんとん叩いたのは、スウェーデン人作家ヴィヴェカ・ステンの〈サンドハム・マーダー〉シリーズ一作目『静かな水のなかで《スティル・ウォーターズ》』だった。新しい作家を選ぶのはペリーの役目で、彼はクリスティよりもっと現代の作家で、でも巧みなプロットと愛すべき登場人物たちではクリスティにひけをとらない作品を試したがっていた。設定とは裏腹に、〝北欧ノワール〟というよりは〝コージー・ミステリ〟なので、神経過敏なアリシアを不安にさせることもないだろうとわかっていた。

　今回自分たちがくぐり抜けた試練を思えば、このタイトルを見ただけで心なごむような気がする。

「いいわよ、どうぞ！」ロニーの話にもらい泣きしていたミッシーが、涙をぬぐいながら言った。ペリーの手のなかの本をひと目見るなり、たちまち笑顔がもどってきた。

「賛成」クレアが言って、そのあと「わたしはいなくなるけど……」と言い添えた。

　アリシアは腕を伸ばしてクレアの肩をぎゅっとつかんだ。「チャンスがあったらいつでももどってきていいのよ、クレア、クラブの特別ゲストとして」

「それいいわね。でも聞いて、わたしの後釜が見つかったかもしれない」みんなの反応が不安で、深呼吸をひとつした。「クイーニーよ、サイモンの個人秘書の。みんなさえよければ、ぜひこのブッククラブにはいりたいと言ってるの」

「そうくると思ったよ！」とペリー。「生意気な小娘め。サイモンにあんな小賢しい偽名を名乗らせたこと、みんなほんとに許していいの？」

「あんな偽名を思いついた人だからこそ許すんじゃないの！」アリシアは言った。「認めなさい、あの名前には完全にしてやられたって。それに彼女がサイモンの名前で送ってきた手紙はほんとに素敵だったわ。癪《しゃく》だけど、彼女こそ新メンバーにふさわしいと思う」

「本人がまた素敵なのよ」クレアも賛同した。「サイモンを通じて知り合いになったんだけど、とっても鋭い人でね。ミステリについて知る価値のあることはすべて知っているそうよ。あなたといい勝負になると思うわよ、ミッシー」

眼鏡の奥でミッシーが目を細めた。「喜んで受けて立とうじゃないの！」

「じゃあ、いいわね」アリシアが一同を見まわすと、みな承認のしるしにうなずいた。「それでもまだ少し足りないか。またあらためて新メンバーを募集する？」

その考えに何人かがうめき声をあげ、リネットが言った。「しないとだめ？　新入りにはもうこりごり。あなたのことじゃないからね、ロニー」

ロニーは悲しげに微笑んだ。「わかってるわ」

「でも、そうするとメンバーは七人になるわね」アリシアは言った。「クレアがいなくなったら六人」

「そして誰も――」

「だめ！」ペリーが叫んでミッシーの口を手で押さえた。「それは最後まで言っちゃだめなやつ！」

そこで爆笑が沸き起こり――これこそ待ち望んだ元気のでる心からの笑い声だ――それから一同はまだ見ぬ新たな謎《ミステリ》へと手を伸ばした。

解説

♪akira

推理小説は犯人がわかってしまえば読み直すことはない？　解説までお読みのあなたなら、そんなことはないとご存知のはずだ。

名探偵のしびれるような推理にどっぷりと身を委《ゆだ》ねるのももちろんアリだが、読者を欺《あざむ》くために作者が工夫を凝らしてちりばめた手がかりを拾い集めながら読み、結末で真相が暴かれたときにまんまとだまされてしまったことに驚嘆したり、意外に自分の推理が正しかったことがわかってちょっと自慢だったり、それ以外にも推理とは別になにか気になった箇所でひとりモヤモヤしたことはないだろうか。

基本的には読書は個人的な娯楽だ。でも好きなミステリについて、ネタばらしを気にせず言いたいことを存分に吐きだしたい！　というひとにオススメなのが読書会だ。作品愛をシェアするもよし、疑問点を解消するもよし、自説の推理で別の真犯人を指摘するもよし、推しキャラやムカついた登場人物について熱く語るもよし、会を通じて知り合った相手と別の共通の趣味で仲良くなることもある。

前置きが長くなってしまったが、そんな読書会あるあると素人《しろうと》探偵の迷推理の両方が楽しめるのがこの〈マーダー・ミステリ・ブッククラブ〉シリーズだ。長年続くシリーズ作品を最初から順を追って読むのはハードルが高いし、旧作が手に入らないこともしばしば。だが本書のようなコージー・ミステリの嬉しい特徴のひとつは、いきなりシリーズ途中から読んでも問題ないことだ。タイトルにひかれて本書で初めてこのシリーズを手に取った方に、これまでのクラブの軌跡（〝奇跡〟といってもいいかも）を簡単にご紹介する。

『マーダー・ミステリ・ブッククラブ』――ミステリ好きの編集者アリシアは、同僚に頼まれて入った読書会の方針と選書がどうにも合わなかったため、自ら読書会を発足する。課題書はもちろん大好きなミステリ。となればやはりアガサ・クリスティでしょう！　新聞にメンバー募集の広告を出すとミステリ好きな面々が集まった。ところがメンバーの一人が突然行方不明に。残ったメンバーたちは急遽《きゅうきょ》素人探偵となり、あやしい夫に疑惑の目を向けるのだが……。

『危険な蒸気船オリエント号』――十九世紀終わりから二十世紀初頭にかけて運航していた蒸気船オリエント号を複製した豪華客船の旅に誘われたクラブ一同。船医として乗っている読書会メンバーのアンダースとのロマンチックな船旅を期待していたアリシアだったが、乗客が死亡したり失踪したりと事件が相次ぎ、あれよあれよという間にまたしても独自の捜査を始めることに。

『野外上映会の殺人』――事件の舞台はイギリス映画『地中海殺人事件』の野外上映会。原作はクリスティ『白昼の悪魔』だからもちろんみんなで行かなきゃ！　すでに何度も観たことのあるアリシアとメンバーたちだが、いつの間にか映画に没頭してしまい、すぐ近くで起きた事件に気づかなかった。上映前から悪目立ちしていた女性が絞殺されていたのだ。

そして四作目の本書は原題 *When There Were 9* でおわかりのように、クリスティの代表作にして最も不気味な『そして誰もいなくなった』がベースになっている。

冒頭に注意書きもあるが、本書には『そして誰もいなくなった』の真相について触れた箇所がある。もしこの解説を先に読まれてクリスティの『そして誰もいなくなった』を未読だったら、ぜひ先にそちらを読んでから本書を読むことを強くお勧めする。すでにあらゆる媒体でネタをばらされてしまっている名作だが、せっかくの機会なので偉大なる元ネタを読んでその衝撃の真相を味わっていただきたい。というのも大矢博子氏著『クリスティを読む！』で指摘されているように『そして誰もいなくなった』は今まで何度も映像化されているのだが、実は原作小説どおりに作られたものは少ない。なので、映画やドラマでこの作品を知ったという人は原作とは違う内容で認識しているかもしれないのだ。名匠ルネ・クレール監督作（一九四五年）も戯曲版の結末を採用している。孤島の閉塞感、不安、疑心暗鬼、迫り来る死への恐怖……と同時に、なんとしてでも生き残ろうとする執念といった人間の持つむきだしの感情が遠慮会釈なく描かれたBBC制作の三話完結ドラマ（二〇一五年）はほぼ原作に忠実だが、こちらも冒頭で死刑宣告のからくりを明らかにしていた。余談だが、現時点で最高の映像化であることは間違いないこのドラマの脚本を書いたサラ・フェルプスは、仕事を受けて初めて原作を読み、そのあまりの残忍さにショックを受けたとBBCのインタビューで語っている。

では本書のあらすじといこう。前作のラストでアリシアたちはついに新メンバーの募集をかけることを決めた。ようやく九人になったクラブの初顔合わせとして、亜熱帯雨林の山奥の風光明媚な土地に建つロッジ〈ライルズ山荘〉で『そして誰もいなくなった』読書会が開催される。ちなみにアガサ・クリスティ作品を課題書にするのはこれが最後だ。九十年前に建てられた山荘は、アリシアによると改築工事前のため食事込みの格安プランでブッククラブの貸し切りで使えるという。古き良き英国邸宅風の豪華な内装はまさに作品の世界観を味わうにはうってつけの場所で、メンバーの誰もが大喜び！……となるかと思いきや、目的地に向かう道中から、みんなの間に何やら不穏な空気が漂っていた。

山荘を訪れるのは、クレアにとって重要な意味を持っていた。しかしそのせいでブッククラブが崩壊するかもしれないと悩んでいる。いつもは陽気なリネットだが、高齢女性二人がブッククラブに入ったことに少々不満のようだ。ペリーは新規メンバーの一人の名字に聞き覚えがあり、なぜ素性を隠しているのか気になっている。さらに漠然とした不安を抱えているのはアリシアだ。よく知りもしないひとたちと週末を過ごすなんて大丈夫だろうか。幸いなことにミッシーだけはこのイベントと新メンバーの参加を心から楽しみにしていた。

新規メンバーとなったのは、野外上映会で起きた殺人事件のときに知り合ったフローレンス（フロー）とヴェロニカ（ロニー）のシニア女性コンビと、行きの列車の中からクレアに興味津々だったサイモン、『そして誰もいなくなった』のアンソニー・マーストンよろしく、マイカーで派手に現地入りしたブレイクの四人。ご婦人二人は事件の際の活躍により初期メンバーの勧誘で入ったが、新聞広告を見ていち早く応募してきたサイモンは、送ってきた手紙ほどは読書会への熱がないようだし、ブレイクにいたっては、ほんとにクリスティファン？ と疑いたくなるようなとんちんかんな言動でアリシアをいっそう不安にさせる。百万ドルの笑みでキメる四十代のエネルギッシュなゴージャス系イケオジだという事実も、ペリーに不信感を抱かせるにはじゅうぶんだった。

山荘にいるのはクラブの九人と、クラシック・ミステリに出てきそうな支配人、そして料理長の総勢十一人。お腹いっぱいご馳走を詰めこみ、読書会に向けて英気を養うはずだったアリシアだが、昼間起きた出来事と、偶然耳にした会話が気になってしかたがない。明けて翌朝、メイン・イベントの読書会が始まったが、ついに事件が起きてしまう。ひとつめの死体が見つかったのだ。

シリーズ中最もシリアスで、クローズドサークルもの謎解きミステリとして読み応えのある本書。山奥の現場から逃走路も連絡手段も断つのは山火事だ。舞台であるオーストラリアでは、降水量の激減による記録的な干ばつで、二〇一九年から翌年にかけて大規模な森林火災が起きた。壮大な自然と豊かな資源というイメージの国だが、ジェイン・ハーパー『渇きと偽り』は長期間の干ばつで苦しむ人々の生活が物語の軸になっており、映画版の干上がった池や枯れ果てた草木の場面は衝撃的だった。亜熱帯雨林と聞くと湿度が高く乾燥とは無縁に思えたが、本書では山火事の恐ろしさと対策も事細かに描かれて一段とスリルが増している。

本書はいままでになくメンバーたちの内面に踏みこみ、表面からは窺いしれない複雑で繊細《せんさい》な感情を描いている。今までのアリシアの問題は恋愛気質をこじらせたせいだと思っていたが、実は生来の極端な心配性が原因だったとか、他人にはなかなかわかってもらいづらいリネットの悩みなど、キャラクターの見方が変わるほどの心理描写も読みどころだ。

それらは本書のもうひとつのテーマにつながる。アガサ・クリスティの諸作を読む上で避けては通れない道、時代性とその捉え方だ。今回の読書会では『そして誰もいなくなった』におけるさまざまな差別表現について大いに議論が交わされる。オリジナルのタイトル、階級意識、女性蔑視などなど、現代ではとうてい受け入れられない要素に対してリネットやペリーは憤るのだが、フローはその反応に眉をひそめる。〝そういう時代〟で〝そうするしかなかった〟彼女は、今のひとたちは恵まれすぎていると不満をにじませる。これはまさしく負のジェネレーション・ギャップだ。かつて当然のように起きていた悲劇は絶対に容認してはいけないが、今の時代にそぐわないからといって、その醜い事実を隠したり削除したりすることは、当時の弱い立場のひとびとの苦しみをなかったことにしてしまい、とても危険ではないだろうか。クリスティはむしろあの時代の、女性の生きづらさや苦しみを作品に反映していたと思うし、おそらく全作を読了しているミッシーだからこそ、あのような反応をしたのだろう。ただ筆者も

『パディントン発4時50分』のある箇所にはずっと疑問を持っている。ミス・マープルが一時的に世話になる下宿の主人はかつてのメイドなのだ。生涯続く主従関係が当然のように描かれていて、読むたびに「はて?」と首をかしげてしまう。

最後に解明する真犯人と動機は、本家『そして誰もいなくなった』と読み比べるとさらに興味深い。既刊三作と比べると格段にミステリ度が高いサスペンスとなった本書は、登場人物全員に大なり小なり爪痕を残して幕を閉じる。と書くと、え? コージー・ミステリじゃないの? と疑問に思われるかもしれないが、どうかご心配なく。手ひどい事件を乗り越えたメンバーたちの結束は一層固くなり、クラブはより心地よく気の置けない空間になっているはずだ。なお次の課題書『静かな水のなかで《スティル・ウオーター》』は邦訳も出ており、すでにドラマ化もされている。本国スウェーデン版の『凍てつく楽園〜死者は静かな海辺に〜』とポーランド版『ザ・クライム―死者は静かな水のなかで―』が二〇二四年現在配信で見られる。はたしてペリーの思惑どおりの内容か、一足先に確認してみてはいかがだろう。

嬉しいことに、本シリーズは世界中で好評を博しているようだ。五作目 *The Widow On The Honeymoon Cruise* のあらすじを読む限り、クラブは無事存続。新メンバーも加わり、さらに活気が増した今度の舞台は豪華クルーズ船。え、ちょっと待って? ハネムーンって一体誰の?? もしかして! とシリーズファンにはタイトルだけで期待大。続く現時点での最新作*Gone Guest*は、人里離れたゴシック調の邸宅で催された誕生日パーティに招待されたマーダー・ミステリ・ブッククラブのメンバーたちを、失踪事件と殺人事件がお出迎えするらしい。ちょっと『ゴーン・ガール』を匂わせるタイトルが気になる。なんにせよ、どうか続きが読めますように。

訳者紹介　英米文学翻訳家。訳書に、ラーマー「マーダー・ミステリ・ブッククラブ」「危険な蒸気船オリエント号」「野外上映会の殺人」、クレイス「容疑者」「約束」「指名手配」「危険な男」、クリスティー「蒼ざめた馬」など。

ライルズ山荘の殺人
マーダー・ミステリ・ブッククラブ

2024年11月8日　初版

著　者　C・A・ラーマー

訳　者　高《たか》橋《はし》恭《く》美《み》子《こ》

発行所　(株)東京創元社
代表者　渋谷健太郎

162-0814 東京都新宿区新小川町1-5
電　話　03・3268・8231-営業部
03・3268・8201-代　表
URL　https://www.tsogen.co.jp
組　版　工　友　会　印　刷
暁　印　刷　・　本　間　製　本

乱丁・落丁本は、ご面倒ですが小社までご送付ください。送料小社負担にてお取替えいたします。

©高橋恭美子　2024　Printed in Japan

ISBN978-4-488-24108-7　C0197

CIAスパイと老婦人たちが、小さな町で大暴れ！
読むと元気になる！　とにかく楽しいミステリ

〈ワニ町〉シリーズ

ジャナ・デリオン❖島村浩子 訳

創元推理文庫

ワニの町へ来たスパイ

ミスコン女王が殺された

生きるか死ぬかの町長選挙

ハートに火をつけないで

どこまでも食いついて

幸運には逆らうな

嵐にも負けず

❖

アガサ賞最優秀デビュー長編賞
受賞作シリーズ

〈ジェーン・ヴンダリー・トラベルミステリ〉

エリカ・ルース・ノイバウアー❖山田順子 訳

創元推理文庫

メナハウス・ホテルの殺人
ウェッジフィールド館の殺人
豪華客船オリンピック号の殺人

海外ドラマ〈港町のシェフ探偵パール〉
シリーズ原作

〈シェフ探偵パールの事件簿〉シリーズ

ジュリー・ワスマー◎圷 香織 訳

創元推理文庫

シェフ探偵パールの事件簿

年に一度のオイスター・フェスティバルを目前に賑わう、
海辺のリゾート地ウィスタブルで殺人事件が。
シェフ兼新米探偵パールが事件に挑む、シリーズ第一弾！

クリスマスカードに悪意を添えて

クリスマスを前にしたウィスタブル。パールの友人が
中傷メッセージ入りのクリスマスカードを受け取り……。
英国の港町でシェフ兼探偵のパールが活躍する第二弾。

元スパイ＆上流階級出身の
女性コンビの活躍

〈ロンドン謎解き結婚相談所〉シリーズ

アリスン・モントクレア◎山田久美子 訳

創元推理文庫

ロンドン謎解き結婚相談所

王女に捧ぐ身辺調査

疑惑の入会者

ワインレッドの追跡者

創元推理文庫

〈イモージェン・クワイ〉シリーズ開幕！

THE WYNDHAM CASE◆Jill Paton Walsh

ウィンダム図書館の奇妙な事件

ジル・ペイトン・ウォルシュ　猪俣美江子 訳

◆

1992年２月の朝。ケンブリッジ大学の貧乏学寮セント・アガサ・カレッジの学寮《カレッジ》付き保健師《ナース》イモージェン・クワイのもとに、学寮長が駆け込んできた。おかしな規約で知られる〈ウィンダム図書館〉で、テーブルの角に頭をぶつけた学生の死体が発見されたという……。巨匠セイヤーズのピーター・ウィムジイ卿シリーズを書き継ぐことを託された実力派作家による、英国ミステリの逸品！

創元推理文庫

本を愛する人々に贈る、ミステリ・シリーズ開幕

THE BODIES IN THE LIBRARY◆Marty Wingate

図書室の死体

初版本図書館の事件簿

マーティ・ウィンゲイト　藤井美佐子 訳

◆

わたしはイングランドの美しい古都バースにある、初版本協会の新米キュレーター。この協会は、アガサ・クリスティなどのミステリの初版本を蒐集《しゅうしゅう》していた、故レディ・ファウリングが設立した。協会の図書室《ライブラリー》には、彼女の膨大なコレクションが収められている。わたしが、自分はこの職にふさわしいと証明しようと日々試行錯誤していたところ、ある朝、図書室で死体が発見されて……。

クリスティ愛好家の
読書会の面々が事件に挑む

〈マーダー・ミステリ・ブッククラブ〉シリーズ

C・A・ラーマー◎高橋恭美子 訳

創元推理文庫

マーダー・ミステリ・ブッククラブ

ブッククラブの発足早々メンバーのひとりが行方不明に。
発起人のアリシアは仲間の助けを借りて捜索を始めるが……。

危険な蒸気船オリエント号

蒸気船での豪華クルーズに参加したブッククラブの一行。
だが、船上での怪事件の続発にミステリマニアの血が騒ぎ……。

野外上映会の殺人

クリスティ原作の映画の野外上演会で殺人が。
ブッククラブの面々が独自の捜査を開始する人気シリーズ第3弾。